中公文庫

掌の読書会

桜庭一樹と読む 倉橋由美子

倉橋由美子
桜庭一樹編

中央公論新社

倉橋由美子
（写真提供 新潮社）

❖目次

エッセイ

掌の読書会

桜庭一樹と読む
倉橋由美子

はじめに

桜庭一樹

どの業界にも、時代から選ばれたような新人がしばしば登場する。華々しく現れ、歴史に残りうる作品をつぎつぎ発表する一方で、余人には理解し難いような苦しみを抱くこともあったのではないかと思う。

倉橋由美子もそんな時代の寵児の一人だった。

一九六〇年、明治大学でフランス文学を学ぶ一学生だったとき、短篇小説「パルタイ」で明治大学学長賞に入選。これが評判となり、純文学誌の『文學界』に掲載され、二十五歳で作家デビュー。若い読者の間で熱狂的ブームとなった。

作家の川上弘美氏は〝学生、それも男女を問わず、ともかくその頃の本好きにとっては、「読むべき作家」の一人でした。〟（KAWADE道の手帖『倉橋由美子』）と、同じく小池真理子氏は〝さながらバイブルのようにして、若者たちに例外なく、共通して読まれ、偏愛されていた作家がいた。（…）大江健三郎であり、安部公房であり、吉本隆明であり（…）そして、倉橋由美子も間違いなく、その中の一人だった。〟（『蛇・愛の陰画』「解説」講談社文芸文庫）と証言している。

「パルタイ」が書かれた一九六〇年は、日米安全保障条約改定への抗議が高まり、学生運動もことに激しい年だった。倉橋こそは、そんな変化の季節に際して新しい価値観を求める若者が登場を待ち望んでいた新時代の作家だったのだろう。作中には運動にのめりこむ大学生の理想と現実の乖離が極めて観念的に描写されている。

倉橋の作風は、技巧に徹底的にこだわり、精密で美しい人工物を作りあげるというものだった。そのころ多く見られた私小説の流行を〝自分のめちゃくちゃな生活を書くことについての求道者で、それを見守る仲間を読者にしていた〟（『あたりまえのこと』）と否定するなど、斬れ味のよい小説論も数多く残している。

中でもデビュー作「パルタイ」は、いまここで起こっている政治的状況と、そこに関わらざるを得ない立場である学生としての当事者感覚を、技巧を使いアートに昇華した作品だ。倉橋自身は〝一方に観念的な左翼を嗤いたい気持があり、他方にカフカ風の話をカミュの文体で書いてみれば面白いだろうという興味があり、今一つ、賞金稼ぎの欲があれば、「パルタイ」のような小説を書いて投稿する気持になる。〟と解説している（『倉橋由美子全作品1』「作品ノート」）。

といっても……わたしにとっては、学生運動は生まれる前の出来事だ。だから具体的によくわからないまま読むことになる。けれど優れた作品には普遍性が宿っており、組織内部で信じられる机上の空論や、そこを不透明にしていってしまう現実の人間のくだらなさとの対比、孤立していく個人の不安などには、時代を超えて強く引き込まれて読んだ。

　本書に収録した「パルタイ」、前年に同じ賞に応募した「雑人撲滅週間」、デビュー前後の自身を思わせる大学生をメタ的に描く「ある遊戯」の三本は、恐れ知らずで、機知に富み、挑発的な作家性の原液のような濃い作品だと思う。

「夏の終り」「亜依子たち」は、それに続く初期の作風が伝わりやすい短篇だ。これらの作品群にはK、L、Mといったイニシャルの登場人物が出てくることも多い。スノッブな精神的貴族による箱庭世界を舞台に、少女がきまぐれな残虐性を発揮しだし、同時に奔放な性の力を使ってくだらない世間から個人として脱却しようとする、という特徴がある。長篇小説では『聖少女』が代表格だろうか。

　短篇小説を数多く書いた倉橋だが、デビュー翌年の一九六一年に初の長篇小説『暗い旅』も上梓している。この作品にはジェンダーに関わる事柄、つまり社会から役割として与えられた女性らしさについての描写も多く、思わず身を乗りだしてしまう。

　　あなたは女であることを演じようとしていたし、かれは男であることを演じようとしていたのだ、愛しあっていたから、そしてあまりにも相手をよく理解しあっていたから。
「……あたしが女かしら？　なぜそうおもう？　さあ、よくみて。ほらね、あたしが女じゃないような気がしてきたでしょう？　じつはあたしは女じゃないのよ、ただそのふりをしているだけなのよ」「ほんとだ」とかれはいい、眼をぱちぱちさせてあなたの魔術にかかったふりをした。「……ほんとだ、ぼくはきみのことを女の子だと思っていたけど、そうじゃないかもしれない、きみはいつも踊っているみたいで、つかまえられない。瞬間ごとに女であったりなかったりしているのだ、たまたまきみは女の役をやっているだけなんだ」

　これは贋の肉をまとった肉体だ、能面に似て、千変万化する仮面だ、あなたが女であることを演じるための……（『暗い旅』）

といった記述から、女性らしくあることを人間関係の中で引き受け、仮面のように使い分け、役割を演じていることに極めて自覚的な一人の女性の姿が浮かびあがってくる。いまの時代に読むととても興味深い作品なのだが、当時も理解され、正当に批評されたのだろうか、と思う。

というのは、倉橋はデビューしてからずっと、男性がほとんどであった批評家からの激しい批判にさらされた女性作家としても知られているからだ。ことに『暗い旅』は、ある海外作品の形式の模倣であるとして大きな論争になった。これについては、わたしは批判する側の文章を読んでも、何がいけないとされたのかが理解できなかった。そこで本書では近代日本文学研究者の小平麻衣子氏に『暗い旅』論争について解説をお願いしている。

長篇『アマノン国往還記』も、女性たちが治める国に宣教師として流れ着いた男性主人公が革命を起こすというディストピアSFで、『暗い旅』とともに今こそ広く読まれてほしい作品だ。書かれたのは一九八六年。日本で男女雇用機会均等法が施行された年だ。そのころこの物語がどのような読者にどのように読まれたのか、どう評されたか、あるいは評されることがなかったか、知りたくなる。

一九八〇年代前半、五十代を目前にした倉橋は、子供向けストーリーとして広く知られる童話を独特のブラックな個性でアレンジした作品集『大人のための残酷童話』でベストセラー作家となった。海外作品の模倣という、批判され続けた手法を使い、リーダビリティの高い作品集に昇華してみせたのだ。……じつはわたしが初めて読んだのはこちらの系統の本だった。そのためエンターテインメント作家としてのイメージが強く、のちに『聖少女』を読んで驚いた記憶がある。本書には残酷童話系の作品から「人魚の涙」「事故」「ある老人の図書館」の三本を収録した。

倉橋の作風は、少女である主人公が残虐さによって神の如き存在感を手に入れるのとは対照的に、大人は総じて俗物であることが多い。作者はまるで、残酷な少女から大人の時期をなるべく飛ばして一刻も早く残酷な老人になりたがっているようだ、とわたしは常々感じてきた。残酷童話系の作品からはまさに、大人の女性としての作者の分身的なおなじみの登場人物〝桂子さん〟が、頭脳明晰で意地の悪い老人になってやろうとして、腹におかしみを抱えて微苦笑しつつ、独特の感性で突っ走っていくようなイメージがある。それはどこか痛快な幻でもある。わたしにとって。

倉橋は小説とエッセィの執筆のほか翻訳業でも知られた。わたしは絵本『ぼくを探しに』（シルヴァスタイン著）が大好きだった。一般には『星の王子さま』（サン＝テグジュペリ著）も有名だろうか。

後半に収録した「移転」「漂流記」は、二本とも一九八九年の作品だ。ゆるゆると夢の中をいくようなオフビートでユーモラスな作風で、肩の力は抜けつつも丸くなってはおらず、あぁ、この作家が彼女自身でいることは誰にも止められなかったのだな、ずっと自分で居続けたのだ、と思わせる。その読解は一読者であるわたしに勢いよく跳ね返り、そうだ、わたしもまた自分自身でいることを誰にも止めさせられることはないし、この世の誰もがそうなのだと倉橋から教えられる気持ちになる。それはとてもよい心地で、作風の放つ強い毒性と同時に、〝個人を肯定する力〟として伝わってくる。この肯定こそがそもそも小説の、アートの役割なのだろう。

　さて。本書の編纂をしながらわたしが考えたことの一つに、倉橋由美子を始めとする過去の女性作家についてもっと新たに研究されてほしい、ということがある。この〈掌の読書会〉一作目の林芙美子もだが、いわゆる〝女流作家〟の作品は、男性がほとんどだった批評家から今一歩理解されないことが多かったのではないか、という不安があるのだ。捻じ曲げられて解釈されたり、よくわからないから沈黙されたりしたのではないか、と。

　わたしたちがいる今は、二〇二〇年代。つまり倉橋たちにとっては未来の世界だ。芥川賞と直木賞の選考委員も候補者も女性が多く、女性批評家も増えている。でもそんな現在と、倉橋たちのいた過去が、現状、うまく繋がっていないように感じるのだ。

　過去の女性作家の再評価も、批判も、わたしたちの新しい言葉でゼロからリスタートしたいなぁ、と思う。彼女たちの本当の歴史を、一人一人の豊かな姿を、丁寧に正確に蘇らせてみたいな、と。素晴らしい才気も、間違っていたかもしれないところも、苦しみも喜びも、わたしたちの歴史とまっすぐ繋がっているはずだから。

まずは読むことから、そして感想を語りあったり、あるいはただ心に静かに留め置いたりすることから、みんなで始められたらいいなと思う。そうするうちに作家も蘇り、過去といまとの対話を始めてくれるだろう、と。そんなあなたやわたしの大切な一歩のきっかけに本書がなれたら、と祈る。わたしは小説の未来のために過去を知りたい。そのための読書の時間をいまこそ広く提案したい。

わたしたちの決心は変らなかった。Ｋはわたしたちの手のなかで重たい死の塊に変らなければならない。わたしと妹は、Ｋを恋人として共有していたようにこのイデーをも完全に共有していたように思う。それはわたしたちのなかに侵入して以来、充血した皮膚の裏側で有毒な棘をもつサボテンのように成長しはじめていた。わたしたちはこの夏のなかのある一日に、Ｋを死の穴に突き落すだろうことを疑わない。問題はそれを決行する際にとるべき手段と方法だけだ。わたしと妹はしばしば計画の細目について語り合い、そのひだのひとつひとつを舌でなぞることを愉しみにさえした。

この夏わたしはある岬の別荘で十九歳の誕生日を迎えた。すでにこの別荘で過された数回の夏は、開かないつぼみのように堅くしまったままわたしの少女期のなかに埋葬されていた。それらは子どもっぽくて過不足のない夏だった。しかし今年の夏はそれらの夏と違っていなければならない。わたしは別荘に着いた日からそれを予知していた。ヴェランダから海をみおろしたとき、わたしはある残酷なものの開くイマージュをみたことを憶えている。それは光の氾濫する海のうえで紅い果肉のように口を開いた。それがどんなふうにして閉ざされるかをわたしは知らなかった。だが身をふるわす戦慄と歓喜とがあった。わたしたちはただ解放された子どものようにはしゃいだ。去年の夏、母はこの別荘で死んだ。死者はわたしたちのうえにどんな翼もひろげない。今年の夏はこうしてわたしたちだけのものになるはずだ……

岬は湾口を扼していた。その内側はゆるい弧をえがいて湾をいだく砂浜であり、その外海に面する海岸は岩と断崖の多い磯をつくっている。別荘は岬の背に立ち、そこからにぎやかな砂浜へも、荒い磯の方へも五分あまりでおりていくことができた。到着した日、わたしたちは管理人に遅い昼食の用意をいいつけると、なによりもまず、焦りにも似た熱い塊を抱いて海水浴場へと駆けおりた。薄緑のぬるい波がだるそうに砂を撫でていた。一度海にひたるとからだは潮の匂いをたてて灼けはじめた。あらゆる烈しい色彩をまとった裸の人間たちは世界の過剰な成分から析出したきらめく結晶をまきちらしたようにみえた。ビールを飲もうと妹がいった。彼女は十六歳だったが多くの点でわたしと相似形にできていた。人はわたしたちをそんなふうにみたし、わたしたちもそんな姉妹として振舞うことを快い習慣としていた。S電鉄の経営するレスト・ハウスが目についた。店は裸の男女で混みあっていた。わたしたちと同じテーブルで一人の青年がソフトクリームを食べていた。かれの濡れた髪、淡色のうぶ毛でおおわれた胸、それに貴族的な節度をもつ脚の肉づきなどをみるとわたしはひどく寛大な気分になり、かろやかな熱気に包まれはじめた。それはさわやかでセクシュアルな興奮だったように思う。忠実な犬か精巧な人造人間を思わせる確実さでクリームを食べつくしたとき、わたしは思わず微笑した。妹がわたしの腿を指で突いた。かれに合図の笑いを送るとかれは驚きで口を尖らし、わたしをどこかでみたことがあるといった。わたしもこの稚拙だが自然な挨拶に調子を合せた。実際わたしはKと会ったことがあるかもしれなかった。かれがわたしと同じ大学の異なる学部にいるというのが事実ならそれはありえただろう。こうした無意味な会話のあいだにKはわたしたちのおごったビールをゆっくりと飲み、わたしは両肘をついて、乾きはじめた指をかれのまえでからみあわせてはときほぐしていた。それからわたしと妹は立ちあがり、相似形の微笑を浮べたのち、Kに別荘のある場所を教えると別れた。空腹で軽くなった胴のなかで熱の塊がころげまわるのを感じながらわたしたちは手をつないで松と岩のあいだを駆けのぼった。

そして準備されているはずの新鮮な魚や貝の料理のため別荘へと走った。

あの人の名前、なんていった？ と妹がたずねた。Kよ、とわたしは頭文字をとって答えた。この簡潔で象徴的な呼びかたは妹をよろこばした。わたしも上機嫌だった。わたしたちはかれのことをそう呼ぶことにした。管理人が皿を並べながら死んだ母とその死について語りはじめたとき、わたしたちは明るい無関心の幕をひろげて食べることに夢中だった。管理人はわたしたちのことをすこぶる仲のよい姉妹だと評した。そしてそのことは、以前、わたしたちが子どもであったころには目立たなかったものだとかれはつけくわえた。そうかもしれないとわたしは無造作にいった。妹はとつぜんスーツケースにとびついて、チャーリー・パーカーの古いレコードをとりだした。まもなくたちのぼる音の煙が螺旋状にわたしたちを巻いた。食事が終るとわたしたちは二階にあがって管理人の悪口をいいあった。かれは年よりも若くみえたがもう六十が近いだろう。親切そうだけど噛みしめると蛇のような汁がでそうだわ、と妹がいった。引揚げてくるまで旧植民地でなにをしていたかだれも知らないし、おそらく若いころには裏側の世界を歩いた人間にちがいない。すると妹は大げさに手を叩き、管理人が先の欠けた小指をもっていることを指摘した。結局そんなことを気にしても仕方がないとわたしはいい、妹もその点では一致した。疲れたのでわたしたちは籐椅子から突きだした足をくすぐりあったりしながら海の面が光を失っていくのを待った。Ｋは……と妹がいった。ほんとにあす来るかしら？　来るでしょうとわたしはいったがそれには特別意味も根拠もなかった。わたしはつづけて、Ｋにしばらくのあいだ妹のチューターをしてもらうことについてどう思うかを妹にたずねた。いいわ、と妹はいった。Kがそれを承知するなら。

翌朝早くKは来た。わたしたちは眠りの嚢《ふくろ》を切り裂かれ、まぶしい朝日のなかでKと向いあった。妹はそのことでKに文句をいったがじきにわたしたちはふざけはじめ、三人で叩きあって笑いこけた。わたしたちが食事をするあいだ、Kはタバコをくわえてわたしたちがもってきたモダン・ジャズのLPを吟味し、それから冷やしたシードルを飲んだ。わたしはかれが美しい輪郭で彫りあげられた青年であることに驚きと羨望を感じた。この感情はまもなく、かれを、その明晰な形態をもつ存在のままで所有したいという欲望に移行した。わたしたちは黒ずんだ外海が岩をはげしく嚙んでいるぎざぎざした海岸の方へおりていった。わたしは泳ぎたいといった。泳げないことはないが、とKがいった。ここは波が荒いし人を刺すくらげが多いそうだ。大小の岩がとび石のようにみえかくれする先に、巨大なテーブル状の岩が海面から突出していた。そこまで岩づたいに行ってみないかとわたしは提案した。ぬるぬるする岩と煮えたち咆哮する波に難渋しながら目的の岩にとりつき、鶏冠《とさか》に似た頂上によじのぼると、海はその充分なひろがりと厚さをわたしたちのまえに横たえていた。暗黒を孕《はら》んでうねっている海の皮膚、水平線に聳《そび》えたつ鉱物的な積乱雲の城、そしてそれらを隈《くま》どるあまりにも明るい光はわたしを身震いさせた。妹は唇の色を失い、その足の指で、鳥がするように岩をしっかりとつかんでいた。わたしは快活な声をだして沖に浮き沈みする船のかげを指さした。わたしにはそれがぶ厚いココア色の掌で弄ばれている引きちぎられた人形のように思われたのだ。波のとどろきが衰えたとき、わたしはＫにチューターを引受けないかときいた。やってもよいとＫも快活な声でいった。条件のことを相談したいというと、かれは、この夏を海で過すための滞在費がないので、わたしたちがそのことで便宜をはかってくれると有難いと答えた。それなら話は簡単だとわたしはいった。それからまた黙って海をみた。吐きけがするようだと妹がいった。わたしたちは手を握りあって危険な岩づたいに渚へと引返しはじめた。高い、死に陥ちこむときのような悲鳴が起った。妹が足をすべらしたのだ。岩と岩のあいだで波のレースが妹を包んだ。彼女は血の色を失っていた。Ｋが彼女を抱きあげて波のとどかない砂利のうえに運んだ。彼女は蒼ざめた笑いを浮べながら、海は気味が悪いといった。からだの工合が悪かったのではないかときいてみたが妹は否定した。Ｋは妹に空をみるようにといい、彼女の濡れた髪を指で櫛《くし》けずるように撫でた。ふたたびＫが妹を抱きあげたとき——もしかれがわたしを抱きかかえたとしたらわたしもおなじように感じただろう——わたしはわたし自身の情念がＫの腕のなかで熱を帯びてくるのを明瞭にみとどけることができた。このとき妹がＫの胸との最初の接触から愛という意味を引出したとしたら、わたしも同じことをしただろう。Kが妹を背負い、わたしは上機嫌でそのあとについて別荘に帰った。

その午後、妹が鎮静剤をのんで眠り、管理人が二キロほどはなれた漁港の町まで買物に出かけたとき、わたしはKと泳ぎにいくことにした。部屋のなかでKはバナナの皮をむくようにして煉《れん》瓦《が》色《いろ》のポロシャツをぬいだ。わたしも着換えのために衣服をぬごうとした。そのとき、わたしはKを愛してもよいと思っていることに気づいた。それがわたしの存在を世界と和解させるためか、それとも世界の残忍さを流しこむ傷口をつくるためであったかわたしにはわからない。わたしはKに二人とも裸になってみないかといった。Kは納得のしるしに歯をみせて笑った。わたしがポロシャツを残してショーツをぬぎ捨てるとKはわたしをうしろからおさえつけて残ったものをなめらかに剝ぎとり、わたしを裸にした。わたしたちはベッドに倒れて無言のままほとんど計画された動作をたどるように愛撫を交しあった。痛みはすぐ曖昧になった……わたしたちはベッドに坐りなおし、鼻と鼻をとぎあわすようにして、燃えている眼をみつめあったのち水着を着て砂浜に走りでた。砂と海は燃えていた。わたしは笑いのしずくを眼からも口からも撒きちらしながらKのあとを追って走った。波打ちぎわでわたしは息を切らしてKの肩につかまった。そしてKに、あなたのからだは噛みつくとゴムの樹のように樹液がにじみでそうだといい、その肉に歯をあててみた。そして脚をからませてよろめきながらわたしたちは打ち寄せる波の塁壁に身を投げた。

その後の数日、わたしとKはトーテムポールを彫りあげるようにしてわたしたちの愛を堅い習慣につくりかえるのに熱中した。Kはことばを使わずにその手を使ってそれをした。わたしたちがことばを交すとき、それは石と太陽の支配する真夏の舞台で象徴的な身ぶりをともなって放たれる古典劇のせりふと同じ性格をもっていた。Kは絶妙な俳優であり、だから自己表現の嗜好や能力をまったくもたなかった。わたしとKは妹のまえで愛という偶像を共有する恋人同士として振舞った。彼女はまだ泳ぎにいけない体の状態におかれていたが、おそらくその同じ状態のためか、弱い微笑のマスクから眼だけを出して、わたしたちを寛大に眺めていた。夜になるとわたしたちはKをなかにはさみヴェランダでだるい身体を伸ばした。妹はわたしとKの愛を品物のように手にとって吟味した。ときには無邪気な舌の先でちょっとなめてみてはわたしに返すといったふうだった。Kはお姉さんにやさしいの？と妹はきいた。やさしいわ、とわたしはいった。Kはお姉さんと愛しあっているとき、どんなふうにするの？と妹はつづけた。どんなふうにって、とKは淡い、ほとんど無色の声でききかえした。かれにそんなふうにものをたずねても駄目だとわたしは注意した。Kには肯定か否定で答を求めるべきだ。そのことにわたしは慣れていた。わたしは指をそろえてKの腕を握った。そしてKとアムブラッセしカレッセするしぐさを演じた。Kが共犯者としてではなく呼吸のよく合った共演者として応じたことがわたしを満足させた。わたしにもやらせてほしいわと妹がいった。彼女はわたしがしりぞいたあとの空間、腕と胸でKがつくっている椅子のなかにすっぽりとからだをはめた。食肉植物の腕がそうするような自然さでKが妹を巻き締めたとき、わたしも顔を寄せて二人の唇が近づくのを眺めた。濡れて光る暗い内側をわずかにめくりあげた妹の唇が吸いよせられるとき、わたしはうしろに投げだされた彼女の頭、閉じられた眼、そして唇の奥に刃物のように光る歯をみた。わたしはかなりの程度まで冷静であり、興奮があったとしても奇妙な歓びのためだったと思う。演技者たちの外面と内面とが均衡していることがわたしの希望だった。そしてかれらもわたしの希望をみたすようにその情念と肉体とを左右対称に均衡させることに成功していた。わたしとKとがいつもそうしているように。

身体の元気を恢復するとともに妹は、海に対する最初の怯えからぬけだしたようにみえる。わたしたちはKを交えて一日の大部分を海で過した。水で洗われた魚に似てよくすべる裸体でわたしたちはふざけあった。ある雲の多い日の昼過ぎ、わたしたちはモーターボートで海上を走りまわったあと、風がでたので別荘に閉じこもっていた。騒ぐ林をうつ雨の音をききながらわたしは眠りにおちていったように思う。目をさましたとき雨は海を烈しい白煙でおおっていた。わたしは二階にあがっていった。妹はKに三角関数を教わるのだといっていた。彼女たちの部屋はしずかだった。雨の音だけがきこえた。ノックすると非常に遠い声が、待って、といった。かなりながいあいだわたしは待った。それからはいっていって妹とKがベッドに並んで横たわっているのをみた。Kをお借りしたわと彼女は笑いだしながらいった。妹がかれのまえでKという頭文字を使ったことでわたしも笑いだした。そしてどう、Kは？　といい、わたしもかれらのあいだにわりこんだ。嫉妬という感情をわたしは欠いていた。わたしは感情のうちにどんな毒牙も危険な破片もみいださなかったといえる。そのかわりにここには所有の観念に対する軽い修正の要求があった。独占ではなく優雅な共同所有。Kは起きあがると空腹を訴えた。かれにキスするとわたしは上機嫌で二人をおやつに誘った。雨はいっそう激しくなっていた。円いテーブルを囲んだとき、わたしたち三人はやさしい眼でみかわした。すこしでも恥しいかげを引きずることばで三人の関係を濁らすべきではなかったし、だれもその種の軽率さに陥ることはなかった。こうした愛の共有という形式に対してわたしがみいだしたのは、快い痛み、そして合理的な形式のもつ一種の愉しさである。わたしと同様に妹の資質もまた腐蝕性嫉妬に無縁だったといってよい。わたしたちは夜Kが階下の寝室におりていったあと、共有物となった愛について、主としてその外面について意見を交換しあった。わたしたちは人間の皮膚をみてその下につまった臓腑と体液をみないが、そのように、愛という充実した所有物のなかにも脆弱でざくざくした不安の組織をみなかった。なぜならわたしたちは自己省察の病に憑かれることがなかったから。わたしの眼がわたしの内面を喰いあらすようになれば愛という対他関係はたちどころにわたしのなかの無の穴に吸いこまれてしまっただろう。しかしわたしたちはしなやかな肉で鎧われたわたしたちの存在の健康さを信じていた。愛とは空洞をもたぬ質量そのものでなければならない。そしてＫがそのような愛そのものとしてわたしたちの手のなかにあった。これはスポーツに似ていたということもできる。わたしたちはＫとする動作のあらゆる点について語りあい、比較し検討した。そしてどちらかが、ときには二人一緒に、Ｋのところへためしにいった。情念の化学は肉体の力学に翻訳することによって考察の対象となった。わたしたちは若さと身体の外形に関してはほとんど合同に近い相似の関係をもっていたので、Ｋに対するめいめいの所有の形は完全に理解しあうことができたように思う。こうした関係は、慣れれば慣れるほど好ましいものであることがわかった。

八月にはいったある日、海は午後から高まり、風が胆汁のような雲を走らせはじめた。

前日から来ていた父は夜明けまえから管理人と磯釣りに出かけていた。かれらはまだ帰らなかった。わたしと妹はある予感のためにはしゃいでいた。世界がその残虐な爪をむきだすこと、それはわたしたちをよろこばすのだ。妹の発案でわたしたちはＫに会いにいくことにした。かれは父が来ているあいだ中、漁港の町に泊っていた。太い雨に叩かれながらわたしたちは海岸ぞいに歩き、半時間ほどで町に出た。低いまばらな木造の建物が陰惨な町をつくっている。Ｓ電鉄の駅まえで、わたしたちは船の形をした看板をもつ田舎風に俗悪なバアをみつけてはいった。雨を避けてはいったらしい行楽客が数人いた。妹は突然映画をみたいといいだした。お姉さんだけＫに会ってらっしゃい。あなたは行かないの？妹はグラスのへりを唇にすりつけながらいった——あたし、なんだか行きたくないみたいだな。わたしはまつ毛を引きおろし、唇をちょっと突きだして微笑すると一人でＫのいる旅館に向った。Ｋは港に面した一室にねそべっていた。妹は来なかったのかといい、わたしがうなずくとかれはすぐわたしを抱いた。暗いわねといいながらわたしはかれの腕をはずした。なによりも光の欠乏がＫを怠惰で無気力な青年にみせていた。多分わたしも同じだったかもしれない。外へ出て歩きたいとかれがいった。どこへ？　とわたしは不機嫌な情婦の調子でいった。わたしを別荘まで送ろうといいながらＫはしめっぽい手でわたしの腕を握った。雨と風は間歇的だが兇暴になりはじめていた。台風が近づいているらしかった。妹と一緒に帰る約束だったことを告げるとかれは冷淡な様子で首を振った。岬に着いたとき、わたしたちは岩のうえでキスした。Kはひどく濡れていた。松林を抜けて別荘に近づいたがKはわたしの手をつかんで歩きつづけた。もう二人とも帰らなければならないとわたしはいった。するとKは立ちどまってわたしの眼をみた。帰りたくないとかれはいった。このときはじめてわたしはわたしの堅牢な存在のなかで不安に似たものが崩れおちるのを知った。わたしは震えながらKをみた。かれの皮膚はいたるところでめくれあがっていた。その下にわたしがみたのは穴だらけの暗い内面だった。二人とも演技を忘れて醜塊のまま立ちつくしていることにわたしは憎悪を感じたほどだ。しかしわたしは調子はずれの笑い声をたて、かれの首を抱いてその肩に顎の楔《くさび》を打ちこんだ。かれはかすれた声で話した。妹は、かれと寝るときかならずかれがわたしをでなく妹の方を愛していることをたしかめたがるというのだった。Kの答はつねに両方を愛しているというのだった。すると妹はどちらを沢山？　と追求する。わたしは高い平板な声で、すべては最初から遊びでありなんの意味ももたないではないかといった。それは違う、とKが反対した。かれの立場からすれば違うというのだった。ぼくはこのままではこわいのだ、といい、Kは不自然な笑いを浮べた。それがわたしをおびやかした。どうするべきか考えようとKはいった。それにしてもあなたはほんとはわたしと妹とどちらを愛しているのかとわたしはたずねた。

無論この質問も大して意味をもたなかっただろう。Kは不吉なものにさわるような調子で、それはわたしの方だと答えた。わたしは愛の共同所有という観念に決定的なひびがはいってしまったことを知った。この瞬間にわたしはKと別れるべきだったと思う。しかしわたしたちは水分をふくんだ体を押しつけあっていた。明日でも嵐が去ったら別荘へ来て。わたしはそういうとKを残して別荘へと走った。

父と管理人はまだ帰っていなかった。暗くなるまでなにをしていたかをわたしは記憶していない。父が帰ってきたのは八時過ぎだった。それはいったん死にとらえられていたものの間違った帰還のようにわたしを不快にした。父と管理人とのあいだにも不愉快な敵意が粘着しているように思われた。妹はどうしたのかと父の金属的な声がした。町へ映画をみに、とわたしは答えた。父はますます不機嫌になった。やがて停電した。一時間ほどたったとき妹が帰った。戸口に彼女を送ってきたKが立っていた。かれが去ると父は険悪な顔をして、あの青年とつきあうなといった。わたしたちは答えなかった。妹は管理人の告げ口ね、とささやいた。そのとき父が近づいてきた。わたしたちは醜悪なものに堪えるときのように眼をみひらいた。おまえたちだぞ、と父は叫んだ。おまえたちが母さんを殺したようなものだ……そしてかれは宣告した。いいか、あすわたしと一緒にここを引揚げる。わたしたちは黙っていた。こんな場合にはそうするのがわたしたちの黙契であったからだ。

翌朝空は青い円盤となって輝いていた。父は作為の上機嫌でよく笑い、午前中をわたしたちと海水浴で過すと、わたしたちを残して帰京した。Kがひどく不決断な顔をしてやって来たのは夜になってからだった。わたしはどちらがKと寝るかを籤引《くじび》きできめようと妹にいった。わたしが籤をつくった。そして妹があたった。

妹との関係はけっして不和ではない。Kの所有をめぐってわたしたちのあいだに異物が介在したとしても、そのことはわたしたちの関係を変えたのではなかった。わたしたちは、Kのことばを借りるなら、同じ鋳型の製品であり完璧な対称の関係を失わなかったといえる。Kがわたしの方を愛していたとしても――わたしはそれを全部は信じなかったが――たんなる偶然にすぎない。Kは単にわたしを先に愛したというのがほんとうだ。しかしKは崩壊しはじめていた。したがって共有に値するわたしたちの愛も次第に実体を失っていったのだ。ある日わたしたちは渚を歩きながら母の死の痕跡を探していた。その岩はすぐみつかった。わたしは去年の夏起ったことの信じられないほどのろい分解写真に似た再現をみたような気がする。母が突然の恐怖のためにわたしたちを呼びかえそうとして顚倒する。そして起きあがらない。わたしたちは波に足をひたしてそれをながいあいだみつめている。いま、その岩は、満潮で渚からはなれたところにあった。わたしたちは顔をみあわせて微笑した。おそらく死のイデーを発見したのはこのときだったと思う。Kの死を考えてみたことはない？　とわたしは妹にいった。人はしばしばその所有物を破壊することによって所有を完全にしようとする。だがKの死、わたしたちの愛の死は、所有物の喪失や破壊を意味するというよりも、所有を永遠化するために必要なひとつの変形にすぎないとわたしは考えた。たとえばかれが砂のうえの墓碑に変る。するとわたしたちは白骨化した愛をわたしたちの外に一個のオブジェとして共有することができるだろう。わたしたちは膝をかかえ、Kに対するこのあらたな所有の形式について語りかわした。そしてこの真夏の陽光のもとで、愛はほとんど死に似ていた。

八月が、その終りに向って光の蓄えを使いはたしていくにつれて、わたしたちの愛も血液を絶たれた脳のようにその死に向って進むことを免れなかった。だが愛の遊技は突然不合理な果実をもたらす。愛は死に瀕して生命を分娩するものだ。血の周期が一週間遅れたことでわたしは妊娠を覚悟した。受胎あるいは妊娠、それはわたしにとっては許せない異物の侵入であり、肉腫か癌細胞に似たものの生育するイマージュを呼びおこしたにすぎない。それを抉《えぐ》りとるに足りることばは屈辱ということばだけだ。わたしにはこの屈辱を妹と共有する気はまったくなかった。ある夕方、わたしは妹とKをまえにして、わたしの妊娠についてどう思うかといった。Kは笑って肩をすくめた。妹の指がフォークを握ったまま痙攣したようにみえた。しかしたしかではなかった。冗談よ、とわたしはいった。こんな問題はちっとも有益ではない、妊娠や出産、そして結婚といった考えは石と海を灼く太陽の帝国にあってはなによりも喜劇じみてみすぼらしいものだ。その夜おそく、Kはわたしの部屋の戸を叩いた。わたしの妊娠はほんとうかとかれはいきなり詰問した。そしてわたしの答を待たずに、子どもを生んで育てようといった。わたしが生むの？　罠の入口まで追いつめられた感じをもちながらわたしは叫んだ。けっして生んだりしないわ、子どもなんか！　わたしはKに対して、わたしがもっている妊娠の観念を説明した。しゃべりながらわたしはそんなばかげたことについてしゃべっているわたしに恥を感じた。Kはわたしを押しとどめ、そのことはあとでゆっくり話したいといった。それは無益なことだ、とわたしはいった。妊娠しているのはおそらく妹の方だろう。わたしではない。するとKはそんなはずはないと反駁した。かれは妹には妊娠の種を与えないで愛しあったというのだった。信じない、とわたしはいった。Kはさらに説明をつづけ、わたしに対するKの愛と妹に対するそれとの関係は、実物とその複写との関係だといった。もしその区別がほんとうでも、とわたしはいった。そのことは少くともわたしとKとが子どもを生み愛を管理しつづけなければならないということの理由にはならないだろう。わたしはそう断言した。

こうしたあいだにもわたしの体内でわたしでない存在が刻々と時間を喰いながら肥大し

ているのだという考えは、わたしを恒常的な嘔吐のなかに押しこめた。この吐きけを中和しうる観念は、Ｋの死という観念以外になかった。世界を拒絶しはじめたとき、わたしがそれまで生であり健康であると信じていたものはいつのまにかなかまで腐った黒い果実に変っていた。わたしは管理人の死、父の死、そして妹の死さえも望んだ。おびただしい死だけがこの軟体動物のように砂をなめている海にふさわしい。

いつものように、蝦《えび》や蟹と海藻類をふんだんに食べる遅い朝食のあと、わたしたち三人はなにもすることがなく話すこともなかった。Ｋは妹とわたしの脚や胸に掌をすべらせ、わたしたちがくすぐったがると自分もくすぐられる幼児のような笑い声を放った。わたしと妹は以前の充実した状態、愛を共有していた関係を回復していたようにみえた。だがこのとき共有していたのはＫの死という観念だった。管理人をまじえて麻雀《マージャン》をしながら、わたしたちは推理小説マニアのように殺人のトリックに関して議論しあった。みんな上機嫌だった。それからわたしたちはＭＪＱのＬＰをきいた。八月の乾燥した風のなかでなにかが消耗していくのに堪えるようにしてひと夏の衰弱に堪えながら、わたしたちは坐っていた。ふいと妹が立ちあがった。わたしとＫも立ちあがり、すでに岬のおとす影に陽光を奪われはじめた砂浜の方へ駆けおりた。砂と海のうえに人かげは少く、波はひどく冷たいように思われた。しかし海はたいそう穏かだった。わたしたちは沖に向って泳いだ。太陽が支配する光の領域に出たとき、わたしたちはさらに太陽を求めて泳がずにはいられなかった。防波堤を過ぎ、岬をまわると、わたしは冷たい潮流に乗っているのを感じた。頭を並べている妹と眼をみあわせたとき、わたしは突然の決行を決意した。わたしはKの首にしがみついてキスし、妹もした。わたしたちは笑いこけながらKにつかまって浮き沈みしたが、この悪ふざけは徐々に死の相貌を帯びてきた。手足に重たい水の層、足もとに口を開きはじめた漏斗形の穴、そして胸を押しひろげる心臓が死の接近を告げた。こんなふうにしてKの死を実現することはわたしの想像を超えていたように思う。泡のなかでわたしはKを見失った。そして妹もすでにみえなかった……

いまではわたしは語るべき多くのことをもたない。わたしは生きるために岬に向って泳ぎつづけたのであり、それ以外に希望も絶望ももたなかった。人人は徹夜で妹を探した。Kの死をわたしはだれにも語らなかった。事件に疑いを抱いているのは管理人だけだろう。翌日わたしは妊娠していなかった証拠をみた。そして数日のうちに海岸を去った。夏は終った。わたしが待ちはじめたのは、みずからの手で扼殺するようにして閉ざしてしまったわたしの夏が堅い残骸になってしまうことだった。

（「小説中央公論」一九六〇年一一月号）

合成美女

合成人間が完成されてすでに久しい。わが国でもここ数十年間におよそ十万人の合成人間がでまわっているといわれる。しかし合成人間は依然として最高の贅沢品で、それを買うことができるのは真の強者である特権階級にかぎられていた。というのも、合成人間は二十一世紀に大流行をみたような、プラスティックと金属でできた機械的なロボットのたぐいとはまったくことなり、文字どおり合成された蛋白質の「生きた体系」であって、工業的に大量生産しうるものではなかったのである。その製作はむしろ昔の京人形の製作にも似た芸術的作業であった。おそろしく高価なものはその理由だけでも人間の夢をかきたてる。しかもこのばあいは品物が合成された人間である。ひとびとは「合成された」ということと「人間」という概念との奇妙な結合や矛盾を直観しており、そのためにいっそうこの商品は熱狂的な需要をひきおこしたのかもしれない。まさに合成人間ブームだった。たとえば、合成人間の女中すなわち合成女中を買うことは女性の夢だった。「この女中さん、合成、それとも天然？」「もちろん合成でざあますわ」といった問答が虚栄心の発達したブルジョア夫人のあいだでとりかわされていた。いうまでもなく誇るに足るのは合成女中を所有することであって、「天然の」女中を傭っていることではない。

ところで合成女中と天然女中とはいかにして区別するか？　一般に合成人間はその外見上天然の人間とまったくことなるところはなかったといってよい。むろん、しゃべり、考え、食事から排泄にいたるまで人間同様におこない、人間のあいだで人間なみに生活することができる。それはだからある程度まで——その程度がまさに問題ではあったが——一箇の「人格」として取り扱われていた。しかし合成人間はあくまでも人間によって創られたものである。神が人間を創ったかどうかは不可解だとしても、人間が合成人間を創ったことには疑う余地がない。そしてこの従順な被創造物たちは、自分たちを創った「神」を知り、自分の身が合成人間であることを心得ていた。「あなたは合成なの？」と合成女中にきけば、「はい」と謙虚に答えるだろう。合成人間は嘘をつかぬように創られていたのだから。しかし人間は嘘をつく。天然の女中がおくさんにいいふくめられて、「あたし合成ですわ」とにこやかに断言しないともかぎらない。そこでもっとも確実な区別を求めるとすれば、解剖である（ただし合成人間の生体解剖は法律で禁じられていた）。合成人間の頭には驚くべき電子頭脳がつまっていた。内臓はほぼ人間とおなじだったが、はるかに高性能に創られており、肝硬変をおこしたり癌を発生させたりするおそれもなかった。そして人間とはことなり、あの複雑な循環装置がないかわりに、神経繊維の配線をつうじてあらゆるエネルギーの伝達と物質変換が同時におこなわれる仕組になっていた。早くいえば、合成人間には血がないのだった。

ところで、合成女と人間の女をみわける素人むきの手がひとつだけあることはよく知られていた。それは股のあいだの穴の数のちがいである。合成人間はひとつだけ穴が多く、肛門のうしろに、人工頭脳に充電するためのソケットがあったのだが、そんなわけでマダム連は客のまえで女中の下着をめくってそのあられもない部分を披露することも辞さないほどだった。もっとも最新型の自動調整式の合成女にはそのような穴はないともいわれていた。

ある秋の日曜日の午後、倫子《みちこ》は夫といっしょに銀座の合成人間専門店にでかけた。いよいよ宿願がかなう日だった。堂々とした合成人間の老舗が軒をつらねる通りには、着飾った女たちが、いつか合成女中の買える日を夢にえがきながら歩きまわっていた。彼女たちの灼けるような羨望の視線を浴びて店にはいるだけでも倫子は幸福で息がつまりそうだった。結婚式のときでさえもこれほどではなかった。これで自分たちも「合成族」――というのは合成人間を所有するほどの金持を意味する流行語だったが――の仲間入りができるのだわ、と彼女はおもった。

店員の応対は丁重をきわめた。この店に足を踏みいれるほどの客は王侯貴顕にもまさるのだ。夫妻は二階のサロンに案内された。十数人の若い女たちが人待ち顔にたたずんだり、ファッション・モデルのように歩きまわったりしていた。「どうぞごゆっくりごらんください」と店主がいった。「まあ、この人たちがみんな合成人間！」と倫子はおもわず声をあげたが、この豪奢なサロンのなかではいささかはしたなく響くほどだった。合成女たちはいずれ劣らぬ美女ぞろいであり、その優美な身ごなしと典雅な微笑にであうと、倫子は商品を選ぶ客としてのあの横柄冷酷な眼も失い、おろおろして夫を振りかえった。客が商品たちに圧倒されるとは奇妙な光景だったが、じっさいこの生きた美神の群像をみるとそれも無理ではなかったのだ。店主が合図すると、商品のひとつが、コーヒーとアントルメをもってきた。「わたくしたちはそれぞれ性格や趣味もちがっておりますので、どうかご遠慮なくいろんなことをおたずねくださいませ」と彼女はいった。そして他の合成女たちも倫子のまわりに集って話しかけた。倫子はまっかになり、ただ田舎娘みたいに笑うだけだった。彼女は合成美女たちのあいだで抜きがたい劣等感に襲われ、困惑の極に達していたのである。やっと気をとりなおして倫子は品物を選びにかかった。婦人服や装身具に個性があるのと同様に合成女にも個性があった。まさに彼女たちは芸術作品であり、けっして同じ作品はないといわれていたのだから、街で自分とおなじ既成服を着た人間にであうような不愉快な目にあう心配はいらなかった。

「ねえ、どれにしましょう？　あなたもよくみて選んでくださいな」

すると夫は合成女を一人ずつ手招きして、人形でもみるように眺めた。そして遠慮なく彼女たちの胸にさわったり、手を握ってみたりするのだったが、倫子はあまりの図々しさに顔をあからめて夫の袖をひいた。夫は、品物を選ぶのだからよく吟味するのがあたりまえだといい、店員もそのとおりだといって、彼女たちの一人一人についてその性能や特徴を説明した。だがまちがったことをいうとその合成女当人に訂正されるのだった。

けっきょく倫子が選んだのはもっとも美しいとおもわれる合成女だった。どちらかといえば内気で優しそうな顔だちをしていたが、それは彼女がみずからみせてくれた性格グラフにもしめされていた。店主も、彼女は当店自慢の品だといった。そのかわり値段もいちばん高く、若干予算を超過したが、倫子は絶対これにきめたといいはった。頭金二千万円、残り千五百万円は三十ヶ月の月賦だった。

「ドレスやアクセサリイのお値段は別になっておりまして、頭金といっしょにちょうだいいたしますが」と店員がいった。倫子は相手の商魂が多少気にさわった。しかしまさか中身だけ買って裸で連れだすわけにもいかないわ、とおもいかえしてうなずいた。夫は店主と購入手続にとりかかった。合成人間の購入には登記が必要だし、政府の「合成人間所有許可書」も交付してもらわなければならない。この間、店員が倫子にむかってこの合成女の性能や取扱いかたを説明していた。「知能指数は一五〇でございます。教養指数は一三〇の最高値で、大学卒業程度に相当します。したがいまして言語能力も……」しかし倫子はほとんどうわのそらできいていた。この合成女はみればみるほど美しかった。しかもあの人形じみた美貌ではなく、人間的な不完全さの魅力をもっているところなど心憎いばかりだった。「あなたはほんとにすばらしいわ」というと、合成女はえくぼをつくって笑った。唇の横に小さなほくろまでついていた。

「社長さんのおくさまだって、こんな上等の合成女中はおもちでないでしょうね」と倫子は夫にいった。「女中だなんてもったいないみたい。いっそあなたの奥さんになさったら？」

　すると合成女は口に手をあててくすくす笑ったが、資郎は笑いもせずに、「そんなことはできないさ。これは合成人間だから」と答えた。かれが冗談というものを解さないのは、いまにはじまったことではなかった。

　倫子と夫が合成女を連れて店からでると、大勢の通行人が立ちどまって注視した。まるで式場にむかう花嫁をみたがる弥次馬のように。合成女は顔を伏せ、かすかに頬を染めていた。この電子頭脳とはおもえない絶妙の反応をみると倫子はほとんど有頂天の態だった。「あなたにはいい名前をつけてあげるわ、どんな名前が好き？」と彼女は車のなかでいった。世間では合成女中には犬や猫などの愛玩動物につけるような外国風の人名をつけるのが普通だった。たとえばマリイとか、キャロルとか……「そんなのはいやあね、安っぽくて。ちゃんとした日本人のお嬢さんらしい名前にしましょうね……ゑり子というのはどうかしら？」

「すてきですわ」と合成女は眼を輝かせた。「まえからわたくし、そんな名前がほしいとおもっていましたわ」

翌日、倫子は学校友だちの晴海《はるみ》の家へゑり子をつれていった。いうまでもなくこのすばらしい買物をみせるためだった。ゑり子が家のまえでエア・カーを地上におろすと、玄関から女中が迎えにでてきた。合成女中だが、ゑり子にくらべると格段に見劣りがした。晴海はこの合成女中を昨年の春に買ったのである。二一六〇年型というやつで、六一年型とちがって個性に乏しいし、それほど美しくもない。そうおもって車からおりたゑり子とみくらべると、晴海の合成女中はゑり子にたいするひけめでもかんじているかのように、顔をこわばらせていっそう醜くみえさえした。もちろん倫子の驕慢なおもいすごしだったというほかない。それにしてもゑり子は自分の美しさを知るのか知らないのか、嫣然《えんぜん》とほほえんでいた。

「とうとうお買いになったのね」と晴海はゑり子をみるなり叫んだ。「すばらしいわ！」

「苦労して選んだのよ」と倫子ははずむ息を抑えながらいった。「主人もあたしも気にいっちゃって、これにきめたの」

「高かったでしょう？」

「それほどでもないわ。頭金といっしょに四千万だった」と倫子はさばを読んだ。

「まあ！」と晴海もいいかえした。「あたしはあのキャロルを四千五百万で買ったのよ。合成人間と車は買い急ぐとほんとにばかをみるわね」

「そうね。一年たつと合成人間もずいぶん垢ぬけがするのね。ゑり子は自動調整式なの」

「キャロルもこの夏工場にいれて自動調整式に改造してもらったわ。なにしろ、それまでは取扱に手がかかったものよ。ときどき内臓機能が狂って軽い病気になるのだけど、自分でそれがなおせなかったの。おまけに十日に一度、電子頭脳に充電してやらなきゃいけないし……それを忘れると、電気が切れたところで弁慶の立往生みたいに硬直して動かなくなったり、支離滅裂の歌をうたって気違いじみた踊りをはじめたりするのよ」

　ゑり子は口に手をあててくすくす笑った。倫子はゑり子の髪を撫でながら「この子は時間がくるとまちがいなく自分で充電するのよ」といい、利発な娘を誇る母親のように笑った。晴海は妬ましげな眼でゑり子をみて、「ほんとにおみごとなできばえね。うちのキャロルにはそんな魅力的な笑いかたなんか、いくら教えてもできないのよ。素質の問題かしら」

そういって晴海と倫子は笑い、ゑり子は大まじめな顔でそれが頭脳の回路の問題だということを説明しようとしたが、二人ともきいてはいなかった。きいても彼女たちに理解できる話題ではなかっただろう。倫子は笑いやめると声をひそめて、あそこをみたければみせてもよいとささやいた。「いいわよ」と晴海は不機嫌な声で辞退し、ゑり子がみずから倫子の合成人間所有許可書をとりだすのにみむきもせず、これほどみごとな人間は合成にきまっているではないかと断定するのだった。妙な理窟だとおもいながらも倫子はこのことばですっかり有頂天になった。

「ところで、ゑり子にはなにを習わせるつもり？」と晴海がたずねた。「キャロルにはお茶とお花と日本舞踊をやらせて、いまは黒人の先生について即興演奏のお稽古をやらせているわ」

「女の子だからもちろんお茶やお花はやらせるつもりだけど、変った芸をしこむのもいいわね。小説を書く合成女もいるそうじゃない？」

「でも悪趣味ね、そんなの」と晴海はきめつけ、彼女のキャロルにつくらせた蟹のピラフをすすめた。倫子とゑり子は口をそろえて料理をほめたが、晴海は吐きだすようにいった。

「だめなのよ。うちのキャロルにはこの程度しかできないのよ。どうせ六〇年型だから」

それからまる一月のあいだ、倫子は珍しい玩具《おもちゃ》をあてがわれた幼児のようにゑり子をはなそうとせず、ゑり子なしには夜もねつかれないというふうだった。この偏愛ぶりを夫は至極冷淡に眺めていた。倫子にはそれが不満の種だったが、分別盛りの中年男にとって、自分の妻が、等身大の生きた人形を相手に化粧を教え髪をいじり装身具をつけたりはずしたり服を着せたりぬがせたりして夢中になっているのは、はなはだ共感をよばない図であったにちがいない。しかもこの生きた玩具は、一家の主人が童心にかえってたわむれるにはあまりに女らしいのであり、うっかり手でもふれようものなら、「あなた、いやらしい真似はおよしになって」と妻から鋭くたしなめられる光景を現出したことだろう。資郎は自分のことを「おじさま」と呼ばせ、若い娘らしいコケティッシュな微笑をふりまくゑり子を謹厳な気むずかしい態度で黙殺していた。そして黙殺される当の合成娘はともかく、腹をたてていたのは倫子のほうだったといえる。彼女は夫にむかって、「あなた、ゑり子にこのスーツは似合わない？」とか「このヘア・スタイルはどうかしら？」などと関心を強要し批評を求めるのだったが、じきにこのむなしい努力は諦めてしまった。

倫子とゑり子のはてしない対話の主題は、もっぱら合成人間と天然人間との相違をめぐるものだった。たとえば、合成人間も空腹をかんじるのか？　料理の味がわかるのか？　食べたものはどうやって排泄するのか？　病気にならないか？　苦痛をかんじることがあるのか？　悲しむことは？　恋をすることはできるか？　人間の女とおなじように男と交わることはできるのか？　妊娠と分娩の能力はあるのか？　髪や爪はのびるのか？　顔に皺はできないか？　年をとらないのか？　死ぬことはないのか？……倫子のように想像力に乏しい女でも、合成女と日常の起居をともにしているとこうした疑問は無限におこってくるものだ。彼女は際限もなくたずね、ゑり子の明快な答にひとつひとつ感嘆の声を放つのだった。要するに、ゑり子はほとんどすべての点で人間なみであり、したがって倫子が熱中していたこの対話は、古代の哲学者がこころみたそれと同様に、すぐれて人間認識という性格を帯びていたともいえるのである。

ある朝、ゑり子の顔をみて、倫子は気分でもわるいのではないかとたずねた。「あなた、まさか月経じゃないでしょうね」と倫子は冗談のつもりでいったが、ゑり子は顔をあからめて首を垂れていた。

「まあ驚いた。あなたたちも月経があるの？」

「はい、おくさま」と合成女はいった。「わたくしたちの子宮も人間のとおなじように創られていて、ホルモンの支配を受けておりますわ」

「それは、受胎能力がある以上そうでなければならないだろうけど……でも、なにも月経まで人間の真似をしなくてもいいとおもうのよ。第一、不便で不愉快じゃないの」

「たしかに、人間には不合理な点が多いようですね」とゑり子は合成的な理窟っぽい眼をしていった。「でも、わたくしたちはそういうところもひっくるめて人間そっくりであればあるほど人間のみなさまに好まれるものですから」

　倫子がゑり子にたいして奇妙な感情を抱きはじめたのはそのときからだった。それまでのゑり成子はもの珍しい人形、人間を完璧に演じてのける精巧な人造人間にすぎなかったが、いまは倫子同様に月々のものにも悩むひとりの女にみえるのだ。ゑり子はいまや平穏な家庭に招きいれられたふしぎな「女」だった。倫子はゑり子の介在が、自分と夫との関係にも、ある種の歪みをもたらしはしないかとかんじはじめていた。当然そういう可能性は勘定にいれられてよかったのだ。ゑり子は人間の女がなしうることはことごとくなしうるように創られており、そのうえ、ありふれた人間の女に数等まさる女性としての魅力を与えられていたのだから、彼女がその気になりさえすれば、それらの力を動員して危険なことを企てるおそれは充分あるといわなければならない。問題はゑり子がその気になるということにかかっている。合成女にも恋することができるのか？　この質問にたいしてかつてゑり子は答えた。「できますわ。ただ、わたくしたちが人間の男性を愛することは禁じられているのです」だが禁制ほど人間を大胆にするものはない。この心理学が合成人間にも妥当するかどうかは疑問だとしても、合成人間の頭脳に刻まれた「禁じられた愛」という観念自体が、倫子には妙に危険なものにおもわれるのだった。いうまでもなく、倫子のうちには自分の生活の軸である夫を防衛しようとする本能が働きはじめていたのだ。この本能はさしあたり彼女の夫への愛などとは関係がない。愛といえば、そんなものは倫子にはもともと無縁だったといえよう。いずれにしても倫子はゑり子を警戒しはじめたのだが、最初は自分でもなにを警戒すべきかよくわかっていなかったかもしれない。

　そのころ、倫子の家には夫の姉の息子や、その友だちの大学生、夫の大学の後輩で部下である青年などがときおり遊びにきていた。とくに後者の江口という青年は、ゑり子に少からず熱をあげているようすだった。それというのも、かれがはじめてゑり子をみたとき、倫子が悪戯心からゑり子を、自分の姪《めい》だと紹介したからである。かれは土曜日や日曜日にはかならずゑり子を誘いにきた。二人は恋心を抱きはじめた恋人同士のように肩を並べて立体映画をみにいったり踊りにいったりしていた。こうなってみると、倫子にはゑり子がじつは合成女であるという残酷な事実が口にだせないのだった。一方、甥《おい》とその仲間の大学生たちは最初からゑり子が合成女であることを知らされていた。かれらもしばしばやってきたが、その魂胆はあきらかにゑり子を性的に利用しようということだった。「おばさん、この冬、みんなでスキーにいくからゑり子を貸してくださいよ」と甥はいった。「いけません。大事な子だから」すると甥は倫子のことをけちだといい、すきをみては、仲間たちといっしょにゑり子を抱きすくめ、頸《くび》や脚に接吻したり、ゑり子の女性的な部分に猥《わい》褻《せつ》な接触をこころみたりするので目がはなせないありさまだった。そんなとき、ゑり子は優しい悲鳴をあげるだけでまったく困惑の態であり、倫子はじれったそうに注意を与えた。

「遠慮しないでひっぱたいてやらなきゃだめ。男ってみんなああいう動物なんですからね」

　しかし江口のことでは倫子もおもいあまって夫に相談してみるほかなかった。

「いまさら、ゑり子が合成女だなんていうのもなんだかかわいそうでしょう？　江口さんはいいかただし。できることならゑり子と結婚させてあげたいくらいですわ」

「そんなことができるもんか」と夫はいった。「ゑり子は合成人間だからな」

「わかっています。でも、もしも江口さんがそれでもいいとおっしゃるなら、いいじゃありませんの。合成人間にもその程度の人権を認めてあげたいとおもいますわ」

「そういうことは法律的に許されないのだ」と夫は冷静に指摘した。

「それはそうでしょうけど」と倫子はいいかえした。「そんな法律は不合理ですわね。合成女だって、人間とおなじように悩むにちがいありませんわ、だってちゃんと感情回路をもっているんですもの」

「合成人間の気もちに同情してもしかたあるまい。江口にはわたしから事実を知らせることにする。ゑり子にはおまえから人間の男とはつきあわないように注意してやってくれ」

倫子がゑり子に江口のことをどうおもうかとたずねると、ゑり子は「いいかたですわ」と答えた。

「それだけ？　愛してるんじゃない？」

「愛していません」とゑり子はよく澄んだ声でいった。「江口さんはわたくしを愛していらっしゃるようですけれど」

「もっと詳しく話してちょうだい」

「江口さんはこのまえの日曜日にはじめてわたくしに接吻しました。そのあとで結婚の申込みをなさいました」

「承知したの？」

「お断りしました。結婚することができないのはわかっていますから」

「それならいいけど」と倫子は慰めるようにいった。「あなたもなんだかかわいそうね。

でも今後も恋愛問題には気をつけてちょうだいね。あなたの身のためをおもっていうのよ」

「大丈夫ですわ、おくさま。わたくしたちには自制回路がありますし、さらに非常のばあいは禁圧回路という一種の安全装置が働くようになっているのですから」

そんなことがあってしばらくたったある夜、倫子はふと夫の部屋にはいっていった。夫のかたわらで、ゑり子が唐突に立ちあがるのがみえた。ゑり子は乱れた顔を伏せて倫子の横をすりぬけ、でていった。そのとき、かすかな狼狽の色さえない仮面じみた夫の顔がよく磨かれた楯のように倫子をはねかえした。しいてよそおわれた無表情とはおもえなかった。倫子は軽いめまいをおぼえながら、よそゆきの声をだして、「なんのご相談でしたの？」ときいた。「おまえに関係のないことだ」と夫は平板な調子で答えた。知られて都合のわるいことかと倫子がいうと、そんなことはない、おまえが望めば話してもいいというのだった。「けっこうですわ。おききしません」と倫子はいいきってゑり子の部屋へいった。

「すみません」とゑり子は沈んだ声でいった。

「なにをあやまっているの？　おかしいわね、あなた。それにさっきはどうして泣いていたの？　合成人間でも泣けるのね」

「ええ、涙腺があって水を分泌するようになっているのです」

倫子は眉をひきあげた。涙腺の問題をきいているのではないのだ。ゑり子の顔はその頭のなかで爆発がおこった跡をしめしているではないか。泣いていたにちがいない、それも夫の膝に顔を埋めて。そんな推論が、倫子のなかに、他人にたいして人間がつねに必要としている不信の砦を築かせた。ゑり子は主人から今後人間の男とのつきあいを禁止するといわれ、ひどく叱られたのだと説明した。倫子はうなずき、それを信じないことにきめた。

ひとたびこうした原則を固執しはじめると、すべてが別の観点から、別の意味をもってみえてきた。ゑり子は最初から夫に気があったのだ。江口とつきあっていたのは一種のカムフラージュにすぎない。それに江口なんかよりうちの主人のほうがよほど女を惹きつけるにきまっている。主人も主人であの合成女に欲望をもちはじめたのだ。かれのぶっきらぼうな態度は、わたしにたいしてはたんに事務的であるという以上の意味をもたないが、ゑり子にたいしてはそれは男の愛に特有のあの粗暴なみかけなのではないか。倫子はこうした仮説を組みたてては崩してみることに熱中した。どうやら倫子の心中に悪性の寄生虫が侵入して彼女を喰いあらしているらしかったが、彼女自身がそれを嫉妬と名づけたとき、それはまぎれもない嫉妬となった。嫉妬とは劣等感の一変種にちがいない。自分より数段劣ることがあきらかな相手にたいして嫉妬する人間はいない。ところが倫子はゑり子のほうが自分よりもはるかに若くて美しい女であることを認めないわけにはいかなかった。この認識を打ち消すために、相手はたかが合成人間ではないかというわれのない人間的自尊心に訴えても無効だった。いまや美しい女としてのゑり子のまえでは、天然の人間であるか合成の人間であるかの別など、ほとんど意味をなさないようにおもわれた。

　さらにわるい事態が加わった。ある日夫がゑり子を自分の秘書として使いたいと倫子の諒解を求めたのだ。倫子は自分の動顚《どうてん》をみすかされないために、ひどく重々しい顔でそれに賛成した。「ゑり子にとってもそのほうがいいかもしれませんわ。家にいて遊んでいるばかりでも退屈でしょうから」

　ゑり子も働くということに興味をおぼえたらしかった。彼女は毎朝夫のエア・カーを運転して出社し、夜遅く夫といっしょに帰宅するようになった。自然のなりゆきかもしれなかったが、資郎の服をぬがせたりすることもゑり子の仕事のうちに含まれてしまった。倫子は心中の波だちにもかかわらず、軽蔑と無関心をよそおい、連日遊びに出歩いていた。そのあいだにも彼女は嫉妬と疑惑を培養しつづけていたのだが、ある日、いきつけの六本木のレストランで昼食をしている夫とゑり子をみたとき、それは一挙に怖しげな鬼の形をした執念となった。倫子は夫とこの合成秘書とがただならぬ仲であることを確信した。

それから二週間ほどたったある日、倫子は、ゑり子をつれて国立ホールへ黒人音楽家の演奏を聴きにいった帰り、ゑり子をさきに帰して、親友の晴海を訪ねた。ちょうど同じ学校友だちの三也子もきているところだった。倫子は合成女中と夫のことで悩んでいるのだと話した。

「そんなことなら、どこのお宅でもよくあることじゃない」と三也子がいった。

「そうよ」と晴海も身を乗りだしながらいった。「それでいいのよ。きれいな合成女を買ってあてがっておけば男が浮気しなくなっていいじゃないの」

「男って無邪気なものね、合成女中という玩具にたわむれて、けっこうご機嫌ですもの」

「でもあたしはそれがなんだかいやな気分なの」と倫子はいった。

「お熱いこと。そんなにご主人を愛していらっしゃるなんて、羨ましいわ」

「無理もないわ。倫子さんのご主人はあんなに若々しくてハンサムですもの。大事にしなくちゃ」

「ありがとう。でもあなたたちはご主人が合成女中を可愛がるのをみてもなんともないの？」

「もちろんよ」と晴海が断言した。「だって相手は合成人間なのよ。あなた、合成女に嫉妬するなんて、少々へんじゃない？」

　そういって彼女と三也子はパティスリイをつまみながら少女のように首をそろえて振るのだった。倫子は説明しようとつとめたがうまくできなかった。つまり、倫子にとっては夫の背信行為――合成人間にたいする夫の態度を背信ということばで呼ぶこと自体もおかしかったかもしれないが――よりも、むしろ、ゑり子の人工頭脳の精巧をきわめた回路のなかに、ある変質が、たとえば倫子のかつて体験したこともない「恋」とでもいうべき歪みが生じつつあることが、この平凡な重役夫人の不安と嫉妬をかきたてるのだった。夫の資郎と合成女のゑり子とは、いかにも輝かしい組合せのようにおもわれる。倫子にもそれは否定できなかった。そしてゑり子と夫の恋は、自分と夫との組合せではとうてい実現しえないようなひとつの「理想」なのだ。しかしそんなことは倫子の断じて口にしたくないことでもあった。

　話はいったん「舌の奢《おご》り」にかんする自慢話にまで上昇したのち、突如下降して「セックス」のまわりを旋回しはじめた。彼女たちの猥談は夫の性的な奉仕を不満とし、夫の能力を罵倒することに終始するのがつねだった。ところが倫子だけは彼女たちに調子を合せながら、ひそかに優越の甘い唾をのみこむのだ。というのは資郎はこと夫としての奉仕にかんするかぎり、けっして倫子の要求を拒絶したことがなかったのだから。そして考えてみると、みずから奉仕を申しでることもなかったのだが、それはやむをえなかったかもしれない。倫子は晴海や三也子にむかって、衰えのみえる彼女たちの夫が合成女中にも奉仕するのでは妻としての分けまえがますます乏しくなるではないかと指摘してやった。すると三也子は軽蔑したようにその心配を打ち消し、合成女中は前戯用で、本番はむろん自分たちが担当するのだといった。

「合理的でしょう?」

「そうかしら?」

「そうよ」と三也子はいった。「お小遣いとおなじで、あたしたちががっちりいただいておけば、よそでこっそり買物したりする余裕はないはずよ」

「でもおもえば不公平な話ね」と晴海がいった。「なぜあたしたちのための合成男というものがないのかしら。精力絶倫の、若くてたくましい合成男……」

「そんなものをこしらえると、世の男どもは男性失業ね」

「だからこしらえはしないわよ、男ってずるいんだから」と倫子はいった。「なんといってもこの世の中の持主は男だから」

三人は顔をみあわせて溜息をつくと、今度は女の哀しい特権であるおしゃれについてのとめどない饒舌に移っていくのだった。

ゑり子はあきらかに倫子の探索的な眼をはばかっているふうにみえた。別に根拠があるわけではない。倫子自身も過大評価している例の「女の直観」という働きがそれを教えるのである。そして女には女の心理がよくわかるという偏見からも、倫子は許されざる情事に陥っていくゑり子の不安をみすかしているのだと信じて疑わなかった。ゑり子のことばはすべて嘘であるにちがいない。合成人間もことばを操る以上、人間的な悪徳から免れているはずがないではないかと倫子はおもった。それにしても彼女は夫の完璧な平静さには業を煮やしたが、やがて彼女は不気味なものさえかんじるようになった。夫の外面は、いつも剃りたてのその顔同様にまったくなめらかであり、倫子がはしたない指でかきむしったり引き剥いだりすることを許さないものだった。十数年の結婚生活のあいだ、彼女は夫を平凡な人形のように取り扱ってきたのだが、この人形の頭のなかには彼女の理解しがたいものがつまっているにちがいなかったのだ。倫子ははじめて他人という存在にぞっとした。

　思案のはてに倫子がおもいついたのは秘密探偵社に夫の素行調査を依頼するという大時代的な方法だった。尾行、そしてあの虫も殺さぬ顔をした合成美女との情事を証明する現場写真その他の物的証拠を倫子は望んだ。眼をぎらぎらさせてそんなものを求める嫉妬の権化みたいな自分を想像するとさすがに気恥しいおもいだったが、せっかく火のついた嫉妬や疑惑というものは破局に至るまで煽りたててみないと気がすまないものである。倫子はおもいきってテレビ電話のダイヤルを廻した。それはずいぶん大きな探偵社らしく、明るいガラス張りのオフィスがまずスクリーンにうつり、きれいな造花のような感じの女事務員が応対にでて、「こちらは東都調査社でございます」といった。この娘も合成女かもしれないわとおもうと倫子はいくぶん気が楽になって、用件を話した。「それで」と女事務員はいった。「その問題の女性についてなにかご存じのことがございましたら……」倫子は知っているといい、その女は最近購入した合成女中で、現在は自分の主人が会社で秘書として使用しているのだと説明した。女事務員はお辞儀をしてひきさがり、かわって恰《かっ》幅《ぷく》のよい男があらわれた。「残念ながらそのご依頼には応じかねます」とかれはいった。「当社では人事にかんする調査だけをお引受けいたしておりまして、合成人間のからんだトラブルのようなものにつきましては責任ある調査はお約束いたしかねるのでございまして」倫子はむっとした。別の秘密探偵社に電話してみた。わざと合成女のことをはっきりといってやった。するとたちまち相手の態度がかわり、慇懃《いんぎん》な微笑をともなうにべもない拒絶がはねかえってくるのだった。大きい探偵社ではことごとく拒絶された。ある探偵社の事務員は、合成女との関係などヒューマン・リレイションではないといった。倫子はかっとして、迷い猫の捜索や飼犬の情交調査でもするほうがよほど人間的な職業だとおもわないかといってやった。

最後に彼女は従業員一人という個人探偵社に電話をかけてみた。ひどく風采《ふうさい》のあがらない、歯列不整の男がスクリーンにあらわれた。どうせ承諾してもらうつもりもなかったので、彼女は最初から合成女のことを話した。相手は――じつはかれが社長と従業員とをかねていたのだが――この話に非常な興味を抱いたようすだった。

「お引受けしましょう」と探偵はいった。「合成女とは気にいりました。わたしなんかこの年になるまで合成女の実物にお目にかかったこともないんですよ」

「お引受けくださいますか」と倫子は軽い後悔の皺をよせながらいった。「では調査料のほうは早速電送いたしますわ」

「そうしていただけると有難いですな」といい、かれは弱い賤《いや》しい笑いを浮べた。

一週間後に探偵から電話がかかった。

「この一週間の尾行の結果をご報告しましょう。詳しい報告書はあとから電送しますが、さしあたり要点だけを申しあげますと、月曜日は平常どおり社で勤務されたのち、六時から社長といっしょに赤坂の《ブルー・ノート》で東洋軽金属の三田氏やゼネラル・エア・カーの豊永氏ら、日東財閥系数社の重役と会食、ゑり子嬢も同行、他のかたがたも美人秘書をつれておいででしたが、合成女らしくみえました。ここでは格別のこともなく、九時半ごろ《ブルー・ノート》をでると、ご主人とゑり子嬢は銀座のバー《ゆかり》で二時間ほど飲みました。ご主人はむっつりしたかたですが、ああいう場所ではじつにもてていらっしゃるようで、ゑり子嬢はご主人のいわばボディ・ガード的な役目をしていましたな。その夜のご帰宅は十一時四十五分でした」

「たしかに、月曜日はそうでしたわ。火曜日は午後からゴルフにでかけたと申しておりましたけど」

「そのとおりです。ゑり子嬢をともなって社の大型カーで熱海までいらっしゃって、日東商事の橋谷氏と18ホールだけ廻られたのち、レストハウスの一室にゑり子嬢とお二人きりでとじこもって約三時間、この間のことにつきましてはご推測におまかせするほかありません。秘密撮影は残念ながら不可能な状況でした。水曜日は午後から世界銀行のウォルター・リーフ氏らのレセプションに出席……」

「簡単にお願いしますわ」と倫子はいった。

「主人とゑり子の怪しいとおもわれる行動だけ話してください」

「それが熱海のレストハウスの一件以外には怪しいといえる行動はなかったのでして」といい、探偵は倫子の部屋のスクリーンに夫とゑり子がナイトクラブにはいるところや、料亭での宴会などを映写してみせたが、なんのへんてつもないものだった。倫子は失望とともにいっそう疑惑をかきたてられた。

「もう一週間、さらに綿密に調査いたしますが」と探偵は汚い手をすりあわせながらいった。「ご主人はまことに変ったかたですな。お気づきになりませんか？」

「べつに変人というほどでもないとおもいますけど」

「いや、人間ばなれのしたかたですよ。宴会がいくつつづいても終始おみごとというほかない飲みっぷり食べっぷりで、それでいて全然乱れをおみせにならないんですからねえ」

「へんですね、主人は酒もタバコもやらないし、いたって少食のほうですけど」

「ええ、ご主人はひとりでいらっしゃるときには酒、タバコはもちろん、なにひとつ口になさらないんですから変っているとおもうのですよ。木曜日なんか、お宅をでて夕方お帰りになるまでそうでしたよ」

「木曜といえば……ああ、いつもより早く帰った日で、その日も夜の食事はすませてきたと申しておりましたわ」

「よほど変った胃袋の持主でしょうな。それだけではないです。タバコを吸うとき耳からも煙を吐きだすという芸当をおやりになりますよ」

「どうかしてますわね」と倫子は皮肉たっぷりにいった。「そんなこともおもしろいけど、ゑり子とのことをよろしくお願いしますわ。物的証拠がほしいのです」

「来週中にはきっと手にいれてみせますが、しかしそれが黒だとすれば、どうなさるおつもりです？」

「離婚の訴訟をおこしますわ」

「訴訟を？　ご主人に不貞の事実ありというわけですか？　でも相手は合成女ですよ、おくさん。人間ではないんですよ。法律的には……」

「法律のことはそのときになって弁護士に相談します」そういうと倫子は電話を切った。

また一週間たつと電話がかかった。

「おくさんはテレパシイということをどうお考えです？」といきなり探偵はいった。

「そんなことを信じるひともいますわね」と倫子は腹だたしげにいった。

「もちろんわたしはそのひとりじゃありませんがね。しかしご主人の仕事ぶりを拝見していると、手紙とか電話、要するにことばによらない通信をキャッチして行動しているのではないかとさえおもえますね。重役の仕事ぶりとはそういうものかもしれませんが。それに、これはまだ確言できませんが、ご主人はある秘密の組織に関係をもっておられるようですな」

「まあ、主人が？　それは革命党のようなものですの？」

「いや、そういう大げさなものではないでしょうが、ちょっとした秘密結社とか、紳士連の賭博クラブとか、麻薬愛用者のグループとか……じつは水曜日と金曜日の午後八時から十時まで、ご主人はどこか秘密の場所へ姿を消してしまわれるのです」

「小説めいてきますわね」

「事実なんですよ。尾行していましたが、二度とも四谷三光町の地下走路で見失いました。走路が角を曲ったところでとつぜん消失してしまうのです。まったく不可解なことです」

「ゑり子はそのときいっしょでしたの？」

「いや、その日はご承知のとおりひとりで先に帰っています。じつのところ、わたしはゑり子嬢にはさほど興味がないのでして……たしかにりっぱな合成美人ですがね。それだけのことですよ。彼女はご主人と肉体関係を結んでいるようですが、そうだとしても、大した問題では……」

「わたしにとってはそれが問題なんです」と倫子は声を高くした。「お頼みしてあるのはその問題ですのよ」

「まことにあいすみません。物的証拠は機会さえあれば簡単につかめますが、なにしろご主人はこのところお仕事のほうがお忙しいようで、ゑり子嬢とホテルにしけこむということもなさらないのでして……」

「じゃあ、もう一週間だけ待ちましょう」

一週間後、スクリーンにあらわれた探偵の顔は病後のようにやつれて不潔だった。

「おくさん、この事件の裏には――といってもまだなにも事件なんかおこっちゃいませんが、なにやら重大なものがひそんでいますよ。調べていくうちに不可解なことがふえる一方です。ご主人の過去、つまりおくさんと結婚なさるまえのことについてはまったくわからない。新宮市で生まれて東大の経済学部をでたというお話ですが、その裏づけはどこへいってもえられませんでした……どうやらご主人はあなたと結婚なさるまでこの世に存在しなかったらしい。それは冗談ですが、現在ご主人は合成人間の製造に関係していらっしゃるようです。ご存じありませんか？　合成人間の製造販売に関しては、わたしのみるところ、いまここでは口にしがたいような影がありますよ。目下わたしはその方面を押しているのです。もうひと押しです。そこで、あと一週間だけ契約をのばしていただきたいのですが。調査料のほうはサーヴィスさせていただきます。お望みの物的証拠と最終的な報告書は十日以内にかならずお送りいたします」

それきり二十日たっても音沙汰なしだった。倫子はその私立探偵の事務所まで訪ねていった。有楽町のモノレール下の汚い貸事務所だったが、だれもいなかった。交番できいてみても要領をえなかった。けっきょく調査費をもって行方をくらましたとしかおもえない。

　だがその翌日の夕方、大きな書留小包が届いた。あけてみると、報告書とフィルムがはいっていた。倫子は胸をときめかせてフィルムを映写機にかけた。それは数時間におよぶ「猥褻映画」とでもいうべきものだった。夫とゑり子とが全裸で演じている熱愛ぶりをみると倫子は頭も狂気の柘榴《ざくろ》と化しそうにおもわれた。男女交合の映画が異様な感銘を与えないはずはない。それにしても二人のあいしかたはどこか異様だった。が、倫子にはそれを分析する余裕はなかったし、口のなかは溶けた金属を飲んだようにからからになり、気の遠くなりそうなはてしない抱擁のくりかえしを、腫れあがった眼でみつめていた。ゑり子は男を愛するとき、人間の女そっくりの動作をしめした。感動的な泣き声をたてさえした。そして美しい合成女はついに疲れはててこわれた人形のように動かなくなった。最後に、あの私立探偵の不明瞭な声がふきこんであった。「ご主人はまさに合成人間なみの精力絶倫ぶりでした」

そして惨劇はつぎのようにしておこった。倫子は形相を変えてゑり子の部屋に踏みこんだのであるが、その形相だけでゑり子はことの発覚をさとったらしかった。倫子の罵りに耳をおおい乱れた髪で顔を隠して嗚咽《おえつ》しながらゑり子は告白した。このいじらしいふるまいに倫子はいっそう怒り狂った。彼女は泣きじゃくる合成女を裸にして、夫に憎むべき快楽を与えみずからも淫らな悦楽を吸いとったにちがいない柔かな肉質のひだをかきむしり、恥辱の烙印《らくいん》をおしてやりたいおもいだった。そしてそれに近いことまでしたのだが、ゑり子はからだを堅くしてこばみ、哀願しながら抵抗した。倫子は目にとまった果物ナイフを握って威嚇すると、鬼女の勢でつかみかかり、合成女の臀《しり》を打ちすえた。「恥知らず！　合成女のくせに男と寝ることだけは人間なみなのね、それでうまくやったつもりなの、あたしをうまく欺《だま》したつもりなの、どう？　あんたの猿智慧《ぢえ》じゃ、人間さまにかないっこないのさ」

　ゑり子は若々しい力で倫子をおしのけると助けを呼びながら逃げだそうとした。倫子はすばやくドアを背にした。そのとき、ゑり子が突進してきたので、倫子は右手を突きだした。ひどく非現実的な手ごたえとともにナイフは柄までゑり子の咽喉に埋没していた。手をはなすと、ゑり子は咽喉に刺されたナイフに手をかけたまま、あおむけに倒れた。倫子は茫然として床に膝を折った。ゑり子の頸は血で染っていた。倫子がナイフを抜きとると、おびただしい鮮血がこの「合成女」の体内から流れでるのだった。

物音をききつけたらしい夫がはいってきた。かれは血を浴びて坐りこんでいる妻と、眼をあけたまま絶命しているゑり子とをみくらべ、死体のほうに抱きついた。夫のぎこちない悲嘆と絶望の表情を倫子は石のような眼でみつめていた。涙——かつて倫子は夫の眼に涙などみたことがない。それはどことなく不自然な涙ではあったが、たしかにかれがゑり子のために流す涙だった。倫子の顔をみて、ばかな女だというと、かれはいきなりズボンをぬいでしゃがみこみ、動力用電源のコンセントからでているコードの一端を、かれの秘密の箇所にさしこんだ。それにつづいておこったことを倫子はほとんどみていなかったが、彼女の夫の顔は悪鬼の面さながらにゆがみ、全身がひきつって、高圧電流で焼かれていく頭脳が焦げ臭い匂いを放った。そして床のうえに横たわっているのはもはや見慣れた夫とはおもえぬ奇怪な蛋白質の塊にすぎなかった。


　警察官がやってきたのは三十分ののちである。警察がいかにして事件の発生を知ったかはわからない。おそらくそれが警察組織の優秀さを証明するものであっただろう。倫子はほとんど白痴の相をあらわしてぶつぶついいながら死体のまわりを歩きまわっていた。

「あの店、偽物を売りつけたんだわ、インチキよ、あの店……」

係長は資郎の死体――それは死体というよりも一箇の廃物と呼ぶにふさわしかったが――を足でひっくりかえしていった。

「頭がすっかり焼けてしまったよ」

「早速とりかえさせましょう」と部下のひとりがいった。「古い型の合成人間ですが、最新型の電子頭脳をいれると面目を一新しますよ」

「それにしてもこの男が人間なみに自殺行為を企てるとは驚いたよ。長いあいだ人間と暮していると、人間のくだらん点まで真似るようになるんだな」

「インチキだったわ、あの店……三千五百万の詐欺だわ」

「おくさん、そう嘆かないでくださいよ」と係長はいった。「われわれは合成人間をあんたがたの玩具として売ったりさせません。もったいない話じゃありませんか。人間は人間を玩具にして遊んでいればいいんですよ。そういえば、大昔から人間はそんな制度を知っていたようだ。奴隷制とかいいましたな」

警官たちは倫子の腕をとらえた。倫子は自分が逮捕されたことを知った。あたしは人殺しだ、あたしの人生はもう終りだ……だがそのとき係長が気もちのわるい笑顔を突きだした。

「おくさんにはもうわれわれの正体がおわかりでしょう。世の中はおくさんの想像以上に変ってしまったのです……つまり、おくさんのようにそういうことを知った人間はわれわれとしてもしかるべく処分せざるをえないのでして……」

そして白衣の男が太い注射器をもって倫子に近づいてきた。

（「小説中央公論」一九六一年一〇月号）

亜依子たち

　きょう、亜依子は亜依子でした。まじめで内気な十八歳の亜依子でした。

　亜依子が気ちがいじみた発作をおこして大学病院の精神科につれていかれたのは三日まえのことでした。

　乾いた八月で、都会の風が白っぽい太陽の粉をふくんで窓から吹きこんでいたその日の午後、亜依子の世界は突然猫の瞳が光にちぢむようにちぢんでとじてしまったのでした。それきり、もうなにもわかりませんでした。獣の叫び声をききつけて母があがってきたとき、亜依子は床のうえでひきつけをおこし、からだは硬く反って弓の形になっていました。「亜依子、なんの真似なの？」と母が声をかけましたが、亜依子は蟹の顔をして泡を吹き、はげしく痙攣するばかりでした。「ヒステリーの発作かしら」と母は分析して、すぐに隣の書斎にいた父を呼びました。

「医者を呼びなさい、医者を。わたしを呼んだってなんにもならん」と父は不機嫌にいい、机のまえから立ちませんでした。

父は有名な大学の教授で、机のうえには『資本論』の初版やぶ厚い Grundrisse などがひらかれてありました。いちばん上のひきだしが少しあいたままになっているのは、教授があわてて腹で押したのにうまくしまらなかったからですが、夫人はわざとそれから眼をそむけることで冷たく夫を刺しました。ひきだしのなかには人目をはばかるコレクションが隠されていて、日ごろは厳重に鍵がかかっているのでした。教授のセミナーの学生たちがやってきて、「ヘーゲルだって、死後書斎からおもしろい絵や文献が発見されたそうですからねえ」とにやにやしたときも、夫人は白い顔で軽蔑をあらわしただけでした。そんなとき、彼女はなんと白い狐に似ていたことでしょう。

亜依子が夢遊病者の足どりで父の書斎にはいってきました。発作は終ったようすでした。

「どうしたの？」母はなおも不審の去らない眼で娘をみつめながらいいました。

「わかりませんわ」と亜依子はいつもより高い声でいいました。父と母を流し眼でみるその眼からは平素の気弱な服従の色が消えて、女が男をたらしこむときにみせる大胆不敵な輝きがありました。母はおびえて一歩さがりました。そのすきをぬって亜依子は父に近づき、「よくお勉強ができますわね、先生」と、父の膝に腰をおろしてしまいました。それからひきだしに手をさしいれると、木で彫られた実物大の一物をつかみだし、ポクポクと机を叩きながら、ドイツ語の『資本論』にふしをつけて読みはじめました。お経をあげるように。

亜依子は麻依子になっていたのでした。自分でそう名乗ったのです。そして亜依子にかえったとき、亜依子はなにひとつおぼえていませんでした。発作のことも麻依子のことも。

翌日、亜依子は母につれられて大学の精神科へ行きました。途中から亜依子は灰色の眼をして不機嫌に黙りこんでしまいました。これもいつもの亜依子ではありませんでした。診察室にはいるなり、亜依子は黒板にかけよって、太いはげしい字で、

MILLA

と書きました。医師たちは首をかしげました。亜依子はむっとした声で、「あたしの名前よ」というと、椅子に糊づけにされたかのように、身動きもしないでじっと壁をにらんだまま、なにをきかれても答えませんでした。医師たちは、緊張病型の精神分裂病の疑いがあると母につげました。カルテに、カタレプシーということばもみえました。母は色を失い、顔が尖ってますます狐になりました。

「あたくしどもの家系にはそういう病人はひとりもございませんわ」

亜依子の父は五十二歳で＊＊大学教授、母は四十五歳で＊＊女子大出身、長男は父とお

なじ大学の助手、次男は留学中、父の長兄は＊＊大学学長、母の兄は＊＊銀行頭取……

「ごもっともです」と医師はけおされたようにいいました。

「とにかくきょうは帰りましょう」といって母がさしだした手の甲を、ミラは鋭くひっかきました。まるで全身の毛を逆立てて怒っている猫のようでした。眼は大きくみひらかれているのになにもみえず、なかからみるとそれは壁なのでした。壁はしみだらけでひびわれが走っていました。そのひびわれが次第にひろがると、あらわれたのは金色の蜘蛛でした。「神さま！」とミラは叫びましたがだれにもきこえませんでした。蜘蛛が神さまなのでした。神さまは毛むくじゃらの脚を動かして、ミラの頭のなかふかくはいこんできました。「ああ、神さまがあたしの脳を食べてるわ」

　父と母は、父の大学の病院では工合がわるいので、目立たない個人の病院に亜依子をまかせることで意見が一致しました。母の遠い親戚がＫ市で大きな精神病院をひらいていました。

「亜依子はこの春までの受験勉強で少しからだが弱っているようだし、Ｋ市の＊＊さんのところで夏中のんびりしたほうがいいわ。海も近いし、松林のなかの涼しいところよ」

　そこできょう、亜依子はおとなしい亜依子で、母といっしょに車でＫ市にむかったのでした。眼隠しされて遠いところへ棄てに運ばれる仔猫の気もちになって胸がつぶれました。初老の運転手が首すじに大粒の汗をかいているのも気にかかってしかたがありませんでした。車は大学の車でした。父が学部長をしているので運転手つきで使えるのです。でもあたしのためにこんな遠くまで運転手さんと車を使うべきではないと亜依子はおもいました。ハンカチヲダシテウシロカラソットフイテアゲヨウカシラ。もちろん母のまえではできないことでした。ことばをかけてうちとけた会話をかわすことさえできないようでした。たまに運転手のほうから話しかけてきても、母が冷厳な楯となって話をはねかえしてしまいました。

海岸にでました。そこはK市の海水浴場の入口で、熱気の燃えあがる砂のうえは陽に灼けた少年の腿と花の色をした少女の水着でいっぱいでした。「ここでいいわ」と母がいいました。運転手には海水浴にきたということにしてあったのです。車をおりると母はパラソルをひろげ、亜依子はつばの広い麦藁帽をかぶりました。

「まっすぐ東京にお帰りになってちょうだい。四時から主人が学士会館で会議ですから」

「でもまだ時間はたっぷりありますわ。冷たいものでも召しあがってひと休みしてらっしゃったら」

母はすすめもせずに黙っていました。運転手も恐縮の態で車をおりようとしませんでした。亜依子はめまいを感じました。背骨をつたって汗が流れおちました。

　気がつくと、亜依子は麻依子になっていました。身をひるがえして麻依子はレストハウスに走り、冷えたコーラやアイスクリームを買いこんできて運転手におしつけました。そしてレストハウスを指さして、

「お母さまはお先にあそこで休んでいらして。すぐいきますから」

　母が背をむけるのをみとどけると、麻依子は助手席に乗りこみました。

「さあ出発」麻依子はコーラのストローを運転手の口にくわえさせながらいいました。「＊＊精神病院へ。あたしがはいるのよ。あたしは気ちがいですって。お母さまはごりっぱでノーマルなかただから、あそこに残しておきましょう」

　海岸を少しはなれた丘のうえに＊＊病院がありました。左右は松の林。病院は松林をきりひらいて建てられた純白の建物でした。船ダワと麻依子はおもいました。それは白いペンキで塗られた客船のようでした。舗装された白いみちのうえで、麻依子の白い姿はゆらめく炎暑のなかにとけてしまいそうでした。門をくぐると、はだしになり、サンダルを片手にぶらさげて、麻依子はどんどん廊下をすすんでいきました。受付にいた看護婦の叫ぶ声が麻依子を追ってきました。新鮮なニスの匂いのする扉をあけると、三人の医師がテー

ブルを囲んで苺色の飲物を飲んでいるところでした。麻依子は猫のようにしなやかな足でそのまわりを歩きながらいいました。

「みなさんおそろいで、あたしを裁くおつもりね。でも神さまは欠席のようですわ」

「どなたですか、あなたは？」

「真壁麻依子」

「ああ、きのう連絡があった、真壁先生のお嬢さんですな」と頭の禿げた医師がいいました。この病院の院長でした。

「禿げちゃびんのおじいさんはいや。あたしの担当は若くてハンサムな先生がいいの。たとえばこの先生」と麻依子は三十歳前後の若い医師に視線の投げ縄を投げました。

「ぼくは三木といいますが」とその医師は肩をすくめていいました。「真壁先生のお嬢さんなら、亜依子さんですね？」

「いいえ、麻依子ですわ」と麻依子は壁に近づいて、指で大きくMY-KOと書いてみせました。「IではなくてMYですわ、おまちがえにならないで」

「なるほど。それで、お母さんはどうしました？　ごいっしょじゃなかったのですか？」

「母なら、そこで白狐になってしまいました。きょうは海からの風がつよいでしょう、車をおりたとたんにはげしい風が吹いて、母の頭からかつらを剝ぎとったんです、かつらはどこまでもふわふわころがっていくし、それを追っかける母をみると、頭は髪の毛一本ないつるつる坊主。あたしがけらけら笑いやめないでいると、母はあたしをにらみました。眼がつりあがって狐になっていました。先生、タバコを一本いただくわ」

三木と麻依子を残して、院長ともうひとりの中年の医師は席をはずしました。麻依子はふいに三木の膝に腰をおろし、頬を近づけました。若い娘の髪の匂いと汗の匂いが三木にせまりました。むきだしの腕は細長い爬虫類のように冷たく三木の腕にふれました。

「あのひとたち、きっと鎧《よろい》をとりにいったんだわ」

「鎧？」

「鎧と手枷足枷、重たい鎖。あたしをとじこめて動けなくするために鎧を着せるんでしょ？」

「拘束衣のことですか。いまどきそんなものは使いませんよ」

三木は麻依子を軽く押しやって立ちあがりましたが、いつのまにか掌のなかに麻依子の細い手首が残っていました。脈を数えるときの握りかたに似て、実際三木の指に麻依子の血のざわめきが教会で聴くオルガンのように伝わってくるのでした。三木は少女の存在の鼓動を愉しみながらじっと立ち、手首をゆだねた麻依子は少し傾いて不安定に立っていました。ふと三木はヒーロニムス・ボスの祭壇画の、『地上の愉楽の園』をおもいうかべました。キリストが、ほっそりした裸の少女イヴの手首を握って立っているエデンの園の構図を。

母がはいってきました。怒りに蒼ざめた到着でした。麻依子はいきなりテーブルのうえにとびあがると、「白狐がきた、白狐がきた」とはやしたてました。

亜依子は麻依子のまましばらく病院にあずけられることになりました。

きょう、亜依子はミーコになって病院から逃げだしました。

三木もほかの医師たちも、亜依子がミーコになるだろうとは予想できませんでした。ミーコになるのはこれがはじめてでしたし、それに、入院してからの亜依子は無口でさびしい亜依子で、毎日三木や看護婦とおとなしく林のなかを散歩していたのですから。

それはゆうがたでした。だれもいない部屋のなかで亜依子は坐っていました。だれかが呼んでいるようでした。だれもいない隣の部屋で。行ってみるとそこはたったいま内臓を抜かれた鳥のようにからっぽでした。ひとつの扉、またひとつの扉がひらいて、だれもいない蛇の体内よりも暗い廊下のつきあたりで最後の扉がひらくと、そこはまだ陽のあたっているゆうがたでした。しかしそのあかるさは絵のなかのそれのようににせものめいていました。いつのまにか亜依子はミーコになって、ジーン・パンツにゴム草履をはいて陽あたりのなかへでていったのでした。

ミーコの世界は壁でした。ミーコは壁のなかを歩いていました。亜依子にはみなれたけしきもミーコにはみたこともないけしき。裏庭につづく林は黒い平行線の束、そして夕陽は赤いチョークで描かれた円。壁のなかをすすみながらミーコは不機嫌につぶやきました。

「なんて厚い壁かしら、どこまで行ってもどこまで行っても」

それでも林のむこうには道路があり砂浜があって青いペンキで塗られた海もありました。ミーコはあらあらしく唇をこすり、その指で水平線をこすってみました。もう心のなかまで壁土でいっぱいでした。無関心の粉をまぶされたその顔は乾ききっていました。

「あたしはすごくクールだわ」とつぶやき、ミーコは腰をひねってみました。ほんの少し世界がよじれたようでした。

「あんた、乗るかい？」サングラスをかけたガラガラ蛇が首をつきだしていいました。ミーコの横にまっかなペンキで塗られたワニがはらばっていました。ミーコは長くのびたワニの鼻を撫でて、

「ポルシェね」

ポルシェはうれしそうに唸り声をあげて身をふるわせました。

ミーコは脚の長い青年たちのあいだに坐りました。みんなタカアシガニみたいに脚が長

く、頭は小さく、首をふるとカラカラと乾いた堅果のような音をたてました。いつも睡眠薬がまわっており、頭のなかみは融けて骨盤の容器におさまっていました。それでかれらは、ひっきりなしにツウィストを踊って骨盤のなかで自分の頭をころがさずにはいられないのでした。

　車は少しもすすまずに疾走していました。まえもうしろも横も壁で、壁はますます厚くなってくるようでした。ミーコには過去も未来もなくて、からだのなかには石灰のような現在がぎっしりとつまっていました。眼は澄んでいましたが、死んでいく犬の眼に似てなにもうつしていないので、それは壁にうがたれた二つの穴とおなじでした。

「ワイルド・パーティって、知ってるかい？」と車を運転している青年がいいました。

　ミーコたちがはいっていったのは海底に沈んだ軍艦のようなビルディングでした。壁に＊＊マンションと読めました。部屋のなかは顔のない人間たちでいっぱいでした。なかには頬髯《ほおひげ》を生やした男もいましたが、その髯はまわりの壁とみわけがつかなくなりそうな顔に、辛うじて輪郭を確保するためのものとみえました。みんなサングラスをかけていました。その下には二つの穴しかないので蓋を必要とするのです。何人かの男がミーコに話しかけ、名前をきき、自分も名乗りましたが、それはKとかJ・JとかD・Bとか、すべて一字または二字のイニシァルからなる記号でした。女の子たちは申しあわせたようにすみれ色の唇をして、眼のまわりには蒼い隈をつくり、睫《まつげ》を棘のように尖らしていました。かれらは低い声で話しあっていましたが、なにごとにも興味がもてないので、どの話も数小節でとぎれるソロに似ていました。

「去年のニューヨークの十月革命、知ってる？」

「ああ。最近オーネット・コールマンはヴァイオリンとトランペットやってんだって」

「バド・パウェルがまた失踪したよ」

かれらはほとんど毎日のようにこうしてただ群がり、おたがいに家族のことも生活もほんとの名前さえも知らずに黒いガラスの円板ごしにながめあい、ひとりになるとなにも考えることがないので、意識はひどい禁断症状を呈するのでした。つまりかれらは「クール」に生きていると信じていました。

ツウィストのレコードがかかりました。亜依子は一度も踊ったことがないのに、ミーコははげしく踊ることができました。ある青年は臍のうえでシャツのすそをむすび、その下は裸で踊っていました。ミーコのまえの少年はジーン・パンツのファスナーをあけて踊りはじめ、そこからでた矢印はひどくスティックに天井をさしつづけていました。ほかの少女たちにならってミーコもシャツをぬぎ、胸をだしました。二つの肉の果実は自分のものではないかのように猥《みだ》らにゆれて、いまにも胸からちぎれそうでした。絶対に相手にさわらないこと、ただ相手をみつづけること、そして強烈にツウィストすること。ミーコは世界が消えて自分ひとりになるのを感じました。汗にぬれたジーン・パンツは腿をしめつけて磨きたての革のように、光り、やがて鋼のように輝きました。無限に遠いところから彗星が飛んできてミーコのジーン・パンツにぶつかりました。星の死骸はつよい匂いを放ちました。

まわりの床のうえやソファでは幾組もがだきあっていました。ミーコは壁にもたれて胸を波うたせながら珍しそうにながめました。獣の姿勢をとっているものや立ったままからみあっているものもいましたし男同士の組もいました。ミーコはじきに無関心になりました。赤いシャツを首に巻いた青年がやってきてミーコを誘いました。ミーコがついていって汗と足の匂いのする絨毯のうえに仰臥すると、青年はミーコのジーン・パンツをひっぱりました。生きたまま獣の皮を剝ぐような音がして、ミーコは悲鳴をあげました。そのときミーコはもうミーコでもなくなっていたのでした。からだは弓の形に反って、どんなツウィストよりもすさまじい痙攣が腰をよじらせました。

「こいつはすげえ！」

数人の青年が集って、この悪魔的に「クール」なツウィストをながめていました。

気がついたとき亜依子はミラでした。ミラは警察署の一室で不機嫌にうずくまっていました。まえにも似たような場所で訊問をうけた記憶がありましたが、それは母につれられて大学病院に診察をうけにいったときのものでした。それ以外のことをミラはなにもおぼえていませんでした。亜依子のことも麻依子のことも、そしてミーコのことも。

ミラをひきとりにきたのは三木でした。母は絶対に警察に出頭しようとせず、（麻依子のことばによれば）白狐になって、怒りにふるえながら外で待っていました。三木はミラのことを治療中の軽い強迫神経症の患者だといい、始末書を書いてミラをつれだしました。

「ぼくのことをおぼえてるかい？」

ミラは三木のほうをみもしないで首をふり、

「あなたはだれなの？　あたしはミラよ」といいました。

「あたしどもの名前はおだしになりませんでしたでしょうね」母はでてきた三木にまずそうたずねました。

朝から暑い日で、亜依子は軽い頭痛がしていましたが、午後、短い午睡からさめたとき、亜依子は麻依子になっていました。

麻依子は三木の部屋に行くと、麻依子になったことを祝してまずタバコを二本すいました。

「先生、あたしがだれだかおわかりになる？」

「麻依子さんでしょう」と三木はメモをとる用意をしながらいいました。「きょうは変った首飾りをしてますね」

「いや。調書なんかおとりにならないで」とにらんでから麻依子はすました顔でいいました。「これ、あたしの歯でつくったんですわ」

「ほんとうかな？　ちょっと口をあけてごらんなさい」

麻依子は目をとじて顎をさしだしました。三木は麻依子の顎をつまみました。もろい感じの顎でした。そっと下へひきましたがひらこうとしないので、上唇をめくりあげてみました。鋭い犬歯をふくむ歯列が輝いていました。

「嘘をついてはいけませんね。麻依子の歯はちゃんとそろってるじゃありませんか」

「じつは先生」と麻依子はそのまま三木の手をとって、顎をその掌にのせたままいいました。「この首飾りの歯はあたしの歯じゃないの。だれのだとおもいます？　亜依子のです。亜依子の歯ですわ」

「亜依子ってだれのことですか？」三木はわざと気むずかしい顔をつくっていいました。

「あら、ごぞんじのはずなのに。さてはおとぼけになるのね。きっと亜依子となにかあったんだわ」

「知りませんね、亜依子なんて」

「あたしの双児の姉じゃありませんか」

「そんな話は初耳ですね」

「あたしたちは一卵性の双生児なんです。顔かたちはあんまりそっくりなので、先生にもみわけがつかないわ。でも、亜依子はにせものよ」

「にせもの？」

「にせものですわ。インチキだわ。亜依子はあたしとちがって頭もわるいくせに、成績をあげてパパやママに気にいられようと、勉強ばかりしてるんです。いやな偽善者。まじめ一方で陰にこもっていて。それに亜依子はあたしに嫉妬してるのよ、先生のことで」と麻依子は三木の指に犬歯をあてて顔をうかがいました。

「さあ、もうお芝居はやめよう。きみが亜依子なんだよ。ぼくを欺してはいけない」

「先生こそ麻依子を欺してらっしゃるくせに」麻依子は両方の手で三木の手首をにぎっていました。「亜依子は亜依子。あたしとは関係ないわ。でも亜依子も先生が好きなんです。それであたしがここへお見舞にくると、露骨にいやな顔をして病室にとじこもってしまうんです。このまえのときもそうでしたでしょう？　ああ、あのときは白狐もいっしょでしたけど」

「手をはなしなさい」

「いや！　おききしたいことがあるんです。先生はあたしと亜依子とどちらが好き？　ね、おっしゃって。さあ……おっしゃらないと咬むわよ」麻依子は三木の指を咬みました。

「もし亜依子が好きだなんて答えたら、もっとつよく咬みます」

「麻依子のほうが好きだ」と三木はいい、すばやく手を抜きとりました。歯型が残っていました。「すごい歯だな。野蛮人の歯だ」

麻依子はにっこり笑って、

「好き。先生って大好きよ。お礼にキスしてあげるわ」

「それにはおよびませんね」

麻依子は三木の首にぶらさがり、餌をもらう小鳥のようなしぐさで、尖らした唇をふれさせると、うきうきして部屋のなかを点検しはじめました。三木は椅子に腰をおろして麻依子の幸福そうなようすを観察していました。それはどこかにせものめいた上機嫌でした。

麻依子は書架の専門書を指で撫でながら、ときどきその本にふさわしくないようなはなやかな声で題名を読みあげました。やがて麻依子は数冊の本を抜きだすと、三木のまえに積みあげました。

「メダルト・ボス、ビンスワンガー、フランクル、ミンコフスキ、クレッチマー。これだけお借りするわ」

「どうするんですか？」

「亜依子に読ませてやるの。あの子は少し頭がおかしくなってるんでしょ？　それなら自分で自分の病気を研究して、理解しなければいけないわ。先生、亜依子はどこにいます？」

夜がきて、亜依子は亜依子にもどっていました。

亜依子はかなしい眼をしていました。夜、眠るまえにはいつもこんな眼をする亜依子でした。家族たちはだれもそんなことを知りませんでした。父や母のことをおもうと、亜依子はあの中世のおそろしい「鉄の処女」におしこまれて胸の血をしぼりとられるようでした。胸が痛むので亜依子はひざまずいてベッドに胸をおしつけ、顔をふせました。すると今度は頭のうしろに冷たい視線を感じました。アタシハダレカニミラレテイル。

みているのは父でした。父はやせた行者のような顔に色の淡い眼をもっていました。蛇の眼でした。それは学問上の抽象的な議論のさいちゅうでもつねに残忍な光をおびているので、亜依子は父の眼を正面からみたことがありませんでした。

母につれられてこの病院にくる日、父は玄関に立っていて、「どういう必然性があってそんな病気になるのだ」といったのでした。苛酷に真理を追求する学者の口調で。しかしその口は醜くゆがんでいたことを亜依子はおもいだします。コンナ病気ニナッタアタシヲ憎ンデイルノダワ。でも亜依子はこれまで父から愛されたことはもちろん、憎まれたことも叱られたこともなかったことを考えると、ぞっとしました。首すじに冷たい刃がおちてきたようでした。亜依子はとびあがりました。銀色の蛾でした。電燈にぶつかって墜ちてきたのでしょう。それは死骸のように動きませんでした。デモ死ンダフリヲシテイルダケナンダワ、コノイヤラシイ生キモノハ。そしてはげしい嫌悪とともに亜依子のまえに母の顔がひろがりました。仮死の翼をひろげた蛾のように。それは死んだ女の顔のようでした。亜依子は母が笑ったのをみた記憶がありません。それで亜依子も家のなかではめったに笑わない娘でした。ときどき鏡のまえで笑う練習をしてみましたが、うまくいきませんでした。アノ麻依子ハヨク笑ッタリ先生ニナンデモオシャベリシタリスルラシイノニ、と亜依子はおもいました。麻依子ガニクラシイワ。勝手ニ先生ト仲良シニナッテ……それは嫉妬でした。

亜依子はベッドにはいり、毛布を胸までひきあげました。腕は肩から平行して毛布のうえにだしていました。どんなに寒い季節でもこうするのが亜依子の習慣でした。小さいころ、眠りかけていると母がやってきて亜依子の腕を蒲団の外にひきだしたことが何度もありました。いま亜依子は、むらむらとわきあがるものがあって、そんな記憶を払いのけると両腕を毛布の下にいれました。そこには自分のあたたかいからだがありました。腕を腹のうえにおくと手は亜依子の中心にさわり、からだは自然にひらきました。戦慄が走り、急に全身が汗ばむのを感じました。

亜依子は大きな息をつきました。コレガドウシテワルイコトカシラ。そしてふいに亜依子は、母の顔を払いのけるかのように、毛布をはねのけました。汗ばんだ胸をあけ、ベッドから裸の脚をたらすと、亜依子は自分の心もいまはじめて外にむかってひらけていくような気がしました。先生ニハナンデモ話スベキダワ。今夜ノヨウナハズカシイコトモ……亜依子は感動のあまりからだが熱くなって眠れませんでした。

院長の提案で、亜依子に電気ショック療法とカルジアゾールの漸注法がおこなわれました。しかし結果はおもわしくありませんでした。亜依子は数時間のあいだにミーコになったりミラになったりしました。ミーコは三木のことを「おじさん」と呼び、低い「クール」な声でヤクがほしいといい、ひとしきりツウィストを踊ったのち、倒れてミラになってしまうのでした。ミラは妊娠した猫のように不機嫌で、院長の手をひっかきました。

一週間ほどたって、亜依子の父が病院にたずねてきました。この知らせをきくと亜依子はたちまち麻依子になってひらひらと踊りながら父のまえにあらわれ、きまじめな顔で挨拶しました。

「はじめまして。わたくし、麻依子と申します。亜依子はただいま発作のあとで休んでおりますけれど……あの、失礼ですが、どなたさまでいらっしゃいますか？」

「お嬢さんの症状はごらんのとおりで」と三木は真壁教授に説明しました。「いまのところ、全部で五つの人格が交替であらわれます。第一人格は亜依子、つまりふだんのお嬢さん、第二人格は麻依子、第三人格はミーコ、第四人格はミラ、第五人格は――これはもはや人格とはよべないでしょうが、要するに一見癲癇に似た発作です。それぞれの人格は、たがいに共通の記憶をもっていません。これはいわば多重人格ですね」

「娘はにせ気ちがいではないかとわたしはおもうんだが」と教授はいいました。

「Simulationspsychose、つまり詐病性精神病だとおっしゃるんですか？」と三木はいいました。「われわれの観察ではちがいますね。お嬢さんは意識的に気ちがいごっこをしてらっしゃるわけではありません。Simulation というのは英語のシミュレーションで、ご承知のとおり経済学やORのほうでも最近よく使われることばですが……」

「わたしは俗流経済学のことは知りませんよ。マルクス以外の経済学はみんなにせものです」

三木は異様な光をおびた教授の眼を観察しましたが、それはほとんど正視するに耐えないものでした。つまりこの病院のなかではよくみかける目つきでした。

「失礼しました」と三木はいいました。「とにかく、先生はお嬢さんがにせ気ちがいであることを望んでいらっしゃるわけですね」

「そのいいかたは論理的に不正確ですよ。わたしがどちらかを望むということがありえますか。どちらにしたところで、世間に顔むけできない点ではおなじことだ。娘は学校がはじまるまえにつれてかえりますよ。ちゃんとした家庭なら、少くともここよりは環境としてベターでしょう」

教授が帰ったあとで院長は三木にいいました。

「あのひとの奥さんはわたしの家内の遠い親戚にあたるが、まったく変った一家だよ。患者の話だと、ものごころついて以来、家族がそろって食事をしたことは一度もないそうじゃないか。奥さんか女中がつくっておくと、めいめい好きなときに自分の部屋にもっていって食べるのだそうだ。あの一家でいちばん人間らしい人間はあの娘だけじゃないかという気がしてくるほどだよ」

この数日、亜依子はいつも亜依子でした。明日は家に帰る日でした。

夕食のあとで亜依子は三木と中庭のベンチに坐っていました。低い廻廊と白壁の病棟に囲まれた中庭には、まだ夕陽がさしていて、地面に赤い矩形をつくっていました。このひどく人工的な光のなかで亜依子はおもいました。マルデアタシタチハ舞台ノウエニイルミタイダワ。

「月と太陽がおなじ空にある時刻ですわ、あんなに近く並んで」と亜依子は顔をあげていいました。少し芝居がかった声になったので亜依子はあかくなりました。

「月はみえませんが」三木は気づかわしげに眉をよせていいました。「ほんとにみえるのですか？」

「みえます」亜依子は今度はきっぱりといいました。「幻ではありません。穴みたいなものがみえるんです」

「空に、みえるんですか？」三木は亜依子とおなじ位置からみようとして顔をよせてきました。亜依子はからだをずらしました。

「そこだけ、空が切りとられて、なんにもない空白なんです。月の形をした、丸い空白……なんでしょうか、先生。太陽のほうはあんなにあかあかと燃えているのに、そのすぐ横にそれがみえるんです……」

「あなたはいま麻依子さんじゃないでしょうね」

「麻依子なんかじゃありません。先生は麻依子になってほしいんですか？」

「いや、そんなことはありませんよ」

「あたし、いままで先生にお話しませんでしたけど、とてもさびしいんです。いつも。生まれたときからずっとです。あんな空白がみえるのもそのためかもしれません。あたしの心があそこにみえているようです……どんなことをお話してもいいですか、先生」

三木は亜依子の肩にさわりました。尖って、ひどい硬さでした。

「リラックス」と三木はいいました。「そんなに力をいれないで、楽にして……さあ、いってごらんなさい」

「先生、あたしはひとを愛したことがないんです。愛せませんでした。愛したくてたまらないのに。愛せるひとがひとりもいなかったんです。自分を愛することもできませんでした。それは……あたし、怖かったんです。父や母が。あたしは自分のからだにさわることもできませんでした……」

涙があふれてきました。その眼をふせたので涙は膝のうえでうえをむいていた掌におちました。急に亜依子は光る涙の眼をまっすぐ三木にむけました。からだもはげしくむかってくるようでした。

「でも、もう怖くない、あたしは愛することができます……先生を……あたしは先生が好きです」

亜依子の心はひらいていました。三週間のあいだ、奇妙な人格交替をくりかえす「亜依子たち」に対して三木がつくりあげてきた精神療法の「状況」――ことばを聴き、そして語りかけてきた時間の堆積が、一瞬の火花を散らして亜依子の心を切りひらき、フランクルのいう「ロゴテラピー」を実現したかのようにおもわれたのでした。しかし三木は亜依子の心から燃えあがった炎に危険を感じました。ソレハマチガッタモノヲメザシテイル……

「でもぼくを好きになっては困りますよ」と三木はできるだけ軽い声で話しました。「あなたとぼくのあいだにある状況は、たしかにあなたにとっては生まれてはじめて経験するものだった。そしてあなたは愛することのできる状況をみいだした。たまたま、この状況のなかであなたにとって唯一のあなたであるこのぼくにあなたは愛をむけた。しかしこれはおもいちがいの愛です。ぼくたちはもともと治療契約でむすばれている医者と患者なんですよ。ね、わかるでしょう?」

「先生にとってあたしはただの患者にすぎないのですか? あたしが先生を愛してはいけないんですか?」

「その愛はたぶんいきどまりですよ」

「先生がうけとめてくだされば……」と亜依子はつよい眼で三木をみつめました。「それとも先生は、麻依子やミーコになったりするあたしがいやなんですか?」

「ぼくは亜依子さんたちみんなが好きですよ」

「先生、あたしは先生に奥さまがいらっしゃることも知ってます。でもそんなことは関係ありません」

「そんなにおもいつめていると、ほんとにおそろしいことになりますよ」

「ジュリアン・グリーンの『アドリエンヌ・ムジュラ』みたいに、おもいつめて気ちがいになったほうがいいんです。気ちがいになりたいわ、先生」

眼の色が妖しくなって、亜依子は麻依子になりかけていました。麻依子ニナレ、麻依子ニナレ、ソシテ先生ヲ誘惑シテ。亜依子は祈るように呪文をとなえました。しかし亜依子は亜依子のままでした。みまもっていた三木はほっとして亜依子の肩に手をかけました。

その夜、三木がベッドに横たわってタバコをすっていると、亜依子がはいってきました。この時刻に、また麻依子になったのかとおもいました。夢中遊行のような足どりでした。風呂からあがったところらしく、浴衣の下のふくらはぎが輝いていました。

子でした。三木は失望のまじった安堵を感じながらタバコを灰皿におしつけようとしました。するとその火におしつけられたのは亜依子の太腿でした。

「なにをするんです！」

「これでいいんです」と亜依子は浴衣の乱れをなおしながらいいました。「あんなはずかしいことを先生に申しあげて、あたしはばかでした。これはその罰です。もう先生を困らせるような病気にはなりませんから、御安心ください。ほんとにいろいろありがとうございました」

亜依子は微笑していました。からだのなかで横隔膜でもひき裂かれているかのような微笑でした。マタイラッシャイ、といいかけた三木の舌は凍りつきました。

翌日、亜依子は退院して、その夜自殺をはかりました。睡眠薬をのみましたが、すぐ病院に運ばれて大事にいたりませんでした。三木はK市から東京の亜依子の家にかけつけました。両親のほかに長男や親戚のひとたちの姿もみえました。病院には女中をやってあるとのことでした。三木は責任を感じ、あらゆる非難をうける覚悟できたのですが、だれも非難がましいことをいわず、母親はふしぎな笑いをうかべてこういいました。

「あれはただ、ほんの少し睡眠薬をのみすぎただけの事故ですわ。自殺なんて、とんでもない。あの子がそんなみっともない真似をするはずはありませんわ。でも、これが世間に知れたりすると、たいへん迷惑いたします。ですから、どうかあまり大げさにお考えにならないよう、お願い申しあげたいんですの」

「いや、あきらかに自殺未遂です」と三木は憤りに声を荒くしていいました。「原因はわかっています。亜依子さんはやはりまだ危険な状態にあるんです。とにかく、お見舞にいってみましょう」

しかし三木はとうとう亜依子に会わせてもらうことができませんでした。

それから二ヵ月ほどたった十月のある日、しあわせそうな亜依子が病院に三木をたずねてきました。白い毛糸のスーツに旅行鞄をさげていました。三木は亜依子と中庭で会いました。

「先生、あたしがおわかりになります?」と亜依子は愛らしく首を傾けていいました。

「そうですね」といって、三木は視線がおちついて一段と美しくなった亜依子の顔をながめました。「亜依子さんだけじゃないみたいだな……」

「じつはそうなんです」亜依子はタバコを指にはさむと麻依子の調子で、「あたしは亜依子たちなんですわ。ほら、いまは麻依子でしょう？　それからミーコにだってミラにだってなれますわよ。ね、こんなふうに」

　そういうと亜依子は踵の高い靴をぬぎすて、はだしでツウィストを踊りはじめました。髪を乱し、「クール」な眼をして、石のうえの落葉を巻きあげながら。

「あなたも踊らない？」

「ぼくはツウィストはだめなんだ」

「つまんないの。じゃ、あたしミラになろう」

「ミラはおよしなさい」

　亜依子の説明によると、これまではたがいにつながりのなかった亜依子たちが、いまは完全に交通可能な、おなじ亜依子の複数のあらわれになったというのでした。

「亜依子たちはみんなお友だちよ」

「とにかく、きみたち、よく帰ってきてくれたね」と三木はいい、不安となつかしさでややぎごちない微笑をうかべました。

「まえのお部屋あいていたら、今夜泊めていただきたいわ。旅行の帰りで、すごく疲れてるんですもの」といって亜依子は甘えたように歯をみせました。亜依子は早くベッドにはいりました。三木がみにいったときはもう眠っていました。眠っている顔は、女でも男でもない子どもの顔のようでした。そのなんの不安のかげもない眠りが三木を安心させました。マルデ天使ノ顔ダ。スルト、ナオッタトイウノハヤハリホントウナノカナ。

「先生、先生」と宿直室から看護婦が新聞をもって走ってきました。「これ……」

その夕刊には次のような記事がのっていました。「大学教授宅に奇妙な強盗」という見出しで。

昨夜午後十一時二十分ごろ、＊＊区＊＊町＊＊番地＊＊大学経済学部長真壁信一郎さん（五二）方に数人組の若い男が押入り、信一郎さんおよび妻の操さん（四五）とお手伝いのS子さん（一六）の手足を縛り、家のなかを物色したのち、午前四時すぎ引きあげた。犯人はいずれも二十歳前後で、約五時間ものあいだ、同家の二階でツウィストを踊っていたという。現金等の被害はなかったが、信一郎さんの机のひきだしがこわされており、秘蔵の品がもちさられたもようである。信一郎さんは盗難を否定しているが、＊＊署で事情をきいている。

またS子さんの話によれば信一郎さんの娘のA子さん（一八）が犯人たちの手引きをした疑いがあり、同夜の「ツウィスト・パーティ」にも加っていたという。A子さんは最近ノイローゼ気味であったともいわれ、ツウィスト仲間を誘っての犯行ではないかとみられる。

＊＊署では犯人および事件の鍵を握っているとみられるA子さんの行方を追求している。

（「中央公論」一九六五年六月号）

雑人撲滅週間

Kはその朝公報をみて、《雑人撲滅週間》が始まっているのを知った。かれは公報のうえにおもわずよだれをたらし、びっくりしてそれを吸いとると、鏡にむかった。古くなったコッペパンのようなかおが広い面積をしめており、その下にパジャマに包まれた巨大な腹が、これまたかさばった飼料袋のようにつきだしているのがみえる。Kは鏡のまえで愛想笑いをした。それからかれは鏡に笑いかけながら、「上着！」とかれの妻にどなりつぎの瞬間差しだされるはずの上着を受けとろうと後手に腕をのばしてひろげた指で空気をひっかくのだった。だがだれもいなかった。《ははあ》とかれは自分で上着を探しながら口のなかでぶつぶついった。《あいつ、雑人撲滅令にひっかかってやられたかもしれないぞ。朝から出歩くからだ》三十階にあるかれの部屋から下の街路をみおろすと、黒ずんだ画《が》鋲《びょう》のようなものがいちめんにまきちらされ、駅の方へ移動していくのがみえた。

《蟻《あり》？　いや人だ、これは》

Kは上着を着ようとしたが、なかなか腕がはいらない。腕がはいると、こんどは胴まわりがひどくきゅうくつで、いつのまにかちんちくりんになっているのだった。《ぼくはふとったんだ》とかれはおもいながら、やはりちんちくりんになったズボンをいっしょうけんめい腹のうえにひっぱりあげると、部屋に鍵をかけて大学へ出かけることにした。

「やあ、先生」と階段のところで下からかけあがってきた理髪師が叫んだ。「おくさんがさっき、この集団住宅のまえでやられましたよ。市の衛生課の臨時雇員だとかいうやつでさあ。一撃でまいっちゃいましたよ」

「そうですか、一撃で」とKは重たそうな腹の皮を揺り動かして笑った。「なかなか腕ききじゃありませんか。ところでだれですかやられたのは」

理髪師はほとんどつかみかかろうとするはげしさで腕を振り、Kを指さした。「おくさんですよ、先生の」

そして理髪師は非難でねじまげられた口をあけ、桃いろの舌をめらめら吐きながらあえぐのだった。

「ああ」とKは狼狽したように頭を振った。「ぼくのおくさん。それはそれは。お気の毒なことで。……いかがですか、駅までいっしょに。よかったら」

すると理髪師は、これから出勤するのでいっしょにいこうと答えた。「ここで待っていてくれませんか、二、三分で用意してきます」

「どうぞどうぞ」とＫはいった。そして理髪師が自分の部屋へ走っていくのをみとどけると、Ｋはふくらんだカバンをこわきにかかえこみ、どたどたと階段をかけおりていった。《ぼくはなぜエレヴェーターに乗らないのか》とかれは走りながらおもった。やっと下まできたとき、熱くなった心臓が口へこみあげてくるかんじだった。

「タクシイ！」とＫは叫んだが、きょうにかぎって車のかげひとつみえなかった。非常によく晴れた朝だった。しかしいまは通行人もまばらで、かれらがせかせかと足を運んでいく路面にはところどころ黒っぽいしみがみられた。《市の衛生課員たちが活躍しているらしい》とＫはおもった。《つまり、あれは……》

「逃げたってだめですよ、あなた」そういってふいにＫの肩をたたいたのはさっきの理髪師だった。もう白衣に着換えていた。Ｋはびっくりしてまぶしそうにまばたきした。理髪師はＫのまばたきをみてぎょっとしたように一歩後退した。

「どうかしましたか？」

「いや、なんでもありません。ところで困ったことになりましたね」と理髪師はおびえたようすでいった。

「そうでしょうね。駅まで歩くのですか」

「もちろんです。はやく歩いてくださいよ。危険ですよ」

「なにがですか?」とKはほとんど恥しそうにいい、それでも、ぼったりと重たい脚をせいいっぱいすばやくまえへ出そうとするのだった。

「つまり」と理髪師は多少腹だたしげにいった。「殺人官がわれわれを狙ってるんですよ、あなた。マークされるとただちに市の衛生課の臨時雇員がやってきます。撲殺ですよ。わかりませんか」

「ああ」とKは息を切らしながらいった。「しかしもっとゆっくり歩いてくれませんか。けさはどういうものか、股ずれがして走れないんです。急に、えらくふとったもんだ」

理髪師は軽蔑をあらわして立ちどまった。「しょうがないな、大学教授って。あなたそんな調子ではほんとに撲滅されますよ」

「ぼくはそういう運動には賛成なんですが」とKは汗をふきながらいった。「しかし政治的な問題にはあまり立ち入りたくないですな」

そのあいだにひょろひょろした理髪師の後姿は駅まえの人ごみに吸いこまれていった。

《ああ、のどがかわいた》とKはおもった。

電車はわりにすいていた。Kはぼんやりと最前部の車に乗りこんだが、かれの上下左右にかさばった体軀《たいく》が入口を通過すると、うしろにひしめいていた学生の一群がどっと空席へ殺到した。Kは突きとばされておもわずよろめいた。もうかれの坐る席はどこにもなかった。Kはどこか腰をわりこませるすきまはないものかときょろきょろした。

「きみ、ちょっとよってくれないかね」とかれは三十センチばかりのすきまをみつけて両側の学生にいった。しかしかれらは——そしてほかの乗客もすべて、首を電車の進行方向にかしげ、かおの筋肉をゆるめてねむっているのだった。Kはてれかくしのように笑い、ざらざらした頬をなでた。《ひげを剃るのも忘れたな》

Kは運転室のうしろに立って、自分の方へかぎりなく繰りこんでくる長いレールを眺めていた。電車はなめらかに走りつづけた。しばらくたったとき、Kは前方のレールのうえに土嚢《どのう》のようなものがずらりと並んでいるのをみた。《これは脱線するぞ》Kはおもわず嬉しそうに笑った。レールぎわに赤い腕章を巻いた男が数人立っており、かまわずに通過せよという合図を運転手に送っているらしかった。電車は一段とスピードをあげ、いねむりしている乗客はいっそう将棋だおしに傾いていった。だがそのなかに一人だけ乗客の傾きをくいとめて垂直に坐っている男がいるのをみて、Kは奇妙な気がした。《あれが殺人官かもしれない……》とおもいかけたが、そのとき電車は土嚢のうえにさしかかり、やわらかい、弾力にとんだものの轢断《れきだん》されていく震動がKの足の裏に伝わってきた。

「やあ、Kさんじゃありませんか。どうしました、その上着は？」と教授控室でKの同僚の一人が声をかけた。Kはよく理解できないまま、パチパチとまばたきした。するとKをとりまいて親愛の笑いを浮べていた同僚たちはいっせいに頬の肉をひきしめ、ゆきばを失った笑いが、よだれのようにかれらの口のまわりをさまようのだった。

「どうかしましたか？」とKはいい、鏡に自分の姿をうつした。いつのまにかズボンはまるまるした腹の下にずりおち、上着はしわくちゃになって昆虫の抜け殻のように肩のあたりをつつんでいるだけだった。上着とズボンのあいだにヘソがのぞいていた。Kはそれをみて間歇《かんけつ》的に笑った。そしてまたせわしくまばたきすると、鏡のなかの男もまばたきした。それはかなり奇妙なまばたきで、Kの眼の下にたれさがった下まぶたが、すばやく、神経的にひきあげられる運動からなっていた。《カラス》とKはおもったが、なぜなのか、よくわからなかった。振りかえってみんなのまばたきをたしかめてみようとおもった。しかし教授たちはいっせいに眼をそむけ、あるいは眼をふせるのだった。

　Kはこのなりゆきに少からず気をもんで、上着をひっぱりおろし、ズボンをひきあげようとこころみるのだが、上着は横じわがよって蛇腹《じゃばら》同然になり、手をはなすと勢よくめくれあがるのだし、ズボンはどうやってみてもかれの腹の最大突出部よりもうえにはあがってこないのだった。Kはもじゃもじゃの髪をかきまわしてフケの霧を散布した。

「どうも失礼しました」Kはとつぜん相好をくずして笑いだし、近くにいた小男の首筋をつかんで宙に吊りあげると、鼻と鼻をすりあわせ、頬をなめて親愛の情をあらわそうとした。「失礼ですが、あなたはどなたでしたか？」とKがいうと、相手は苦しげにかおを怒張させ、床のうえに尿を失禁しながら叫んだ。「ぼくは、ぼくは助教授のポエトンですが、あなたは……」

「ああ、ポエトンさん。ぼくはKでした。外国文学主任教授のK・ゾルバッケンだとおもいます」

「すみませんが」と相手はほとんど絶望的なかおをして弱々しく嘆願した。「ぼくをおろしてくれませんか」

「そうですか、それは残念ですね」Kはがっかりして手をはなした。せっかくの厚意が相手の気まぐれから裏切られた気もちだった。

なりゆきを見守っていた教授や助教授たちは、このとき一列になって隣の部屋へ移動して行った。Kはびっくりしてかれらを見送った。《これから教授会でもあるのかしら？》だが床のうえには点々と脱糞してあり、それらがまだ湯気をたてているのをみてKはかっとした。《無礼な連中だ！》

冷房装置が故障なのか、陽が高くなると部屋はひどく暑くなってきた。Kは大きなカバンをかかえて、あいている教室はないかと廊下をうろうろした。事務員がKを追ってきた。

「K教授、事務室の会計までおこしください。月給を支払います」とかれはいった。

「ああ」とKは無意味な声をだしてうなった。《月給？》それから急にKは、はっはっと空気を吐いて笑った。

「嬉しいですか、教授？」と事務員がたずねた。

「嬉しいですとも」Kは胴をよじり、奇態なリズムで腰を振ったが、それはズボンをひきあげるためだった。事務員はにやにや笑いバンドがうしろで切れているのだと注意した。Kは恥しさで耳たぶに血の気がのぼるのをかんじた。

「これはけしからん。悪辣《あくらつ》な陰謀ですよ。これは」とKは叫んだ。事務員は横柄なかおをして左右に首を振るのだった。

会計で月給をもらうと、Kは封を切ってなかみを数え、満足して教室の方へひっかえした。かれは講義の下調べをまだやってなかったので、あいている教室をみつけるとカバンをあけ、準備にかかろうとした。しかし出てきたのは汚れたナプキンや牛尾の燻製《くんせい》、フカのヒレ肉の罐詰《かんづめ》などだった。フカのヒレはKの好物だった。しかしどうしてこういうことになったのか、かれには見当もつかなかったが、それらをみると空腹をかんじたので、まず牛尾の燻製に手をつけた。上下の顎が力強く嚙みあわされ、コリコリした牛尾がじょじょに口のおくへ消えていくのは、機械の運動をみるようだった。《この罐詰はどうしよう》

Kはカバンをひっくりかえしてみたが、罐切りはでてこなかった。《ばかなやつだ。罐切りくらい入れておくもんだ》とKは腹をたてたが、おもいなおし、歯をたてて強力に嚙み破ってしまった。《なんだ簡単に破れる》ふとKはいつか動物園でみたゴリラをおもった。するといっそう食欲が増進するのをおぼえた。二罐めを半分ほど食べるとKはみちたりた気もちになり、机にかおをふせてうとうとしはじめた。

Kの頭からいびきとともにもれはじめた黄いろいイマージュの幕にぼんやりと殺人官のかおが映りはじめる。イマージュが次第に濃いガス体の幕をつくるにつれて事態はいくぶん明瞭になる。殺人官は妙に自信のない、官吏特有の表情をもち、眼鏡をかけた男で、なにか宗教的な理由からか、頭は丸坊主に剃りあげてあった。半月まえ、《雑人撲滅週間》の実施が閣議で正式に決定されると、多くの命令系統を経て、毛細血管にはいりこみ網の目をなしてひろがっていく血のように、次第に稀薄になりながら、この運動の趣旨がかれら、殺人官のデスクまで伝わってきたのだった。かれらはいたるところで微弱なため息をついて反応した。県庁や市役所はいうまでもなく、警察署、郵便局、国立病院などにもかれらは散在していた。こうした組織の複雑さはほとんどときほぐすことの絶望をかんじさせる。まず大規模に撲滅されたのは無国籍の住民たちであった。かれらは村役場から派遣された殺人官に導かれて共同塵埃《じんあい》焼却場の竪穴《たてあな》へと行進し、殺人官の巧妙な誘導と激励によって一種の宗教的恍惚のうちに、穴の中へなだれおちた。ついで係員はガソリンを充分注いだのち、これを処理したもようである。しかしながら無国籍の住民を対象としたことは、係員の致命的な誤解にもとづくものであったことが、まもなくあきらかになった。（いうまでもなく、責任者は処刑、すなわち撲殺された）それがいかなる性質であるにしろ、ある社会の構成員をなし、他の成員と連帯をもつもの、血や職業上のつながり、ないしは信念、偏見における共通の紐帯《ちゅうたい》でもさしつかえないが、要するに共同社会の一員としての信頼すべき毛なみを有するものは、これを撲滅の対象から除外すべきである。したがって対象としてはまず失業者がとりあげられるはずであったが、かれらはこの運動を実施するにあたって必要な撲殺員として、臨時に大量的に雇傭《こよう》された。殺人官は街へ進出した。デパート、書店、映画館その他は雑人発見に屈強の場所であって、たとえば書店にはいって雑誌を立ち読みしたのち本を買わずに店を出るものは雑人とみなされるし、映画館内で他の観客とともに泣かないものも同様である。

かれらは大量に撲滅された。官庁、会社等では自己の職務に興味をもたない雑人が処分され、その数は三〇〇万にたっしている。学生も約八割ちかく撲滅されたが、それは欠席学生、成績不学良生、およびいかなるサークルにも所属しない学生であった。しかしさらに徹底した運動成果をあげるためには、家族という共同体のなかからも雑人を撲滅しなければならない。たとえば朝起きて家族のだれにも挨拶をしない子どもはただちに撲殺すべきである。一家のだんらんに加わらない家族員にたいしてはいうまでもない。未結婚の若い恋人たちは無条件に雑人とみなしてよい。結婚の手続をとらないということは社会共同体にたいする消極的な反逆であり、おそかれはやかれかれらは人間的連帯からはみだしてしまうからである。幼児および高齢者も撲殺の対象になる。理由は簡明であろう。その他、優生学上繁殖ののぞましくないものは文字どおりの雑人として確実に撲滅された。精神病患者も共同体に参加する能力を有さないものとみなされて撲殺された。かれらはまったく抵抗、あるいは弁明の態度をしめさなかったが、この点は他の種類の雑人に銘記させたいものである。これにたいして困難をきわめているのは、一部の知識人、とくに大学教授、作家、画家、評論家等の処分であろう。

かれらの存在はもっとも不毛かつ無用なものとみなされたのであるが、その抵抗は異常にはげしい。学会あるいはジャーナリズムにかんけいをもたない孤立した文化人・知識人はただちに毒殺――かれらには撲殺が通用しなかった――されたが、その他のものは業績と称するものによって社会共同体への連帯度がはかられると主張し、頑強に抵抗をつづけている状態である。問題は今後に残されている。さて《雑人撲滅週間》はすでにみるべき成果をあげつつあるのであるが、とくに注目すべき点は大衆の協力と自主的な行動力である。この大衆のエネルギーこそが真に雑人を社会共同体から放逐、絶滅するものといってよい。すなわち大衆はあらゆる場所ですすんで雑人を指摘し、殺人官に連絡をとる労をおしまなかった。とくに家族内における雑人の摘発は、民間人の協力による以外にその方法がないわけである。ただし大衆自身が雑人を処分する傾向にたいしては厳重な警告を発しなければならない。先日、数十人の雑人学生を轢殺した某大学自治会の措置はその遺憾な例であった。雑人撲滅運動はいまや最高潮にたっしている。しかしながら心中ひそかに人間にたいして無関心をいだいている、いわゆる潜在的雑人の発見はきわめて困難である。いっそうの協力をのぞむ。Kのイマージュのなかに、殺人官の街を歩いている姿がみえる。いくぶん猫背で、たよりなげにまばたきし、空咳《からせき》などしている。むこうの方には巨大な焼却炉がみえる。議事堂を一時借用、改築したものである。臨時雇員たちがそこへ雑人の死体を運びこんでいる。あちこちで群衆がお祭のように騒いでいる。その群れが、じょじょに水と油のようにわかれると、少数の群れがはじきだされ、その場で撲殺されていくのがみえる……

　Kはだれかに肩をたたかれてはっと目をさました。かおをあげると口から糸をひいてよだれが、ほとんど血のように黒く机のうえにたまっていた。

「きみ、あたってるんだよ」と隣の学生が低い声でいった。「はやくしないと先生がここへ来るぜ」

するとKが充血した眼をこするまもなく、黒服を着て背の曲った教授がするするとKのそばへ近づいてきた。

「なにをぐずぐずしてるんです、ええ、きみはやってこなかったんだろう？」

「なんですって？　ぼくはこれから下調べをするところなんですが。きみはだれです？」

Kはむっとしていった。

「ぼくがだれかって？」と老人は痛々しく大声をはりあげた。「学生のぶんざいで無礼な！　こういうやつこそ雑人撲滅の槍玉にあげるべきだ」Kはやっと事態をのみこんだ。

「ぼくはK教授だが。K・ゾルバッケンです。学生ではない。どうやらあなたの授業にまぎれこんでいたらしいですな」

学生たちがどっと笑った。しかし笑いは天井のすこし下をただよい、そのまま悪意ある喚声に移行して、「撲殺！　撲殺！」というどよめきが教室をゆすぶるのだった。Kはあわててカバンをかかえこみ、学生たちにむかって卑下したつくり笑いをみせた。学生たちは凍りついたようにだまった。

「どうも失礼」とKは片手でズボンをおさえながら廊下へとびだした。背中のうしろでばたんとしまったスティールの扉ごしに、「雑人！」という声がかすかにきこえた。

時計をみると、もうとっくにかれの受持授業がはじまっていた。《だれかがやっているだろう……》とKはおもいかけたが、やるのは自分自身だということに気づくと、ぎょっとした。恐怖とも腹だちともわからず、内臓から汗がむやみに分泌してくるのだった。かれは自分の教室を探した。《ここだったな、たしか》しかしかれはなぜか、ちょっとためらった。戸はあかなかった。鍵穴からなかをのぞいてみると、むこうからものぞいている眼があった。

「なんだろう？　おい」と戸のむこうがわで学生らしい声がいった。「みろ、オランウータンか狂人の眼じゃないか、これ？」

そして鳩のようにくっくっと咽《のど》を鳴らし、戸に体をぶっつけておしひしめく学生たちの体温が、薄いスティールをとおしてKに伝わってくるのだった。

「あけろ！」とKは教授の貫禄を実感しながらどなった。

「なにからうなってるぜ」と戸のむこうでいった。

「あんまり眼を近づけるんじゃないわよ。危険だから」そういいながら学生たちはかわるがわる鍵穴からこちらをうかがっているらしかった。Kはかがめていた腰をのばし、拳をかためてはげしく戸をたたきはじめた。

「Kだ。K・ゾルパッケンだ。あけないか」するとふいに戸があいた。学生たちがどっと喚声をあげた。Kは気がつかなかったが、いつのまにかかれのズボンは完全にずりおちてその巨大な腹の突起と、ヘソのまわりにうずまく剛毛、しわだらけで力なくたれさがった性器などが学問の尊厳を傷つけているのだった。上着はあいかわらず執拗《しつよう》にめくれあがりいまでは肩の一部をおおう皮膚とみわけがつかないほどだった。

Kはほとんど度を失っていたので、ズボンを外に残したまま教室にはいりこみ、自分でドアに鍵をかけてしまった。かれはせかせかと壇上にあがり、椅子にどしんと坐って汗をふいた。

「サルトリは……」とKはいった。いいながらカバンをあけ、教卓のかげで自分の膝《ひざ》のうえになかみを並べはじめた。学生たちはペンをにぎり、Kに眼を注いで待っていた。Kは参考文献をみつけだそうとしてカバンのなかをかきまわした。どこにもない。《じつにまぬけだ！》とかれは腹をたて、口のなかで呪詛《じゅそ》の文句をぶつぶつ泡《あわ》だてるのだった。

「きこえません」と学生の一人が叫んだ。Kはびっくりしてかおをあげ、学生たちがまだしんぼうづよく話のつづきを待っていることに気がつくと、ほとんど信じられない、というふうにまばたきした。その瞬間、学生は石のかおにかわり、いっせいにかおをふせた。

《やれやれ》とKはほっとしたが、かれらはなおもペンをかまえてノートをみながら待っているようすだった。Kはいっそう頑強な期待をかんじておもわずうなった。すると学生たちのペンが動いた。Kはそのすきにまた膝のうえに眼をうつし、食べかけのヒレ肉罐詰を食べはじめた。《じつにうまい、これは》美味が不安をややしずめてくれたようだった。Kは一罐たいらげると、多少寛大さをとりもどし学生たちになにかいわなければならないことをおもいだした。

「……オランで生まれた」とかれは無関心な声でぼそぼそといった。「かれの母親は……」

それからKはまた残りの罐を物色したが、もうなかみはなかった。しかたなしにかれはまずい牛尾の燻製に手をつけた。ゆっくりと嚙みつぶしながらKは時計をみた。まだ四十分ほどあった。なにもしゃべることがないので今度は自分の膝や性器をぼんやり眺めていた。しかしふとかおをあげると、Kの方を注視していたらしい学生がいっせいにノートのうえにかがみこむのだった。

「娼婦だった」とKはうんざりしながらつづきをいった。「そしてかれの父は、死体処理人だった……」《こいつはおれの身のうえなんだが》とKはいいおわってから気づいた。

窓から灼《や》けた熱風が吹きこんできた。みると、いつのまにか窓があいて、見知らぬかおが教室をのぞきこんでいるのだった。《梯子《はしご》をかけてのぼってきたんだな》とKはおもった。咽のところになにかがこみあげてきたとおもった次の瞬間Kは立ちあがり、どなった。窓のかおは悲鳴を残して消えた。《あれは殺人官だったかもしれないぞ……》

学生たちは窓ぎわに走りより、数十メートル下の舗装道路をみおろした。Kもかれらの肩ごしに首をのばした。被害者は学生服を着ていた。サイレンが鳴り、人人が集まってくるのがみえた。

「先生、遅刻してきた学生でした。入口に鍵がかかっていてはいれないから、窓からはいろうとしたんだ」と一人がいった。かれらは憎悪の表情でKをみた。Kはそのとき、それらのかおのなかに女子学生をみて、ふしぎそうにまばたきした。Kは教壇にもどると、

「サルトリは要するに雑人であった」といった。学生たちはだれもペンをとらずに、かたい表情をKにむけていた。

「サルトリは……」とKはなにかがつまったような声でくりかえした。

「こいつに出ていってもらおうじゃないか」とひげを生やした学生が叫んだ。眼がつりあがり、唇に唾液の泡をためていた。Kはぼんやりと学生たちをみまわし、静かにするようにと手をふった。

「サルトリは……」

「雑人だ！」と学生たちがいっせいに叫んだ。Kは無意味に笑いをうかべ、女子学生にウインクした。《わりにきれいじゃないか》学生たちはみるまに展開し、スクラムを組んだ。

「われわれの力で追放しよう。こいつこそ雑人の典型だ」

「そうよ。いったい、あたしたちのことをなんとおもってるのかしら？」と女子学生が一人薄い胸をだきしめるようにして叫んだ。Ｋはぎょっとして、口から食べかけの牛尾をたらしたまま立ちあがった。なにか、理解できないような事態がおこっているらしいとおもった。それに口をきこうとしても、口のなかがいっぱいで、声も出ないのだ。やっとＫは気がついて牛尾の燻製を吐き捨てた。そして瞳孔《どうこう》の拡散した眼で、学生たちの一様なかおをみわたした。

「こいつ、やっぱり気ちがいだ。まえからそうだとおもってたが」と一人が軽蔑したようにいった。「気ちがいの雑人だ」

Ｋはかれらの使っている中性卑称代名詞が自分を指していることに気づくと、なぜともなくにやにや笑った。《まるでけものを呼んでるみたいだ》

学生たちはＫのまわりに三人の体格のいい学生を見張りに立たせ、他のものは意見をまとめるために討論を始めた。実行委員が選ばれたもようだった。

「廊下に殺人官らしい人がきてるけど」とそのとき女子学生がなかまに報告した。もう少し待ってもらえ、と委員長がいい、かれらはまた頭をすりよせて話しあった。Ｋは見張りを押しのけてのそのそとドアに近づき、鍵穴から外をのぞいてみた。すると眼鏡のような、光るものがＫの眼のまえにあった。かれは満足して学生たちの方をむき、腹を突きだして、これからどうするつもりかとたずねた。

「雑人としておまえを追放する」

「ぼくをですか？」とＫはまばたきしながらいった。「そんなわけにはいかない」そして笑った。かおの筋肉がひきつるのが自分でもわかった。

「ぼくらの共通の意志で」と委員になった男が叫んだ。「おまえのような雑人は撲滅するのだ。おまえなんか、生きている権利はない！」

　Ｋは自分の眼が奇蹟のようにつりあがり、唇がめくれあがっていくのをかんじた。

「なにをいうか！」とかれはわめいた。おまえたちこそ撲殺してやるのだ。おれは雑人だ。だが雑人がおまえたちのような忠誠ぶった犬どもを並べておいて撲殺してやるのだ。おれにとっておまえたちはなんの意味もない。いいか。なにが雑人撲滅週間だ。笑わすな。Ｋは手ぢかにいた学生の首すじをつかむと、宙に吊りあげ、横の壁に頭をうちつけた。鈍い音をたてて頭蓋が陥没した。Ｋは死体を窓の外に投げ捨てた。のろのろした動作だったが、圧倒的な着実さがあった。学生たちは壁に追いつめられ、銃殺囚のようなかおを並べて順番を待っていた。Ｋはいくぶん不器用な動作で作業をつづけていった。女子学生が悲鳴をあげた。雑人だけが生きるのだ、とＫはおもった。

（「明治大学新聞」一九六〇年七月二一日）

パルタイ

　ある日あなたは、もう決心はついたかとたずねた。わたしはあなたがそれまでにも何回となくこの話を切りだそうとしていたのを知っていた。それにいつになくあなたは率直だった。そこでわたしも簡潔な態度をしめすべきだとおもい、それはもうできている、と答えた。パルタイにはいるということは、きみの個人的な生活をすべて、愛情といった問題もむろんのこと、これをパルタイの原則に従属させることなのだ、とあなたは説明しはじめた。あなたは眼鏡を光らせすぎるので、そのむこうにある肉眼の表情がわたしにはよくみえない。あなたの歯ががちがちと鳴るのは、できのわるいガイコツの咬合《こうごう》をみるようであり、あなたは不自然なほど興奮していたにちがいない。わたしはおもわず動物的な笑いをもらした。するとあなたはわたしの手を握った。いつものようにあたたかくて湿っぽい。多少居心地のわるいかんじだとおもう。あなたはわたしの決心を確かめようとしていたらしかった。そこでわたしも、少しばかり大げさな身ぶりをともなうことばによってあなたを安心させる必要があった。

パルタイにはいることを正式に許可されるためとるべきいくつかの手続についてあなたは順序だてて話した。わたしはじつのところ、ほとんどきいていなかった。こうした事務的なことがらについてあなたがしめす熱心さは、わたしにはこっけいにみえた。《経歴書》の作成が手続のヤマだとあなたはいった。そして自分のばあい、《経歴書》はこうだったといい、あなたはぶ厚い書類の束をわたしのまえに置いた。それはなにかがうず高く堆積しているといったかんじでわたしのまえにあり、手垢と紙のいたみぐあいが、パルタイのなかをとおりぬけて厳密な審査をうけたという権威ある確かさを保証しているかのようにみえた。そこに多くの他人たちが——それが《組織》という名で呼ばれようと、わたしにはおなじことなのだが——撫でまわしたあなたの生活があるのだとおもうと、わたしは息がつまりそうなほど恥しくなる。おそらく《信じる》という赤あざのようなものがあなたの顔、そして眼までもおおっているのでなかったら、あなたにしてもその《経歴書》がこっけいなものだということに気づくはずだと思う。

わたしたちはある部屋のなかにいた。それは壁の割れはじめた汚い部屋で、途方もなく巨大なビルディングのなかの迷路の奥にあった。あなたが最初にわたしをこの部屋に連れこんで以来、わたしは自分が奇妙なしかたで抽象化されてしまったことに気づいていた。

わたしはめったに笑わなくなり、一定の筋みちをたててしゃべり、まれに笑ったりするときには一定の健全さでそうした。かなしむということはなかったし、それはこの建物のなかでは非常にばかげたことだった。つまりこの《寮》と呼ばれているビルディングに一歩はいると《現実》は異臭をもった粘液質の世界にかわり、大小の部屋は厚い壁で区切りをつけられながらもかえってその壁を靱帯《じんたい》にしてたがいに結合されているので、それは暑苦しい空気のつまった細胞の集合体といった印象を与えていた。わたしはそのときもその細胞のひとつにはいりこみ、わたしのまわりで《学生》がめいめいの仕事をしているのを無視してあなたと話しあっていたのだ。わたしはいつかこの部屋の印象についてのべ、ここの空気は異常であり濃密すぎるが、どこか抽象的なのだといったことがある。しかしあなたは若干の質問をしたのち、わたしの印象を否定した。

　要するに、とあなたはいった。わたしはパルタイの仕事に充分な経験をもっていない。そのことがわたしの自信に乏しい態度の原因だとおもわれる。あなたはそういってわたしを慰めた。つまり慣れることが最上の解決になるらしい、とわたしもいった。それにしてもわたしはこの部屋にはなかなか慣れることができない。すこし人間が多すぎるようだし、かれらのたてる音と埃、それに人間が集団的に生活するときに生じる下半身の特別な臭気がわたしをいらいらさせる。わたしはまえから気になっていたが、壁や天井には《軍人勅論》が書きちらされてあるのだ。こんなことは《寮》にふさわしくないとはおもわないかとわたしは注意してやった。ときどき、この部屋に住んでいる《学生》の一人が、パルタイの歌を叫びだす。すると壁をへだてたあちこちの部屋べやからいっせいに、それに類似した歌が発生するのは、わたしにはけっして慣れることのできない環境だとおもう。

そのころまで、わたしはあなたをほとんど完全な程度にあいしていたといってよい。《完全》の定義はよくわからないが、あなたはたえずその《完全さ》をうけあってくれた。あなたは最初にわたしに会ったときからわたしに関心をしめしたし、わたしもすくなからずそうだったので、しばらくたってから、わたしはあなたをあいしているといい、あなたもそれを認めた。そのときあなたはおびただしい涙を流した。そしてパルタイ員である自分にもこんな人間的な涙を分泌させたのは、わたしであり、わたしの愛なのだといいはった。それはその当座はわたしをいくぶん得意にした。しかしよく考えるとそれはひどく理くつにあわないことだった。第一、パルタイと人間的なものとの一致に感激するのはおかしなことだ。それからわたしたちはあなたの提案で、わたしたちがあいしあうことにきめたことを《なかま》の《学生》たちのまえで宣言し、祝福をうけた。わたしは屈辱でまっかになった。それにもかかわらずわたしが比較的長いあいだあなたをあいし、またなによりもそれを信じていたのは、わたしがこの抽象的な壁のなかにいたからにほかならないようにわたしはおもう。もしもわたしたちがもっと空気の軽いところにいて、お祭じみた日常生活のこまかなしぐさを共有していたら、こんなふうではなかっただろう。

ところで、そういうことまで含めてわたしの《経歴書》を書きあげることは、わたしにとってきわめて困難な仕事だった。というのは、わたしは自分の過去にほとんど興味をかんじないたちだったから。あなたはわたしに、できるかぎり克明に過去を拾いあげ、要約し、つなぎあわせ、ときには舌でなめして、ひとつの論理の筋をつくりあげ、それをパルタイにはいる動機に結びつけるようにと注意した。わたしが生まれたとき両親は死んでおり、貧乏をし、裏切られ、世の中の矛盾をわたしの皮膚で知った。だから、そういったことはわたしがパルタイにはいるべき充分な動機になりうるばかりか、わたしは過去のもろもろの経験によって、パルタイ員としての資質に磨きをかけられてきた、そんなふうに書くとよい、とあなたは説明してくれた。

それから数日後、しかしわたしは《経歴書》を書けそうにない、とあなたにいった。あなたはまた、わたしの過去を幼児時代から再現しはじめ、現在わたしがパルタイにはいる《必然性》のあることを論じたてるのだ。あなたの忍耐力には驚くべきものがあったし、自分の過去がそんなにもあざやかにこねあげられることに、わたしも感嘆と多少の関心をいだかないでもなかった。が、とうとわたしはあなたをさえぎった。問題はそういうことではないのだ、とわたしはいった。わたしの過去にいくらブラシをかけ折りめをつけてみたところで《だから》わたしはパルタイにはいら《なければならない》というふうにはいえないだろう。わたしは過去によって自分を拘束し、裏づけすることにオントをかんじる。わたしは過去からぬけだして、未来へ身を投げたいとおもう。わたしはパルタイを選び、パルタイによってわたしの自由を縛ろうと決意した。ここにはなんの理由づけもなく、なんらかの因果関係がわたしの決意をみちびきだしたのでもない。その決意がパルタイに受けいれられれば充分ではないか？　しかしあなたは反対した。あなたはわたしの議論を直観主義という名で呼んだ。それは危険な思想だというのだった。一個人がパルタイにはいるには、パルタイが承認しうるような客観的な《必然性》というものが必要だとあなたはくりかえし注意した。

　わたしは多少がっかりしたものをかんじながら、《寮》を出た。それから二時間ほど電車に乗って自分の部屋に帰ると、ただ眠った。そして朝の光がオレンジ色の希望を投げかけるころ、わたしは汗で湿った服をそのまま着て、また《寮》に出かけていった。わたしは仕事にはなかなか熱心だった。その日も午後からわたしはあなたと組んでK市まで行き、二、三の《組合》を訪問した。わたしはむしろほかの《学生》と組みたかったが、そんなふうにきまっていたのであとの祭だった。

　二時ごろK市についた。曇天から薄日がさして蒸し暑かった。陸橋を渡りながら下をみると、貨物専用のレールがいくつかの立体交叉をなして放射状にひろがり、多くの《工場》へとひきこまれているのがみえた。街は狭くて、棚をなして海へせり出し、黒い鉄板をつぎはぎしてつくられた《工場》がつぎつぎと累積して建てこんでいるのは、全体としてみると、稚拙だが魁偉《かいい》な偶像に似ている。あなたはいくつも電車を乗りかえ、鉄ばしごをのぼりおりした。《工場》はもともと不規則に仕切られた区画のなかに建てられ、それが横ばかりでなく上下にも建てましされた結果、たがいに他の区画にまで侵入しあい、ときには他の《工場》にのしかかったりしていたので、わたしたちはしばしば迷い、受持外の《工場》に踏みこんだ。目的の《工場》をみつけても、《組合》にうまく到達することは、さらに困難だった。門衛がわたしたちの身分と姓名をたずね、そのたびにわたしたちは偽名を考えなければならなかった。いまさらわたしたちに名まえをたずねるとは笑止の沙汰だったが、門衛はそれで満足して通行証を渡してくれた。《工場》にはいると、《組合》の所在を発見するまでにさらに一苦労した。ときに《組合》はその《工場》のなかにはないことがあり、潮風のあたるゴミ捨場の横のバラックがそれであったりした。だがほとんどのばあい《組合》はうすぐらい《工場》の建物に附属しており、そこに住んでいる《専従》たちは、くらがりから黄いろく光る眼でわたしたちをみる。まるでフクロウのようだとおもったが、あなたはこの比喩に機嫌をわるくした。もっともかれらはわりあい紳士的であり、それがわたしに《労働者》らしくない印象を与えたことは事実である。わたしたちの任務は、今度開設する《労働学校》について説明し宣伝するとともに、目下の《組合》の状勢をさぐるということだった。あなたは終始にこにこし、出てきた《専従》たちに愛想をふりまいたが、わたしにはできなかった。しかしあなたは《工場》を出ながら、自分もあの《組合員》たちを完全に信頼しているのではない、といった。どんなばあいにもわれわれは階級的警戒心を失うべきではない。というのは、かれらは《組合員》であるかもしれないし、そうでないかもしれない。《労働者》でさえないかもしれない。現実の事態はつねに複雑にもつれている、ただわれわれの実践的経験だけが本物の《労働者》とそうでないものとをみわける試金石なのだ、とあなたはいった。もちろんわたしにとってそんなことは不可解であり、不可能なことでもあった。

　わたしはわたしが所属していたサークルについて若干のべておかなければならない。それは《セツルメント》という名で総称されているサークルのひとつであって、わたしたちのは《労働学校セツルメント》と呼ばれ、主としてK市の《労働者》のあいだにはいりこんで仕事をするものだった。このおなじ仕事をする《学生》のことを《なかま》といっていた。わたしにはこの呼び名がいくぶん湿りをおびたものにおもわれる。それはあなたの手のように、熱く、汗ばんでいる。《なかま》ということばを口にするとき、わたしはほとんど、神のもとに友愛をとくある種の団体に所属したようなかんじをもつのだ。ところでわたしにとって気がかりだったのは、この《労働学校》の《なかま》たちとパルタイとの関係である。むろん《なかま》のなかまにはパルタイ員がいたことは確実だった。しかしだれがそうであるかは容易にわからなかった。《なかま》たちは例外なくパルタイ員であるような顔をし、事実パルタイにはいることを望んでいたといってよい。しかし公式のばあいには、だれもかもパルタイ員でないというふうにふるまう。それは外にたいしては、ふつうの《学生》も《労働学校》に参加しやすい外観をたもつためだったとわたしはおもう。わたしの知っているパルタイ員は、あなたと、それからSだった。Sはパルタイ《地区委員会》の大物であり蛇のように皮膚をさす目つきや職業的な能弁は、わたしにそのことをなっとくさせるに充分だった。Sはまえからわたしに執心のようだった。

《労働学校》がはじまってからも、わたしは《経歴書》のことでしばしばあなたに説得され、はやく仕上げるようにと催促された。なかなか書けないのだ、とわたしはいった。なぜか、とあなたはいった。わたしはいらいらして、それはいつもいうとおりだ、と答えた。するとあなたはわたしのことを、要領がわるくて良心的すぎると批評した。そしてとつぜんあなたは《M事件》をもちだした。無実の《同志》たちが、武装警官と装甲車に包囲された裁判所のなかで死刑の宣告をうけたのだ、とあなたはいい、わたしの正義感に火をたきつけようとこころみた。その不当なことはよくわかるが、とわたしはやむを得ずいった。残念ながらそのことにわたしは多くの興味がもてない。いまわたしの興味をかんじることがらは、わたしがパルタイにはいるという問題だ、とわたしはいった。その点ではわたしはあなたと一致しているようにおもう。そしてそれをわたしは明晰な意識の状態で実現したいのであって、《M事件》がわたしをたとい激怒させたところで、それをパルタイにはいる動機とするわけにはいかない。不透明なものにたいしてわたしはオントをかんじないではいられないのだ……。

わたしたちは《労働学校》で知りあった《労働者》を手がかりにして、個人的で小規模な《学習サークル》を組織しはじめた。そこでこのころのわたしの仕事は、第一に《労働学校》の運営にかんするもの——とくに学校の講師たちとの折衝であり、第二にはこの《学習サークル》のチューターとして働くこと、第三には《組合》の動静を調査して歩くこと、であった。わたしは《学習サークル》の《労働者》たちとじきに親しくなった。《労働者》は手足の関節が太く、ガニ股で歩き、皮膚は黒くて熱かった。そして具体的なことしか話さなかったが、それは具体的すぎてわたしには気が遠くなりそうなほどだった。わたしは、ある書店の狭い非常ばしごをよじのぼったところにある、海につき出した屋根裏の物置で《学習サークル》をつづけていた。

ある日わたしはいつも《学習サークル》にくる《労働者》と街で会い、《労働者》はわたしに食物をおごった。《労働者》の方がわたしより身なりもいいし金ももっているようすだったので、わたしは感謝をあらわし、しかしいくぶん恥しいおもいをした。《労働者》と書店の屋根裏にあがっていって待っていたが、その日はだれもこなかった。こういうことはよくあるものだ、と《労働者》はいい、しばらく二人きりで膝をかかえて坐っていた。暑かった。わたしの方から、衣服をぬいだ方がいい、といいだし、《労働者》もそれにしたがった。窓の外の海は褐色の波をたてて、石油や金属やさまざまな有機物の臭気を吐きだしていた。製作所の煙が空を赤く曇らせていたし、夕陽は熟した柿の色をして煙のなかに立ちどまっていた。わたしは《労働者》の皮膚が赤く染まって《熔銑《ようせん》》に似ているのをみ、未知の動物にかんじるような興味を《労働者》にかんじはじめていた。

それにつづく事件についてはほとんど語るべき内容はない。わたしはなんとなく《労働者》のからだにさわり、それが堅い筋肉でできているのを知り、《労働者》もびっくりしてわたしに関心をもちはじめると、じきにわたしをひらかせ、熱い荒い息を吐きかけながわたしにあいされようとつとめた。わたしは傷ついたというよりも極度におしひらかれ、不愉快だった。《労働者》はわたしのなかにあっても依然として異物であり、わたしは

《種》を異にする動物同志が偶然に出会い、その場で交わりでもしたような遠々しさのためにいらいらした。しかしわたしはほぼ完全に明晰でありつづけた。《労働者》にたいして寛大でさえあった。《労働者》がそれを望むなら、わたしは今後いつでも応じることができるし、わたしもそれを望んでいたとおもう。《労働者》はみかけによらず清潔だった。ただひどく堅く重たくて、扱いにくく、ことばももっていないし、その実体はあの単純で具体的な生活だけだ。それからは、いつか《労働者》を理解できるかもしれないという希望がわたしの毎日を養いはじめた。

　この希望についてわたしはあなたに意見をもとめてみた。それはいいことだ、とあなたは即座にいい、もっと積極的に《労働者》を理解するようにつとめるべきだ、といった。そしてあなたは、《労働者》と《学生》の結びつきをその一身に体現している《同志》としてSを例にあげた。Sは《学生》であり、かつ《労働者》なのだとあなたはいったが、わたしは反駁した。Sはそのどちらでもない。Sの両棲動物じみた不潔な気味わるさはそのことからくるのだ。わたしはそういうと《労働学校》の臨時講師をみつけてくるための交渉に出かけた。密集した家家のなかのもっともわかりにくいところに講師候補の住所があった。わたしはある種の関係でたとえばAを知り、会って講師を引き受けるように要請する。Aは、残念だがその日のその時間はだめだといい、Bを適当な人物として紹介してくれる。Bをやっとたずねあてておなじことを要請するとBはおなじようにして拒絶し、Cを教えてくれる。この系列は曲りくねってどこまでものびており、わたしは数日のあいだ、こうしてたぐりだされてくる《進歩的文化人》のいもづるをたぐることを仕事とした。わたしはけっして甘い希望をかきたてはしなかったということをいっておかなければならない。かれらは忙しいのだし、《労働学校》が講師に支払うペイは貧弱だったから、かれらのはにかみをともなう拒絶は当然のことだとわたしはおもう。

わたしは飽きることなくかれらに《労働学校》の意義と現状を説明し、かれらもまた熱心な顔でそれに耳を傾けた。わたしもかれらも、この熱心さをよそおうことの方に熱心であり、なにも信じているわけではなかった。かれらはなにかをおそれているようであり、わたしは伝道師のようにふるまいながら、しきりに酢のような感情をのみくださなければならなかった。が、ついにわたしは多少のひまをもっている《進歩的詩人》にぶつかりかれに講師をひきうけさせた。

当日、かれは定刻にきた。しかしわたしの知らないもう一人の《詩人》も講師としてあらわれた。わたしとは別のいもづるをたぐっていった《なかま》が後の方の《詩人》をみつけてきたということだった。わたしは狼狽し、ペイを二分して与え、同時に二人に講義させた。二人は二羽の鳥のように身をすりよせあい、かわるがわる《職場の文学サークル》にかんしてしゃべった。

このことではあとでSにてきびしく《批判》されたことをわたしは記憶している。かれはわたしのことを実践能力に欠けるといい、それから急に、わたしがパルタイに出すべき《経歴書》の件はどうなっているかとたずねた。わたしはだまっていた。かれはそのあいだじゅうわたしを《物》として眺め、自分の欲望を隠そうとしなかったので、わたしはおちつけない気分だった。Sはわたしの気をひくために、自分が手伝って書いてやってもよい、といった。もちろんわたしはことわった。するとSはわたしがウサギのように臆病でぐずぐずしているのはあなたの責任でもあるといってあなたの《日和《ひより》見《み》的態度》をやっつけた。

雨期がはじまったころ、わたしはやっと《経歴書》を仕上げてあなたの部屋へみせにいった。わたしはたんに事実をその生起の順序にしたがって書きならべるにとどめた。それにしてもそれはかなり微細な点にまでおよんでいたので、あなたの《経歴書》と比較してもそう見劣りをかんじないほどのぶ厚さをもっていた。あなたはことばごとに首をふって読んだ。それはじつにいらだたしい癖だ。わたしはうんざりしていた。雨から生じた水の微粒子が部屋に充満し、それがいつもの臭気をいっそうかきたてていた。わたしはしかし、いまではこうした環境にすこしずつ慣れはじめているようであり、あなたが読みふけっているあいだ、わたしは活発に部屋のなかを歩きまわってほかの《学生》たちと《革命》のことで話をとりかわしたりした。かんじんの《革命》のことだが、ととつぜんあなたはわたしをさえぎった。この《経歴書》によると、《革命》の必然性にたいするわたし自身の把握が不充分なようだという指摘だった。わたしはかっとした。そういうばかげたいいかたをしないでほしい、とわたしはいってやった。《革命》はわたしの外にあるなにかではない。もしも《革命》がそういうものだとすれば、外にあるものの《必然性》がどうやってわたしの自由、わたしの選択にかかわってくるというのか。《革命》は必然的だからパルタイにはいるのではなく、わたしは《革命》を選びたいからはいるのだ。そしてわたしは自分自身の自由を拘束することによって、いっそう自由になることを選ぶのだ。わたしの参加が《革命》を必然的なものにする、とわたしはいった。するとあなたは論争的になり、わたしのこうしたことばをひとつひとつつかみあげては投げすて、硬いガラスの眼とたえまなく吐きつづけるタバコの煙によって、わたしの議論を遮断した。なぜわからないのか、とわたしたちはほとんど同時に叫んだ。

　こんな不一致の裂けめが接着しないまま、あなたはわたしの《経歴書》をパルタイの正式の《機関》として受理し、自らわたしの《推薦人》となり、パルタイの《細胞》のなかでいっさいの手続を代行してくれた。《経歴書》はつぎつぎと人手にわたり、唾液や手垢を附着させ、ときにはすり切れたりしながら、次第に上級の機関へとおしあげられていくだろう。それはわたしから遠ざかるにつれてわたしのものでなくなり、しっかりした物体として扱われるだろう。そのことをおもうとわたしはうれしくなり、同時に不安だった。ぜひともわたしは審査のプロセスをみたいとおもった。それはたとえば、自動販売器がコインを食べると、自動的にそれをのみくだし、精巧に連動して、みごとに一枚の乗車券を吐きだすあのプロセスに似ているだろう。

八月のつよい陽で世界が白っぽく灼かれているある日、わたしは朝から数回吐きけをかんじた。《労働学校》が終り《労働者》が帰ったあとでわたしはひどく疲れていたが、Ｓの下宿へいって二、三のことをうちあわせ、若干の残務整理をした。そのときＳはわたしに、きょうは《寮》へは帰らないのかとたずねた。わたしが仕事のはかどりぐあいいかんだと答えると、かれは満足したように笑った。じつはわたしは非常に疲れており、Ｋ市から帰るのはかなり苦痛におもうとわたしはつけくわえた。Ｓはその《活動家》特有の恒常的に疲れた黄いろい眼でわたしの胴をなでまわし、近ごろどこか故障はないのかときいた。これは適切な示唆だった。わたしの胴は下の方がすこし目だつほど膨張しはじめていたので、頻繁にかんじていた吐きけや脚のむくみのことも考慮するとわたしはそれが妊娠のせいだということをじきに認めた。相手はだれか、とＳはたずね、知らないとわたしは答えた。それは多分《労働者》であるかもしれない、とつけくわえながら、わたしは息がつまり、恥をのみくだそうとして眼を白黒させ醜い顔をした。そして口ごもりながら、それはしかしそんなに頻繁ではなかったのだ、と説明した。これがいっそうSを刺戟したようだった。かれはわたしを本の散乱のなかにおしつけ、わたしを所有しようと焦りながら、いまとなってはおなじことだといった……そのあとでSはわたしにいくつかの善後策をしめしたが、なぜかわたしは大して関心がもてなかったので、だまって吐きけに耐えていた。それよりもわたしの《経歴書》はどうなっているのか、とわたしはSを追求した。かれは口もとにあいまいな笑いをうかべ、わたしをはぐらかそうとした。それは自分にもわからないのだといい、しかしまもなく《パルタイ員証》がおりるだろうともいった。

その後数日のあいだわたしはますます深まっていく《オント》の感情に、じっとしていても汗ばみ、世界がぐらぐらするような気もちだった。そのたびにわたしの頭は粘液性の抽象的な壁にぶつかり、こすりつけられた。壁のようにみえるのはじつはわたしなのだということをわたしは知っていた。わたしは自分の選んだ過去という壁のなかに閉じこめられ、熱気のなかで窒息しそうだった。この茫然とした状態はこっけいだとおもう。わたしはこれを《喜劇》と名づけることができるだろう。しかしときにわたしは壁をつきやぶって外の世界へはみだすこともあり、そこの空気の軽さがわたしを驚かせた。

そんなとき、わたしたちのサークルにあたらしい《学生》たちが《セツラー》として数名はいってきた。あなたの発案で、わたしたちはK市のM川べりで一週間の《合宿》をおこなうことになった。最初のうち、わたしはこの合宿に多少の関心をいだいたが、それは、食事から排便にいたるまでの日常生活の規則正しい進行からなりたっている集団生活が、わたしに《軍隊生活》を連想させたからだ。一般に集団生活は《オント》をそのものとしてかんじなくなることであり、人間のもっている異臭に慣れることだとわたしはおもう。この合宿生活もそうだった。わたしのまわりではとくにあなたを中心にして率直さや、友情や、相互の愛情といったもの——要するに《なかま意識》とかれらが好んで呼ぶところの、わたしには恥しいような感情が分泌されつづけていた。ときどきわたしは、かれらが——わたしをも含めて《オント》の紐でつながれた犬の集団のようにみえてきた。

　わたしたちが夜の川原で集まったとき、それはけっきょくのところ園遊会のようなものに似ており、《なかま》たちはサロン風の愉しい会話のうちに、いくつかの恋愛のカプルをつくりはじめていた。わたしはあなたに手を握られ、なまあたたかい川風とむらがりよる昆虫に悩まされながら、《オント》について語ろうとしたが、だめだった。かれらは歌をうたい、湿った草地を踏んで踊る方に夢中になった。それから合宿の建物に帰り徹夜でめいめいの《経歴》を語りあうという日課がはじまったとき、何人かの《学生》たちのあとでわたしにもその順番がまわってきた。わたしは、過去についてはなにも語るべきことをもたない、といった。するとあなたは熱心な寛大さをみせて、それなら現在もっとも関心をもっている問題について話すようにとすすめた。そこでパルタイの名を口にすると、かれらはいっせいに金属製のマスクをつけた顔になり、うつろな、焦点のさだまらない視線を宙にはなって、むなしくそれらをからみあわせようとするのだった。おそらく、わたしのような調子でパルタイの名を呼ぶべきではなかっただろう。あなたはしきりにわたしにめくばせした。わたしはかっとした。そしてこのサークルが使いわけている二つの表情は鼻もちならないではないか、とつよい語調で指摘した。パルタイとわたしたちとの関係をこのさいはっきりさせるべきだとわたしはおもった。それはむずかしい問題だから、とあなたはいい、問題の保留をほのめかしはじめた。わたしはあくまでくいさがった。おおぜいのあたらしい《学生》たちがはいってきて、《なかま》になり、生き甲斐をみつけ、おびただしいエネルギーを放散するが、それは、《学生》時代を愉しくすごすためのスポーツに似ている。そしてかれらがパルタイにたいしていだく憧れと劣等感は、このサークルとパルタイとの接触面にどろどろしたおりを残す。……わたしはもっと理くつの筋みちをたててしゃべったとおもうが、記憶はたしかでない。ただ、だれかがわたしのことを《セクト主義》といって非難したことをおぼえている。

しかしわたしはかまわずにことばをつづけ、わたし自身はこうした活動の意義をまだのみこんではいないし、わたしの《参加》がどの地点で現実とまじわっているかを考えはじめると、わたしはほとんど気がくるいそうになるほどだ、といってやった。つまり現在のところ、わたしはなんの希望ももたず、星のない暗黒のなかで、凍りついた空をひっかいて光の条痕を残そうとしているにすぎない。その条痕が《革命》にまでのびていく可能性については、なにも信じられない。わたしに信じられることは、《組織》がわたしの自由を拘束することによってわたしをかつてないほど自由にしているということだけだ。

夜が更けて空気が冷えると、昼まからの汗は土色の皮膚に塩を析出しはじめた。《なかま》たちは眠いらしかった。それがかれらの顔をほとんど象徴的なものにしていた。その顔の白いつぶつぶの汗は、まるで土偶に飾られた星のようだ……しかもかれらがたえまない蚊の襲来に対抗してかれら自身をたたきつづける音は、この会合に神秘めいた《祭礼》のような印象を与えていた。これはまさに《秘儀》だとわたしはおもった。ここで大事なのは、理解することではなく、理解しあおうという形式に従順であること、にちがいない。事実、わたしのことばはだれにも理解されなかった。むろん、わたし自身もそれを期待していなかったといってよい。ついにあなたがその眼鏡をキラキラさせながら、わたしをおだやかに《批判》しはじめた。あなたは遠慮がちにではあったが、《プチブル》ということばを使ってわたしを規定しにかかった。わたしは首からうえに怒りが充満し、まっかになった。わたしは他人のまなざしでながめられ、他人からことばを着せかけられることにはかなりよく慣れていたが、いまのばあい、がまんできないものがあった。《プチブル》という便利な衣裳はわたしにはあまりにこっけいすぎた。わたしはことばを失い、だまりこんでいた。そこであなたはわたしが《批判》に服しているものと考え、明快にしゃべりはじめた。われわれが《労働学校》というサークルに参加するのは、《労働者》と理解しあい、かれらの現実のなかから、生きたエネルギーを汲みあげるためであり、またその仕事をつうじてわれわれは《なかま》として人間的な愛情に結ばれ、孤立と孤独からのがれることができるのだ……わたしはこのあなたの要約に感心した。それはじつに巧妙で申し分ないようにおもわれるが、とわたしはいってやった。しかしわたしには理解できない考えかただとおもう。あなたは注意ぶかく《革命》をはぶき、たんに無原則的な《奉仕》と《友愛》をといているようにおもわれるがこれはどうか？　しかしもはやだれも発言しなかったところをみると、土偶たちは、土のような眠りにおちこんでいたのかもしれない。みんな膝をかかえ、あるいは汚れた足の裏をつきだして汗で冷たくなったからだをよせあっていた。

夜あけとともにわたしたちはいくつかのグループに別れて、《組合調査》に出かけた。

わたしはあなたと組んで《S石油》の《組合》をたずねたが、そこの《情宣部》にいた《労働者》がわたしをみるとひどく熱心に話しかけてきた。わたしは《労働者》に見覚えがあるようにおもった。しかしそれは大した問題ではない。わたしはすぐ立ち去ろうとしたが、《労働者》は立入禁止の原油タンクの近くまでわたしを追ってきて、わたしのことが忘れられないといった。わたしは《労働者》がわたしとどういう関係にあるかを理解するためくわしく質問し、それにたいしてかれは《学習サークル》に来ていた《労働者》の一人で、わたしと関係したことがあるのだと主張した。そこでわたしと結婚したいのだ、とかれはいった。わたしは簡潔ないいまわしでことわった。かれのことばはよくわからないし、わたしと《所帯》をもちたいなどという表現はわたしをすっかりとまどわせた。子どもがほしいのだ、ともいった。それにたいしてわたしは、子どもは生むことができる、しかしわたしはそうするつもりはなく、処分しようとおもっていることを告げた。あなたはわたしを門の外で待っていて、《労働者》を《工作》していたのかとたずねた。このおもいつきがわたしを笑わせた。あなたはなおも熱心に、あの《労働者》をパルタイに近づけるべきだと主張しつづけた。

　翌日、合宿の洗面所であなたはわたしをつかまえ、これから自分といっしょに来てほしいといった。ある任務がパルタイから指令されてきたというのだった。わたしたちはいったん《寮》に帰りわたしたちの身分をしめすいっさいのものを身からとりはずした。それからわたしたちはN駅まえのはれがましい商店街の入口に立ち、パルタイの機関紙を販売した。選挙と《原水爆禁止大会》とがせまっており、そのための宣伝活動だとあなたは説明した。わたしはあなたにならってときどきひびきのわるい声をはりあげ、すこしずつ調子の狂っていく声でアジテーションを叫んでみた。これはうまくいかなかった。機関紙は一枚も売れずじきに強い陽ざしで黄いろく変色してめくれあがった。しかしあなたはひどく毅然とした態度をとり、流れおちる汗をふこうともしなかった。

　昼すぎ、わたしたちは逮捕された。《警官》はわたしたちの行為を選挙法ならびに道路交通取締法違反の疑いがあると説明し、丁重なことばで、本署まで同行ねがいたいといった。わたしたちはリンゴ箱をひきずり、機関紙をかかえこんで《警官》についていった。あなたはわたしに、逃げるようにとしきりに示唆した。しかしわたしは応じなかった。わたしたちの入れられた部屋は、板張りの粗末なつくりで、小使室のような貧弱なかんじだった。あなたはだまりつづけていたし、わたしもだまっていた。数人の《警官》がわたしたちをとりかこみ、主としてパルタイのことを問いただしにかかった。この訊問はいくぶんたいくつだった。というのはわたしたちの住所氏名、それに身分といった形式的なことからはじまって、パルタイにかんする見当ちがいな臆測まじりの誘導訊問に発展し、わたしたちの沈黙にあうと、ふたたび住所氏名にかえっていくのだったから。この単調な交響曲をきくようなくりかえしだけからなる訊問のあいだ、わたしはずいぶん自由に自分だけの考えにふけることができた。ここでは偽名さえものべる必要はなかった。わたしは完全に無名の容疑者であり、なんらかの組織と関係はあるが、しかしまったく特徴のないなめらかな一粒子であって、いっさいの紐やしっぽのたぐいは切り捨てられている。《警官》はわたしたちの態度を予期したとおりのものとしてうけとり、つぎに指紋をとらせていただきたいといった。なんのために指紋をとるのか、とあなたはたずねた。《警官》は顔をみあわせて微笑した。かれらにもそれはわからないことにちがいないし、そういったことはきわめて拙劣で、むだなことにおもえたので、わたしは手を握りしめていた。すると《警官》たちはわたしをテーブルのうえにかつぎあげ、数カ所の関節をその腕でつよく固定すると、ドライバーをさしこんでわたしの指をひらかせようとした。ついにドライバーの刃が爪と肉のあいだにはいり指は一本ずつこじあけられた。わたしは抵抗することに愉しさをかんじはじめていたし、《警官》もおなじようすだった。かれらはにこやかにその仕事をやりとげ、わたしたちを狭い便所に似た部屋に監禁した。

　暗くなったころ、大きな男が食事をもってきた。あなたは食欲を出すために手足を振って体操をし、それからアルミニウムの食器に顔をつっこんで食べはじめた。そして食べながらわたしにもそれをすすめ、あすになれば釈放されるだろう、といった。わたしはかくべつそれを望まないが、そうなるのもやむをえないだろう、といった。あなたはちょっとおどろいたようだった。しかし急に感激的にわたしの手を握りしめた。そしてわたしがあらゆる《拷問》にもかかわらずパルタイを裏切らなかったことに大げさな讃辞をささげ、わたしのことをはじめて《同志》と呼んだ。わたしのことを、パルタイをほんとにあいしている人間にちがいない、とあなたはいいはった。わたしはそうではない、といい、こういう状況のもとでは裏切るなどということは不可能だ、と簡単に話をうちきった。それにしてもわたしは《同志》ということばで、非常に居心地のわるい容器のなかにおしこめられたような気がした。わたしはそういう呼びかたはぜひともやめてほしいといい、というのはわたしはいまではパルタイにはいらない決心をしたのだから、といってやった。そのときわたしははじめてあなたの眼がひどい斜視であることに気づいた。わたしはそこでひどく笑いこけ、腹の筋がつった。あなたはこれまでなにをみてきたのだ？　あなたは喜劇そのものだ、とわたしはころげまわりながらいった。そして笑いながら吐いた。

　あなたは完全にうちのめされていたが、わたしがやっと吐きつくして、まだ涙をためながら、妊娠の事実をうちあけると、黒目を顔の中央にひきつけ、わたしをみつめているようすだった。それからあなたは眼鏡をはずして泣きはじめた。わたしにはいうべきことは大してないが、あなたをあいしているのではなく、《労働者》をも、Sをも、またパルタイをもけっしてあいしているのではないということをのべた。いいおわるとわたしは一人だった。あなたのすすり泣きやわたしの吐瀉物《としゃぶつ》の匂いもほとんどわたしをかきみださなかった。わたしはきわめて明晰であったとおもう。しかしこの明晰さが事物の分析や因果関係の樹立にむかおうとすることを、わたしは禁じた。わたしの行動からいっさいの理由づけをはぎとり、それがだらだらとひきずっているいっさいの所与からの意味づけを切断すべきだ。わたしは《経歴書》を書くべきではなかったし、それは速かにとりもどさなければならないだろう。それはわたしの第一の《オント》であったが、わたしはそれをかき消そうとしてさらにオントを重ねるべきではない。パルタイはどこかに実在し、奇妙に複雑なメカニズムで動いており、たえずのびちぢみしてはわたしのような個人をのみこみまた吐きだしているにちがいない。しかしその存在は非常に抽象的なものだ。そしてそれがさまざまな《掟》と《秘儀》の総体からなっていることは、わたしにはある種の宗教団体とおなじにみえるほどだ。その目的は《救済》であり、救済とは信じることだ。ところがわたしはなにも信じなかった。わたしは《革命の必然性》を信じなかったし、わたしの活動の客観的意義を信じなかった。わたしは単純に、パルタイを選ぶことを決意したのであり、それは《信仰》なしになされたようにおもう。

おそらく、これからわたしが選ぶことについてもこの原則は堅持されるだろう。わたしはじきにねむりにおち、目がさめたとき、留置所の部屋のなかは意外にあかるかった。あなたは疲れはててまだ眠っていた。ざらざらした頰の肉、太い首、眼鏡、それらはそれ自体としてそこにあり、いまではわたしにとってなんの意味ももたない。

まもなく食事が与えられ、排便をすますと、わたしたちは署長室に連行され、かんたんな訊問――それはほとんど前日のそれのくりかえしだった――ののち、釈放された。あなたは謝罪文をとるのだといきまいたが、無名の《馬の骨》にたいして当局が公的に謝罪することは不可能だと署長は説明した。

あなたはふたたびある種の希望をかきたてながら《合宿》に帰るためにK市へ行き、わたしは数ヵ月ぶりで自分の部屋に帰った。それはよそよそしいかんじでわたしを迎え、しばらくのあいだわたしは家具や壁にさわることをためらったほどだった。机のうえに差出人不明の封書があった。なかからパルタイにはいることを許可するむねの通知とともに、赤いパルタイ員証が出てきた。わたしはそれをながめ、仔細に検討したのち捨てた。

わたしはパルタイから出るための手続をはじめようと決心した。

(「明治大学新聞」一九六〇年一月一四日)

ある遊戯

コウナッテミタカッタンダワ。何カ常軌ヲ逸シタコトヲシテミタカッタ。モウ、ドンナコトデモデキル。死ンダアトデ生キテイル感ジ。トテモ自由デ気楽ナ感ジ……

研究室の扉をノックすると膜に包まれたようにきこえる声がして、でも、ノブをまわしてもなかから鍵がかかっているらしくてあかず、やっと扉をあけてくれたP助教授は、何かひと目を憚ることにふけっている最中を不意打ちされたとでもいうような、妙に熱っぽい困惑したような顔（私的なものが、よくむけなかった茹で卵の殻みたいにくっついている顔）でわたしをみて、「Mさんですね」という。Pの指さしたソファ、クリーム色の、汚れて毛ばだった（垢じみた、といったほうがいいのかしら）ソファに腰をおろす。Pはなるべくわたしの顔をみないようにして、やりかけの仕事を片づけるからちょっと待つようにといい、背を向けて黄土色の大きな机にかがみこむ。Pは二年生のわたしのクラスのフランス語の担当で、だからわたしの指導教授ということになっているけれど、五月以来、ペーパー・テストがあるときに二度出た以外は、全然授業に出てないから、顔もまだよく知らない。この研究室にはいったのもこれがはじめて。いろんなものの匂いがして（たとえば本の匂い、それも手でめくりかえされて脂じみた本の匂い、タバコの古くなった煙の匂い、男の匂い、独身男の匂い）、なかなか慣れることができない。独房にでもはいりこんだみたい。それとも動物の檻、なかに棲んでいるのはおとなしい有蹄類、眼鏡をかけた貘。Pは左手の指のあいだにタバコをはさんだまま、右手で書いている。むしろ書いた字を塗りつぶして抹消しているらしい手の動き。最初にどういわれるかしら。一体ナゼアンナコトヲシタノデスカ？　そうしたら、カンニングスルノニ理由ナンカアリマセン、とわたし。理由ガナイハズハナイ、イッテゴランナサイ。ツイ出来心デ……。ソンナ曖昧ナコトデハスマサレマセンヨ。出来心って、フランス語で何というのかな。

「じつは」といってPはわたしのまえの椅子に坐り、タバコの灰を灰皿に落す。「あなたのことはいろいろ調べてみましたよ」

　Pの細い眼は関心で充血している。そのすばやい視線が鎌のように走ってまずわたしの顔を水平に切って、それから膝のあたりに打ちおろされ、胸のあたりにはいあがって、壁の書架の Variété（たしかPはそのなかの文章をひとつかふたつ訳していた）のあたりにしばらくとどまり、また用心ぶかくわたしの顔にかえってくる。あたしのほうはまばたきもさしひかえてまじめな眼で見かえしている。ちょうど顔一面に薔薇色の光芒のうぶ毛が生えて、顔が水蜜桃になった感じ。そしてこんなとき、眼は少し熱があるときのようにうるみがちで、何か意味ありげにみえるはずだけれど、べつに意味なんてないのだ。あたしの眼は少々他人の存在に弱いだけ。

「個人的な興味もありましてね」

　モットモデスワ、というふうにわたしは顔全体を輝かして（今度はうぶ毛の光芒が金色に変る）かすかにうなずく。Pはぎごちなくなり、ことばの出口を少しでもなめらかにしようとして唇を舌でなめる。そのあいだにわたしは、話を熱心にきくための用意として、両手で髪を掻きあげて、尖った威嚇的な狼の耳を出す。

「あなたは二年浪人してるな」

「浪人していたんじゃありません。働いていたんです。広い意味の接客業です」

「どういうことですか、それは？」

「とにかく、働いていました。パトロンがあらわれたので、東京へ出てきて、こんな大学にはいったのです」

「パトロンとはつまり、お兄さんのことでしょう？　この保証人になっているKというかたがお兄さんで、そこから通ってるわけでしょう？」

「じつはちがうのです。はらちがいの兄はべつにいます。そこに、保証人として書いてあるひとはわたくしのパトロンなので、続柄を長兄としてあるのは嘘なんです」

「身上調書に嘘を書いてはいけませんね。それで、このかたと（ＫハＰナンカヨリズット有名ダカラ知ラナイハズハナイノニ、Ｐハシラバクレテイル）ほんとうはどういう関係ですか？」

ワタシノ飼主デス、といいかけたがこんなことをいっても通じはしないと思いかえして、「父の知人です」と答えておく。

「それならどうして兄さんだなんて書いたのですか？」

イチイチウルサイカタネ、タダオモシロ半分ニ書イタダケナノニ、理由ナンテナイワ。

「ついもののはずみで……」

「そういういいかた、ぼくには困るんだな。もっとはっきりいってもらわないと」そういいながらＰはてれて、ういういしい少年みたいな顔をする。

「すみません。でも、例のこともやっぱりもののはずみでした」

「あなたの不正行為をみつけたのがＪ先生だからよかったですよ。Ｊ先生は、御自分の西洋哲学史についてあなたが自発的に棄権したという形で単位は出さない、しかしあなたの件を正式に教授会に出して問題にしたりするつもりはないから、ぼくのほうからあなたによく注意しておいてほしい、というわけです。Ｍという学生なら、もともと成績は抜群にいい子で、カンニングなんかする必要はないはずですが、おそらくスリルを味わうとか何とか、変な気を起してそんなことをしたのでしょう、とぼくのほうから一応あやまっておきましたが……」Ｐは急に調子よくしゃべりはじめる。わたしはひとがおしゃべりになると、それが電車の単調な音のような気がして眠くなる。話は雑音と同じにきこえるし、自分のほうはしゃべらなくてすむから安心してしまうのだ。

「それにしても」といってＰは派手なツィードの上衣（そんなにわるい品ではない、まあ三万円くらい）の横ポケットから、夏、海で灼けた男の子の背中から剝ぎとった皮みたいなものをとりだして皺をのばし、燈にすかしてみながら、「ギリシャ語やラテン語ばかりじゃありませんか」という。わたしのカンニング・ペーパー、これをコートの袖に仕込んでおいて、左手の、消ゴムを握った掌に少しずつたぐりだしながら使う。でも、実際はほとんど使わない。カンニング・ペーパーを作っているうちにおぼえてしまうのだ。大事なのは、カンニングをするということ、またはしているふりをすること。ほかの科目もみんな同じだった。Ｊ先生の哲学史でとうとうみつかったのは運がわるかったけど、いつかみつからなければカンニングをする意味もないと思う。Ｐは薄い紙を燈にかざしながら、デモクリトス、エピクロス、ストアのゼノン、クレアティオ・エクス・ニヒロ、エクストラ・エクレシアム・ヌラ・サルス、などと声に出して読んでいる。わたしは叱りつけられた猫のように耳をうしろに伏せて（いるつもり）、体を丸め、爪を引っこめてじっとしている。それからふいに立ちあがると、鋭い爪を出してさっと紙を奪いかえす。

「返していただきます。あたくしにとっては身につけていた下着より恥しいものですから」

するとPはむっとしかかった顔をすぐおさめて、若い女のデリケートな神経はよくわかる、というふうに大きくうなずき、「勿論お返ししますよ」というようなことを口のなかでいい、「あなたは変ってますね」とつぶやく。

「Mは変ってるわよ」とみんながいう。人間には（わたしの考えによれば）二種類ある。わたしの同類とバルバロイ（蛮人）と。まわりの女の子はみんな蛮族の子。蛮人同士では、ひとを、「まち子」だの「じゅん子」だの「みち」だのと「さん」抜きで名前のほうを呼び、やがて、マチ、ジュン、ミッチイ、となってしまう。それがバルバロイにがまんできない理由の第一。そんなわたしを蛮人どもは変ってるという。

「とにかくあなたはぼくの授業にもほとんど出てこない。様子をきこうと思っても、クラスの女の子はだれもあなたのことを知らないという。大体、女の子というものは、ぼくの観察したところによれば、いつも葡萄の房みたいになって行動するものだが、きみはちがうようだ（キミハ、ナンテイッテモライタクナイワ）。ひとりでいるのが性に合っているんですか？」

「あたしって（とこちらも「わたくし」をやめて「あたし」で行くことにする）さびしがりやなんです」といってPの顔をうかがうけれど、反応が遅いのでこうつづける。「だから大勢といっしょにいると、さびしくてがまんできないのです」

「そうですか、そういうこともあるでしょうね」とP。「それにしても、授業には出なければいけませんよ。何か悩みごとでもあれば、遠慮なくぼくのところに相談にくればいい。そのための指導教授制ですからね」

「はい」といって、わたしは補導を受ける家出娘のようにうなだれる。そのときノックがあって、Pが返事をするのと同時にドアがひらき、女子学生が二人、体を寄せあうようにして侵入してくる。キット様子ヲ偵察ニ来タンダワ。「先生（というのを尻あがりに、センセという）、このあいだのテストの答案、まだ返していただけないかしら」といいながら、わたしとPとを見くらべている。Pは、まだ添削ができてないといってから、「ああ、これはMさんですよ」と不自然な調子でいう。裏側に毛皮を縫いつけたような声。女の子二人はそれにには答えないでソファの横に立っている。いつのまにか肘掛のところにノートや辞書がおかれている。女の子は大概、本とノートと辞書を手でつかんだりかかえたりして通っている。手垢で汚れた本の表紙、本のページもわざとのように手垢をつけて乱暴にめくるので、全体が毛ばだった皮の束みたい。男の子も同じだ。頭のわるそうな子は赤鉛筆で一行一行線を引いて読む。そうやって本を猥雑に「触覚的に」扱うのだ。わたしはわざと肘を動かして、汚い本やノートを払い落す。そしてわたしにそれを拾う気がないことを知ると、相手は、「まあ失礼しちゃうわね」といって自分で拾い、しばらくそこに立っていて（というのはＰも坐れとはいわないから）、「あたしたち、これで失礼しましょう」といいあって出ていく。Ｐに対する挨拶はないまま扉がしまる。

「無礼なひとたちだわ」とわたしがいうと、Ｐは大げさにうなずいて、そのとおりだという。「でも、あたしのほうがもっと無礼かもしれませんわ」

「そんなことはないでしょう、きみは」といいながらＰは脚を組みなおし、顔のまえにタバコで煙幕を張る。「第一、あの連中は、といっても同じクラスの連中だが、ここへはいってくるのに、あのフードをぶらさげたコートみたいなものも脱がない。その点、きみはちがう。服装からしてちがいますよ。ヒッピーだかフーテンだか、あるいはサイケだか、異様な風体の女の子が多いなかで、きみなんかは良家のお嬢さんの服装をしているから、とても目立ちますよ」

ドウシテコンナ迎合的ナコトヲイウノカシラ？　軽蔑サレマスヨ。するとPが、よくきこえなかったときひとがする、愚かしい顔をしてきき耳をたてる。用心しなければ。最近わたしは、自分の心中のことをそのまま口に出してしまう癖がついたのだ。

「みんなパトロンおよびその奥さまが買って下さるのです」

「そうですか。まえからいい趣味だと思っていた」

「あたしのことをそんなに注意して観察してらしたんですか？」

「そういうわけではありませんがね。なにしろ、教室ではめったに拝顔の栄に浴せないんだが、それだけにかえって個人的な関心を掻きたてられるわけですよ」

「そのようですね」

「そう、じつは例の小説のことですよ」

トウトウ来タワ。わたしは期待の毛をふくらませて相手の出かたを待つ。ここの大学祭の行事のひとつで、学長賞の小説と評論を募集していて、入選すると五万円もらえる。そこで小説を書いて学生部のポストに投げこんでおいたのだけれど、これもまた、「もののはずみ」と「つい出来心で」やったことだから、どうしても理由をいえといわれたら、賞金がほしかったからですとでもいうしかない。でもお金はほしくない。名前が出るのもいや。学生部に電話して、偽名ではだめですかときいたら、ペンネームを使うのはいい、ただし本名もはっきり書いておくこと、といった。

「例の学長賞の懸賞小説ですがね」とPは、多くを知っている人間の優越感でうれしそうに顔をゆるめていう。「御承知のとおり、ぼくも小説部門の審査員のひとりになっている。例年入選作なしだが、今年は予選もなにも、この大学で小説の応募作品がたった五篇しかない。結論をいうと、そのうちの四篇は箸にも棒にもかからぬ幼稚なもので、お話にならない。あなたのだけが水準以上に達している。というより、非常に水準が高いといえる。とくにぼくは高く買いますが、ほかの審査員もあなたのを入選作とすることに異存はない。あの、時計台のある建物にたてこもって外の敵と対抗しているつもりの人間のあいだに言語の崩壊が起り、みんな病人か片輪になって、すべてが荒廃に帰していくところは、ベケットの小説を思わせるし、イオネスコ的なせりふのおもしろさもある。それに、ぼくの推測では、ロブ＝グリエの影響も受けているんじゃありませんか？」

バカバカシイ、ソンナモノ読ンダコトモナイノニ。「そうかもしれませんわ」とわたしは神妙に答えておく。

「たしかに、きみの小説には、ヌーヴォー・ロマンの方法をきみなりに消化した、きみ独自の文学空間が感じられる」

ソンナニキミキミッテ連発シナイデイタダキタイモノダワ。下手ナ翻訳文ジャアルマイシ。

「え？　なにかいいましたか？」

シマッタ。「いいえ、べつに」

「ところで、ここで厄介な問題が出てきたんですよ。ひとつは、きみのあの《バベルの城》を掲載することを新聞会が拒否したことです。学長賞の入選作は大学新聞に発表されることになっている。ところが、きみの小説を入選作と内定して、非公式に新聞会にもちこんだところ、新聞会を牛耳っている連中は、この小説には悪質な政治的意図がふくまれていて、学生運動を誹謗し大学資本の抑圧政策を露骨に補強しようとするものだ、と主張してきかない。まったくばかげた話ですがね」

ソウデモナイワ、ダッテアノ小説ハ革命ゴッコニ夢中ニナッテル学生ニ腹ヲタテテ書イタノダカラ。ソレニシテモ、新聞会ノ赤猿メ！

「そういうトラブルがあるというので、学長も今度の授賞は見送ったほうがいいのではないか、といっている。もうひとつの問題は、きみの不正事件とかかわりがある。ぼくは、今度のことがあった以上、きみの指導教授としては、きみを受賞者として積極的に推薦するわけにはいかない。このことはきみにもわかってもらえると思う。これはぼく自身の信条の問題として、できません。しかし、こんな学内でのトラブルのためにきみの《バベルの城》をこのまま葬るのは何としても残念です。じつはあれを、ぼくらがやっている《季刊Q》の同人たちにみせました。するとHさんが、このまま《季刊Q》にのせてもいいが、それより月刊の文芸誌のどれかに出してもらうほうがMさんのためにはいいのではないか、この才能は本物だから、今後文壇でやっていけるだろう、というわけです。それで話が進んで、目下《D》誌の編集長があれを来月号の《D》にのせることをOKしている。きみをつんぼ桟敷においたことは申訳ないと思っています。でも、これはまたとないチャンスですよ。ぜひそういうことで了承してもらいたい。ただ、《D》の編集長は二、三疑問の箇所を書きなおしてほしいといってますが」

「お断りしたいと思います」

Pは首からうえが赤くなって、締め殺される鶏のような顔をする。そして乾いた唇をなめてから、「なぜです、一体?」という。わたしは黙っている。頭のなかで鐘が鳴っているみたい。心臓が頭のほうへまであがってきて、頭蓋のドームのなかで跳びはねて天井にぶつかる音のようだ。アタシハナゼコンナニ怒ッテイルノカシラ。コンナノヲ逆上トイウンダワ。そして逆上すると口がきけなくなるのがつねだから、わたしは身をふくらませて病気の鳥みたいにじっとしている。

「たしかに、きみに一言の相談もしないで勝手に事を運んだのは重々わるかったと思います」

「そのことではありません」わたしはやっと自分をとりもどしていう。「書きなおしをさせられたりして《Ｄ》にのせてもらうつもりは全然ありません」

「何だ、そのことでむくれているんですか」

「そのこともふくめて、とにかくわたくしはあの小説を陽のあたる場所に出してもらったり、そのためにひとの手で撫でまわされたりしたくありません。どうして小説なんか書く気になったのかしらと後悔しているんです。回収したいわ。あれを返して下さい」

「そういうことをいわれても困るなあ」そしてＰの眼鏡の奥の眼は不安と狼狽で輝きを失い、顔はそれ自身の重みでいくぶん垂れさがったようにみえる。コノヒトハ困ッタコトガアルトスグウロタエテ泣キソウナ顔ニナルンダワ。「ダメナ男！」Ｐはびっくりして、きき耳を立てた聾者の顔になる。最後のことばがわたしの口からほんとにとびだしてしまったらしい。あわてて、「いいえ、何でもありません」といっておく。でもいったんこうなりはじめるともうだめ。とまらないしゃっくりみたいに、いってはいけない内心の声が間歇的に口から洩れてしまう。いろんなことに対して瞬間的に反発の角が生えるので（それは薔薇色をした柔かい肉質の角で、なかに淋巴液でも通っているみたい）、それがわたしを突き破って外へ出るのを抑えるには、口を閉じてものをいわずにいるほかないのだ。角を気にしないで何でもベラベラしゃべれる相手はKだけ。わたしの保証人でパトロンで父で兄でたったひとりの男の友だちであるKだけ。Kはあたしがどんなに角を出してつっかかっていってもうまくさばいてくれる闘牛士。その奥さんのLに対しては最初から全然角が生えない。あのひとは瘠せた木彫りの女神だ。この二人とわたしのほかの人間は蛮人ばかり。賤民ばかり。

「自分の小説を公表するのがいやなら、なぜあれを書いて応募したんですか。きみの考えていることはまったくわからない」

「アタシノ考エテルコトナンカ何モナイノニ。だから、つい出来心で、またはもののはずみでそういうことになったんです。アタシヲ理解シヨウナンテ、バカミタイ」

「そう爪を出して怒らないで下さいよ。よく話しあって善後策を考えることにしましょう。まあ、コーヒーでも入れよう」

「結構です」とわたしはいったけれど（ドウセインスタントコーヒーヲ溶カシタ泥水ミタイナモノヲ飲マサレルダケダモノ）、Pはきこえぬふりをしていそいそとコーヒーカップを二つ、スプーンを二つ、巨大な（それはほんとに大きい、まるでビスケットでもいっぱいはいっていそうな）インスタントコーヒーの罐、そしてインスタントクリームの瓶をテーブルのうえに並べる。

「ぼくはコーヒーが大好きで、一日に十杯は飲みますね。きみはどうです？」

「あたしもコーヒーは好きです。デモ好キナノハ本物ノコーヒーデ、インスタントコーヒージャナイワ」

「それはどうも申訳ないな。ここにはインスタントコーヒーしかないんですよ」

「どういたしまして。どうぞお気を使わないで下さい」

「そういわれても、きみにはずいぶん気を使わざるをえませんよ。きみはひとに気を使わせるひとだ」

「ボクニ、デショウ？　はっきりおっしゃって結構ですわ」

「そうしましょう。きみには無益な抵抗をしてもむだのようだ。魅力のあるほうが強いにきまっている」

「ソウイウコトハ、ソンナニテレズニオッシャルベキネ。いいえ、むしろ」とわたしはあわてていう。「男のかたにはにかまれると、あたしはどうしていいかわからなくなるんです」、気持ワルクテ。ハニカンデイルＰノ顔ナンテ、マルデ殻ヲムカレタ蝸牛ミタイ。

「それはぼくが女性に慣れてないからでしょうね。あるいは、正直なところをいえば、ぼくは女という動物が嫌いだ。女は人間のなかの女ではなくて、人間とは別の何かですよ。homme とか Man とかいえば、男で同時に人間を指しているが、女には別の名前がある。

ともかく、女が嫌いだからかえって女のまえではフェミニスト的にふるまってしまうんですよ。もっとも、この文学部の女の学生ときたら、あんなのはアヒルの子と豚の仔ばかりだから、臭気と騒音に腹を立てなければ、女とさえ思わずに扱うのはやさしいことです。そのなかにきみのような変った女の子が混っていると、これが大変やりにくい」

ホントハ女ニ関心ヲモチスギテイルトイウダケノコトダワ。早ク結婚ナサイマセヨ。ソシテ奥サントイウ、女性ノサンプルヲ心オキナク研究ナサルトイインダワ。モシヨロシケレバ、アタシガソノ研究材料ニナッテアゲテモイイデスヨ。

「先生はあたしに関して、想像力が少しばかり充血していらっしゃるわ。あたしを買いかぶって、勝手に想像していらっしゃるだけですわ」

「そうかもしれないが、とにかくきみは変っている。女族ではなくて人間です」

「つまり女らしくないということでしょう？」とわたしは怨ずる風情で（というつもり）いってやる。

「たしかにね」とPはうれしそうにうなずいて、「カンニングをやってつかまるような女の子はまずないし、女であんな小説を書くのも変っている」

「でも、小説を書くことはほんとは女に適した仕事だと思いますよ」

「まあ、最近は小説を書く女がふえたし、主婦作家をはじめとする女流の台頭がめざましいですからね」

　チガイマス、ソンナコトナンカドウデモイイノ。アタシガイッテイルノハ……「歴史や、評論や、エセーや、プロポ、その他の散文にくらべて、小説だけはちがうように思うのです。それは……」ソンナコトヲPト議論シタッテシカタガナイ。議論ノ似合う女ノ子ッテ、眼鏡ヲカケテベレーヲカブッタ眼鏡ザルクライダワ。

「きみの考えはぜひきかせてもらいたいものですね。ぼくも、新しい小説の、従来の散文からの自己解放ということについては、去年出した《小説の未来》のなかでふれておきましたが……」

　アンナ寝言ミタイナ本、ダレガ読ムモンデスカ。

「読みましたか」

「はい。でも、先生は御自分では小説はお書きにならないのですか」

　するとPは、隠していた恋人のことを冷やかされた男のように顔を上気させて、視線もさだまらないほどにはにかむ。社会的動物の皮が破れて中身（それは何だかわからないけどまともにみるにたえないもの）が流れでてきたみたい。

「いまのところ、小説を書くつもりはありませんね。四十を過ぎたらその気を起すかもしれませんがね」

オ書キニナルトイイワ。「じつはもうお書きになっていらっしゃるのではありませんかしら」

「どうしてそんなことをいうんです？」

「何となくそんな気がしました」トイウヨリ、Pミタイニ典型的ナオナニストノ顔ヲシタ独身男ハ小説デモ書イティルニキマッテルノダ。部屋ニ閉ジコモッテ、自分ノ分泌シタ想像ヲナメマワシタリ体ニスリツケタリシテ遊ブ子ドモ。オ人形ニ着物ヲ着セタリシャベリカケタリシテ遊ブ女ノ子。レース編ミニ熱中スル女。小説ヲ書クコトッテ、ソンナ人間ノスルコトト同ジナンダワ。「男ノナカニモソウイウコトヲスルノニ似ツカワシイヒトガイテ……たとえば先生なんか小説をお書きになるタイプの男性ですわ」

「それは、もっと具体的にいうと？」Pはことさらに無表情な顔をつくっていう。

「それは申しあげるわけにはまいりません、絶対に」トイウノハ、アナタヲ侮辱スルコトニナリマスカラネ。デモコノヒトハアタシガ軽蔑シテイルコトニ全然気ヅイテナイワ。犬ハ自分が猫ニ軽蔑サレテイルコトヲ知ラナイ。「先生の奥さまなら先生にそれをいってくださると思います。あたしからは申せません」

「それは困ったな。ぼくの奥さんになったつもりで話してくれませんか」

「お約束して下されば、ね」

「何をです？」

「先生の奥さんにして下さることを」

「いいですよ、きみさえよければ」と冗談めかしていうと、Pはわたしからできるだけ遠くへ避難しようというかのようにソファにもたれかかり、鱗で蓋をした眼を宙にむけて、乾いた唇に微笑を浮べようとするが、それをすぐ舌でなめとってしまう。眉は八時十七分くらいになっている。

「冗談だと思ってらっしゃいますの？」

「さあ、ゲームはこれで終りにしましょう」

　ココデオシマイナンテトンデモナイ。「遊びをやめるのは生きていくことをやめることですわ。あたしはとても真剣に遊んでいるんです。先生は結婚なさるつもりはおありにならないんですか」

「ありませんね、いまのところは」

　嘘ダワ。ホントウハ、結婚ノコトヲマジメニ考エ、見合イソノ他ヤルベキコトヲヤッテ努力シテイルトイウフウニ、ヒトニ見ラレルノガイヤデ独身ヲツヅケテイルダケ。ソシテ虫ガ落チコムノヲ待ッテイル食虫植物ミタイニ、自分ニホレテ近ヅイテクル女ヲ待ッテイル。捕虫用ノ葉ノナカニ濃厚ナ関心ノ汁ヲタタエテ。デモ、オ気ノ毒ニ、ソコヘ落チコム女ナンテ、ケッシテイマセンヨ。

「ソノ女ニアタシガナッテモイイワ」あたしはいってはいけないことをまた洩らしてしまう。

「どういうことですか、それは」

「ひとりごとですわ。ときどき、ひとまえでもひとりごとをいう癖があるんです。気にならないで下さい」

「いささか気になりますね」

「それでは申しあげますけど、先生は早く結婚なさらないとだめなんです。結婚なさったほうがいいわ」

「その理由は何ですか。ぼくを納得させることはむずかしいと思いますよ」

　Pはたしか三十二歳で、あたしより十歳年上だ。三十二歳ニナッテ独身デイルナンテ要スルニ大人ジャナインダワ。「子ドモダト思ワレチャウワ。つまり、ホモセクシュアルもふくめて、何か子どもっぽいことみたいな気がするんです。純潔ナ子ドモトイウ感ジ……」デモ三十二歳ノ子ドモナンテ、ミルカラニ気持ワルイ。

「きみこそ子どものくせに生意気な口だけはききますね」Pはかなり腹を立てている。

「コンナトキ、普通ノ女ノ子ナラ、アタシ、モウ子ドモジャアリマセントイウトコロダケド、アタシハチガウワ。ええ、じつはあたしもまだ子どもなんです。マダダレニモ身ヲ任セタコトガナイノデス……」

「そんなことをきかされても困りますね」

「先生もあたしと同じなんでしょう？」

「ぼくはちがいますね」と即座に断言して、Pは顔を堅くひきしめる。

「信用デキナイワ。いいえ、信用したくないわ。だれだって女は、自分が最初に身を任せる女でありたいと思うものなの。アタシガ先生ノモノニナルトシタラ……」

Pは腕時計を見て、「もう六時をすぎましたよ」という。「逃ゲ腰ニナレバイクラデモ押シコンデイクワ。ここで逃げだすのは卑怯だわ、先生」

「逃げるわけじゃありませんよ。もう遅いから、きみさえよければ食事でもして、いくらでもお相手をしますよ」

わたしは立って窓のカーテンをしめ、ドアもなかから鍵をかけてしまう。何をしようとするのか、よくわからない。とにかくPを外へ逃がしてはいけないと思う。ドアにもたれて、「外へ出るなら、あたしをどけて通らなきゃだめよ」といい、Pは近づいてきて中途半端な力でわたしの両腕をつかむが、わたしが棒のように堅くなったまま無抵抗なので、諦めてまたソファに腰を下ろす。

「どうも学生の実力行使には弱いな」

「あたしは学生じゃありません」といったけれど、Pはうわの空。たぶん脱出策を考えているんだろう。アタシノ体ヲ避ケテイルカギリ、出口ハミツカラナイノニ。デモ、Pハ自分ノホウカラハケッシテ攻撃シテコナイ男ナノダ。

「先生はほんとにあたしが御迷惑なんですか」とわたしはいう。少し鼻のつまったような涙声（のつもり）で。二十二にもなってこんなことをするのはとても滑稽だと思う。でもしかたがないのだ。Pにはこうする以外にないのだから、そしてやりかけたことは（どんな遊びでも）最後までやってしまわないと不愉快でたまらなくなる。

「そういうわけじゃありませんよ」とPはかすれた通りのわるい声でいう。「ただぼくは自分の学生のなかから妻を選んだりするのを、いさぎよしとしないのだ」

「それなら、さっきいいましたように、あたしはもう先生の学生じゃないんです。学校をやめるつもりですから。きのう、退学届を出しました」

「それはまたはやまったことをしましたね。そういうことはどうして一度相談に来てくれなかったのです？」

「ですから、いま、御相談をもちかけているの。あたしの身のふりかたは先生に決めていただくわ。あたしは学生ではなくなって、そのかわり先生の奥さんにしていただきます」

2023
12
中公文庫 新刊案内

2020年の恋人たち

島本理生

楽しいときもあった。
助けられたことも。
だけどもう、いらない——。
母の死後、三十二歳の葵が
選んだものは……。

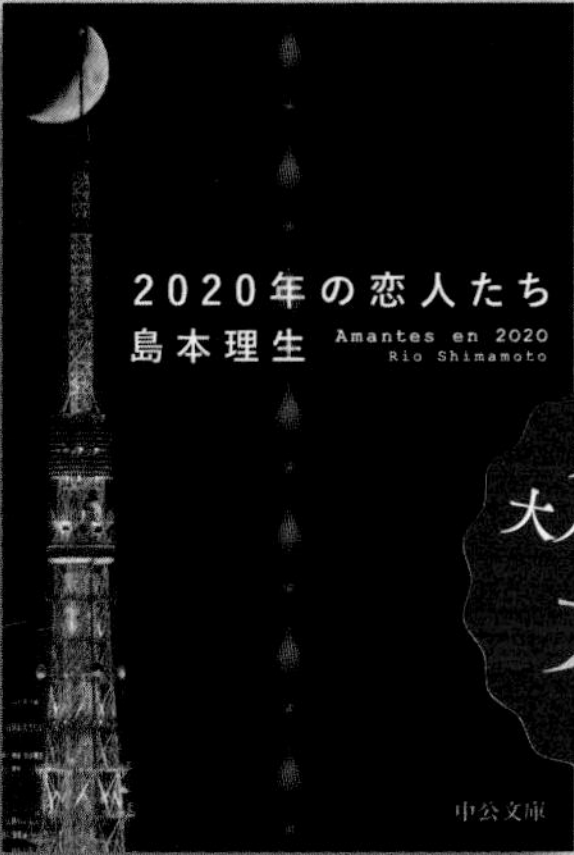

第1回
本屋が選ぶ
大人の恋愛小説
大賞
受賞作

●836円

四神の旗

馳 星周

皇族と藤原氏。それぞれの謀略が交錯するとき、古代史上最大の闇が浮かび上がる。藤原不比等の四人の子がもたらすのは繁栄か、破滅か？〈解説〉木本好信

●946円

うぽっぽ同心十手綴り 病み蛍

坂岡 真

わるいが、おぬしを見逃すことはできぬ――。この世は理不尽なことばかりだが、江戸には〝うぽっぽ〟がいる。傑作捕物帳シリーズ第六弾！

●770円

なにごともなく、晴天。

吉田篤弘

鉄道の高架下商店街〈晴天通り〉で働く美子の前に、コーヒーと銭湯が好きな探偵が現れる。話を聞いた町の人たちは、それぞれの秘密を語りはじめる。

●858円

つぎの1ページも、あ

中公文庫は、2023年で創刊50周年を迎え
の創刊以来、長年にわたるご愛顧に感謝
より記念企画やプレゼントキャンペーンを

記念企画ぞくぞく刊行

話題作
『52ヘルツのクジラたち
『卍（まんじ）他二篇』谷崎潤
中村明
『しりあがり寿版 瘋癲老人日
『構造と力』浅田 彰
『50歳からの読書案内』中

中公文庫プレミアム
『本の神話学 増補新版』山
『文明の生態史観 増補新版

コミック
「決定版 ゲゲゲの鬼太郎
水木しげる

新シリーズ
●アンソロジー〈掌の読書会
『桜庭一樹と読む 倉橋由

本屋さんでのお楽しみ
◎特別フェアを開催
◎好きな一文が書き込め
「#書けるしおり」を配布

◀最新情報はこちら
https://www.chuko.co.jp/

中央公論新社 https://www.chuko.co.
〒100-8152 東京都千代田区大手町1-7-1 ☎03
◎表示価格は消費税（10%）を含みます。◎本紙の内容は

サイン入り文庫&万年筆セットがもらえる！

応募券3枚で

抽選100名様に

PILOT「色彩雫《いろしずく》」×中公文庫 プレゼントキャンペーン

協力：パイロットコーポレーション

著者サイン入り中公文庫1冊と、PILOT製の万年筆インク「色彩雫」・万年筆「ライティブ」・コンバーターのセットを、10作品×各10名様、計100名様に抽選でプレゼントいたします。

対象作品（インクの色） ※の作品にはサインはありません

『流人道中記（上）』浅田次郎（朝顔）
『八日目の蟬』角田光代（夕焼け）
『神様』川上弘美（山栗）
『化学探偵 Mr.キュリー』喜多喜久（月夜）
『残像に口紅を』筒井康隆（紅葉）
『52ヘルツのクジラたち』町田そのこ（深海）
『愛なき世界（上）』三浦しをん（深緑）
『草原の風（上）』宮城谷昌光（翠玉）
『文章読本』谷崎潤一郎（竹炭）※
『富士日記（上） 新版』武田百合子（山葡萄）※

応募方法
●中公文庫新刊（2023年1〜12月刊）、50周年記念フェア作品の帯の応募券3枚を切り取ってハガキに貼り、郵便番号、住所、氏名、電話番号、希望する作品名を明記のうえ右記宛先までお送りください。

宛先
〒100-8152
東京都千代田区大手町1-7-1
中央公論新社
中公文庫創刊50周年プレゼント係
●2024年3月末日消印有効

だまされ屋さん

星野智幸

わが封殺せしリリシズ

大島 渚 高崎俊夫 編

本阿弥行状記

中野孝次

漱石の読書と鑑賞

佐藤春夫 編著

潜水艦隊

井浦祥二郎

柔らかい個人主義の誕生

山崎正和

第16回吉野作

中公文庫 今月の新刊

ひとりは平気。だけど、君とは一緒にいたい

エブリスタ 編

「そういえば、恋ってどんなものだっけ?」無意識に呟いてしまった時、読んでほしい十編を集めました。『5分でとろける恋物語 ときめきスイート編』改題。

●858円

掌の読書会 桜庭一樹と読む倉橋由美子

倉橋由美子 桜庭一樹 編

六〇年代、衝撃のデビューを飾り、孤高の文学世界を創造した倉橋由美子。その短篇・エッセイから桜庭一樹が厳選し魅力を語る。〈対談〉桜庭一樹×王谷 晶

●990円

そこにある山 人が一線を越えるとき

角幡唯介

結婚も住宅ローンも、犬橇探検も、まったく想定外だった? 人はいつ、そしてなぜ一線を越えるのか。冒険家・角幡唯介の新たな人生論とは。〈解説〉仲野 徹

●902円

ポストモダン／現代思想をはじめ

「それは相談ではなくて一方的な宣言だ。ぼくにはこの場では何とも答えられない」

「イマ答エラレナイヨウデハ死ヌマデ独身デイルホカナイワ。ほんとにそう思いますよ。こういうことは、考えるよりもほかの行動をしなければ……」トイウノハアタシニトッテモ正シイノダ。アタシモ何カシナケレバイケナイ。とりあえず、

「先生が好きなんです」といってみる。するとその気になってくるからふしぎだ。Pもそれを待っていたように、多少はうわずった声で、

「ぼくも好きだ」といい、それをきくとわたしはごく自然にPの横に坐り、Pの手がわたしの手をとり、力を抜いて柔かくした手は拾いあげられるようにしてPの膝のうえに移り、二枚の掌ではさまれたり、指を束ねられたり、やがて手の甲に唇がふれたりする。唇は乾いた手の甲から、あたたかく汗ばんだ掌に移動してくる。そのときわたしの手はPの口と鼻をおおい頬に爪を（立てようと思えば）立てることもできる形をとっているので、いきなり、血の筋を残すほど引っ掻いてやったら、という考えが蛇の舌みたいに頭のなかに出没している。それを実行に移せばこのゲームはこれでおしまい。それもわたしの一方的なぶちこわしで終る。やはりそれはゲームのマナーに反すると思う。最後マデツヅケヨウ。ドンナ結果が出テクルカワカラナイケド、絶対ニ途中デオリテハイケナイワ。

Pの右手で肩を抱きよせられて上半身がひどくねじれるので苦しい。そこで靴を脱ぐと

両脚をソファにあげ、上半身をPの膝のうえにのせて仰むけに寝てしまう。両腕をPの首に巻いてぶらさがるようにして目を閉じる。Pがわたしの唇に唇を重ねるまえに眼鏡をはずしたりするのをみたくないのでそのまま目を閉じてしまう。突然、強い力がわたしを圧しつぶして時間のない空間に落ちこんだみたい。はじめてのくちづけは唇で唇に捺印する感じ。歯の音とタバコの匂い。息苦しくて思わず舌を出して相手の口のなかに割りこませてしまう。薄目をあけたらだれのものともわからない二つの眼がたがいに接吻している二匹の魚のような形をして暗黒の宇宙に輝いていて、そのほかにはなにもみえない。

「アタシ、ハジメテナノヨ」コンナコト、イワナクテモイイノニ。

「信じられない」とPが息をはずませながらいう。

「ほんとよ。信じて」といって今度はこちらからPの唇をふさぐ。Pはこんなとき、何かしゃべらせると滑稽になるのだ。Pの手が青磁色の絹のワンピースのうえから乳房をおさえているのでわたしは身をもがく。わたしのお気に入りのこのワンピースを撫でまわして手垢で汚されるよりは、裸になって胸をじかにPの掌にゆだねるほうがいい。

「ストーヴをつけて」とPに頼んで、Pがガスストーヴをソファのそばにひきずってくるあいだにわたしはワンピースをぬぎ、やめさせようとするPの手を押しのけて首尾よくその他のものも脱ぎすてて、ストッキングだけの裸になってしまう。ソファのうえで膝をかかえて丸くなってしまう。すべすべしたアルマジロみたい。コウナッテミタカッタンダワ。何カ常軌ヲ逸シタコトヲシテミタカッタ。モウ、ドンナコトデモデキル。死ンダアトデ生キテイル感ジ。トテモ自由デ気楽ナ感ジ。体ヲシメツケテイタモノガスッカリナクナッタセイカシラ。わたしはテーブルのうえからPの眼鏡をとってわたしの顔にかけてみる。そのまま顔を傾けてPの唇を唇でくすぐる。Pの手が背中にまわって次第に下へおりていくにつれてあたしの背骨が浮きでているのが自分でわかる。別の手はわたしの胸をはいまわり、それが偶然のようにもっと下に進もうとするたびにわたしの体は痙攣的にちぢまってから結局まえよりももっとひらいてしまう。ドコニサワラレテモイイワ、アタシノ体ハ洗イタテデ清潔ダカラ。

「コウナルコトヲ想像シタノ。ソレデ来ルマエニオ風呂ニハイッタノ。手ノ爪モ足ノ爪モ磨イテキタノ。ダカラ……だからきょうはこうやってみないと気がすまないの。どんなことをされてもいいように用意と覚悟をしてきました。だから何でもして。アナタハ脚ヤ足が好キカシラ？　アタシハストッキングヲ脱ガサレテミタイ。薄イ皮ヲ剝ガレテルミタイデ……脱がして。足は少し靴の皮の匂いがするでしょ？　足ノウラデオ顔ヲ踏ンデアゲテモイイワ……ああ、脚をさかのぼってきてはいや」

わたしが起きあがるとPは体をはなして上着を脱ごうとする。ソシテズボンモ脱グッテリカシラ。ナンテ滑稽ナコトヲスルツモリダロウ。イマダレカガ研究室ノドアヲノックシタラドウスルツモリカシラ。

「もしもあたしと結婚するおつもりなら」とわたしはいう。「お脱ぎになるのはだめ。これ以上のことはだめ。それをなさったらあたしは先生とは結婚しません」トイウヨリ、Pニ結婚シテモラエナイカラ、トイッタホウガイイカシラ。血流スヨウナコトヲサレテ、ソレデ結婚ハシナイトイウコトニナッタッテ、アタシハイイ。タダ、Pヲ好キデモナイノニPト結婚スルコトガゲームニ勝ツコトノヨウナ気ガシテ、トニカク結婚シタイノ。ダレトデモイイ、結婚シテ、イマノトハチガッタ生活ガシタイノ。

「ぼくを甘くみちゃいけない」とPはいう。タダノ強ガリカシラ、ソレトモ……アタシニハモウワカラナイ。

「こわいわ、あたし、こわい」そしてわたしは丸く身をちぢめてしまう。

ヒョットスルト、Pハジツハ強イ猟師デ、獲物ヲツカマエルツモリノワタシが獲物ナノカモシレナイ。デモソンナハズハナイワ、アタシガ考エテイタPハコンナトキ失敗ヲオソレテナニモデキナイハズダッタノニ。Pは服を着たままわたしを見下ろしている。

「ぼくはきみと結婚する。しかしきみのこわがっていることも、いまする」

「結婚するおつもりなら、絶対にさせないわ。こわがっているのは、これがはじめてだからよ。ダカラアナタノホウモコワガッテイイハズダワ。アタシヲウマク料理スルコトナンテデキナイワ。キット失敗シマス。いいえ、ごめんなさい、これは先生には関係ないことなの。あたしがもし先生の奥さんにしてもらえるとすれば、それならあたしは初夜まで処女でいないと不幸になるんです。おかしいですか」

「べつにおかしくもないね。それなら、とにかく服を着たほうがいい」

「あたしの小説は返してくださるでしょうね」とわたしは服を着ながら急に思いだしていう。

「返しません。あれは《D》に発表してもらう。きみはそれで作家になるチャンスをつかむかもしれない。いわゆる才女の仲間入りをする。そういうMがぼくの妻だ、ということはぼくにとって重要なことで、きみと結婚するのもそれを重要な条件としてのことだ」

「あたしが小説を書くということがそんなに重要な条件なの？　それがないとあたしと結婚しないの？」

「しないかもしれない」

「そうはいかないわ。あたしのこわさを御存じなさそうですね。生霊になってとり憑いて、狂い死にさせてあげるわ。Je t'aime と呪文をとなえるだけでいいんですから」

「その呪文なら」とPは眼鏡をはずしたまま（いつも眼鏡をかけているひとにしては醜悪

でない顔、かなりハンサムな顔)、まじめな口調でいう。「じつはぼくのほうはずっとまえからそれをきみにいいたいと思っていた。そう、きみが入学してきて、オリエンテーションのあと仏文科の懇親パーティできみをみかけたときからだ」

「あたしは」とわたしもいう。嘘デモ本気デイエバ自分マデ欺セルモノダワ。「二年になって先生のクラスにはいったときから。お顔をみるのがこわくて、つらくて、それで授業に出られなくなったのです。ここへ来るときは、もうがまんできなくなって、気違いじみたことでも何でもするときだと、自分できめていましたわ」

「それにしてはずいぶん暴れまわりましたね」

「先生がやさしすぎて、あたしの角を折って下さらないものだから、自分で折ろうとしていろんなものにつっかかていたの。おわかりのくせに」

Pはまだ眼鏡をはずしたまま、微笑している。ライオンの調教に成功した調教師のような微笑。これがわたしの御主人になるのだと考えていると、ふしぎさのあまり、笑いだしたくなる。それをしてはいけないので、わたしはPにとびついて胸に頭をすりつけたり顔中に蝶のとまるような接吻をしたりする。顔をまともにみて笑いださないように。

「コーヒーが飲みたい」

「いれてあげよう。ただしインスタントコーヒーだよ」

「カマワナイワ。いいえ、何でもいいの、何か飲みたい」

Pがカップに粉を入れてくれる。わたしが薬罐（フランス製の、蓋のない鉄甲みたいな形のケトル）から湯を注ぎ、Pがインスタントクリームの粉を入れる。二人とも砂糖は入れない。

「おいしいわ」とわたしはいう。それはたしかにおいしい。

そしてコーヒーを飲んでしまうと、わたしはもう何をしていいかわからない。Pの考えていることが何かを考えてみる気も起らない。これから二人で研究室を出て、よりそって夜の街を歩いて、どこかで食事をして、結婚生活のこと、いろんな計画のことをPは話すのかしら。それを想像するだけでとても疲れる。

ひとりになりたい。わたしはコートと鞄をつかむと「さよなら」という。Pが驚いたように何かいおうとしたのも耳に入れずにわたしは研究室を出て、廊下、階段、それから暗いキャンパスを走っていく。息が切れるまで。

（「小説女性」一九六九年六月号）

夢のなかの街

死者たちが苦しさのあまり地の蓋をもちあげたりする季節にわたしはKOOCHI市へ旅行した。盂蘭盆に父の墓参りをするつもりでこの真夏の地方都市にやってきたのだった。わたしの生まれた街なのに、帰省ということばをついにおもいださず、地図をひろげてKOOCHIがKOUCHIになっていたりKOCHIになっていたりするのにとまどって、まるで架空の都市への不安な旅行でもするようだ。それにこの街についても多くはおもいだせない。城と公園があった。夫は城をみたいという。はじめてKOOCHIを訪れるひとはみんな城をみたがり天守閣にのぼりたがる。でもほとんど成功しない。そしてわたしたちの場合は炎熱で苦しんでいる餓鬼たちを鎮める仕事があるのだから、城へ行くことはいっそうむずかしくなるだろう。城の縄張りは広大な迷路をなしていて、わたしにも夫をうまく案内することができるかどうか疑わしい。

駅の出口は洗面所のわきにあって、舎屋の中央にある堂々とした入口にくらべてひどくみすぼらしい。まえからこうだったのかしら？　入口のうえには、旅客を未来にむけて送りだすための大きな電気時計があるのに、この出口には黄蠟色の文字板に針が一本しかない時計がかかっているだけだ。よくみると、針は逆むきにまわっている。どうしてだれもそのことに気がつかないのだろう。時計の胴に小さい紙片が貼りつけられ、タダイマ調整中、と読めたけれど、これでは安心できない。出口はせまく、駅員は一人しか立っていない。土偶のような色黒の初老の駅員が上半身裸で、制帽だけはきちんとかぶり、それもほとんど顔をみせないほどに庇《ひさし》をふかくひきおろして、降車した客の流れをせきとめ、切符を点検している。客はひとりずつ街のなかに出ていく。そしてすぐ黒塗りの車に吸いこまれ、姿を消してしまう。みんなどこへ行ったのだろう。わたしは鬼のような黒い塊になって立っている駅員に切符をとりあげられ、駅前広場に出た。たぶん四時と五時のあいだだったとおもう。中途半端ナ時刻ネ。イマカラデハオ墓参リニモイケナイシ、ホテルニ行ッテモ陽が沈ムマデハ西陽ヲ浴ビテ部屋ニイラレナイワ。車は一台もいなかった。キット先ニ降リタ客を乗セテ出払ッタトコロダヨ。モウ五、六分モスレバ引返シテクルダロウ、と夫がいう。わたしはそれには答えないで、駅の待合室のほうに歩いていった。駅舎は神明造の建物だった。平面は左右に広く前後に浅い。むかって左の半分は駅の事務室で、右半分が待合室。一、二等の区別はない。外からみると、三階か四階はありそうだが、なかは一階だけ。その天井はあまりの高さに埃っぽいうすくらがりそのものとしかみえず、眼をこらしたとき、数匹の蝙蝠《こうもり》が舞いおりてわたしの頬をかすめ黒い布片のように飛び去った。だれもこれをみたものはなかった。夫に話してもおそらく本気にしなかっただろう。わたしは長い旅で疲れていた。自分の生まれた街に帰ってくることがこんなに疲れるものだとはおもわなかった。列車の進行は河の流れをさかのぼるかのように苦渋にみち、乗っていたわたしまでひどく疲れている。ベンチに腰をおろしたかったけれど、待合室には列車を待つ高校生たちがあふれ、坐る場所はどこにもない。かれらをみていると、わたしはおびただしい猿の群れのなかに迷いこんだようだ。土色の皮膚から人間の表情を読みとることはむずかしい。わたしにはかれらのことばを解読することもできない。たしかこれはわたしが使っていたこの地方のことばで、わたしもこの汗臭い猿族の少女だったことがあるはずなのに、もうわからない。そのときはげしい笛の音、それから手と手を打ちあわす鋭い音にはっと気がつくと、上り列車が到着して高校生たちが改札口に殺到しているところだった。わたしもかれらと同じ制服を着て改札口にむかっていた。これから修学旅行に出発するのだった。見送りにきているはずの父をさがすけれどみつからない……車ガキタヨ、と夫の声がした。内側をむいていた眼を外にむけると、わたしは制服をぬいで白い麻の服を着て、出発する高校生たちを見送っていたが、かれらは改札口をとおりぬけたときから嘘のように縮小してカニクイザルになり、窓から列車のなかにとびこんでしまうのだった。ひどくこっけいな光景でおもわず笑おうとしたけれど、考えてみるとまったく理窟にあわないできごとなのでばかばかしくなる。きっと疲労と寝不足のせいだろう。夫はわたしの家に泊ってもいいといったけれどその家はもうない。街を西から東へ流れる河のそばにあったが、いまはもうない。河の氾濫で押し流されたか、出火で焼失したかだろう。そこでホテルに泊るほかない。DODEN ホテルトイウノハ近イノカイ？ と夫はいった。またまちがった発音をしている。はじめてこの街にきたひとはかならず DODEN というが、訂正しようとしても正しい発音がどうなのかよくおもいだせないので黙っていた。ホテルはこの一軒だけである。街の中央に十字形の橋があってそのうえにたっている。長いあいだホテルがたっているうちに、橋は橋の形を失い、運河は地下にもぐって、この場所の本来の姿をおもいうかべることもできないほどだ。路面電車や自動車の往来もはげしかった。

　ホテルは木造のビルディングだった。遠くからみると、風雨にさらされて変色したコンクリートの建造物のようだが、じつは板を張りあわせた直方体の木造ビルディングである。それ自体で完成した建物というより、工事中のビルディングの鉄骨を保安上の考慮から板で囲んであるという印象をあたえた。それでもホテルであることはまちがいない。ごく最近この古い城下町にできた有名なホテルだった。五階か六階、いやそれ以上の高さである。わたしはこのホテルの入口に立ったとき、粗末なサーカス小屋にきたような感じがした。木戸番らしい男がいて、野鄙な声を張りあげていた。わたしはためらった。母がいっしょだったら、わたしがこんなところにはいることをけっして許さないだろう。わたしとおない年くらいの少女が白く化粧してほころびたタイツで脚を包んで宙を飛んだり綱を渡ったりする人生をわたしにみせようとはしないだろう。でもこれはサーカス小屋ではない。交通公社の旅行案内書や列車の時刻表にもちゃんと名前ののっている地方都市の一流ホテルである。妙に不安定でいかがわしいのは外観だけで、内部には充分な格式と品位が丈夫な柱のように立っているにちがいない。それにしても風が吹くとこのホテルの外壁は板塀のようにゆれていた。板のつぎめがあやふやであるためか、それは風とともにふくらんではちぢみ、まるで呼吸しているみたいだ。しかし、これはこの市第一のホテルである。きっと改築中なのだろう。鉄とガラスとコンクリートのかわりにどこかの工事現場からはがしてきた古板や台風でうちあげられた流木を使っているのは質朴な地方色をだすための苦肉の策なのかもしれない。もちろんエレヴェーターはあり、みごとな加速度で昇天していくと最上階がわたしたちの部屋にあてられていて、粗い厚板を敷きならべた床は地下鉄の工事現場に似ている。天井がないので、全体の感じは兵舎をおもわせる。これはなにかのまちがいではないかと不安になったのをみぬいたかのように、暖房ハシテアリマスヨ、とボーイが誇らしげにいった。さすがは一流ホテルだとうなずくわたしと、この真夏になんという無意味なことだと考えているわたしとがいる。兵舎だとみえたのは、この階に広い教室があったからだろう。ちょうどわたしたちの部屋の隣が自動車教習所によくあるような教室になっていた。どうしてこんなところに小学校の教室があるのかよくわからないが、わたしは大してふしぎがりもせずにそのからっぽの教室の横をとおりながら、非常時だからやむをえないとおもったりした。ヤカマシクハナイデショウネ？　とだけボーイに念をおす。ボーイは急に顔を黒くして早口に答えたがききとれなかった。いまでは土地の古老しか使わない方言をわざと使ってなにやら卑猥なことをいったようだ。わたしたちのことを新婚旅行中の夫婦だとおもったらしい。たしかにわたしたちは結婚していたし、それはある夏のことで、去年か、そのまえの年か、せいぜいそのまたまえの年のことである。だから新婚の夫婦とみられてもそれほどふしぎはない。なによりも結婚しているという実感がまだわいてこないほどなのだから。ふいにわたしは了解した。このボーイはわたしと夫とのあいだの性的関係とか愛の不在とかについて、おもいきり卑猥なことばで感想をのべたのだった。ボーイの鋭い観察力には感嘆すべきものがあった。そのためにもチップは十二分にはずまなければならないとおもった。そしてボーイをみなおすと、細い木綿のズボンをはき、素足のまま踵をふみつぶして運動靴をつっかけ、シャツはボタン・ダウンである。とても一流ホテルのボーイの服装とはみえないが、人手不足のおりでもあり、学生のパートタイマーなのだろう。いや、そうではなかった。ボーイはひどく不自由そうに標準語を使って、自分は臨時雇のボーイではなくてこのホテルの副ボーイ長なのだと説明した。そんな役職があるものだろうか？　疑わしい気分になってもう一度みなおすと、現代風の服装をした現代風のからだつきの少年が、その肩のうえに四十歳と五十歳のあいだぐらいとおもわれる頑健な頭をのせており、森鷗外のような口髭までたくわえている。かぶっている帽子は国鉄職員や守衛、警察官などのかぶっているものに似ているが、やはり学生帽とみるのがあたっているようだ。不可解な執念をしめすにたる厚さに靴墨を塗り、ハコフグみたいな形に塗りかためた帽子である。すこしばかり脳の弱い父親が息子の帽子をかぶって得意になっているというおもむきであり、スルトコノボーイ長ナル男ハ、と思案にはいったときに、相手は学生帽の下でにたりと笑い、とたんにABUCHIということばがわたしの横隔膜のうえで踊った。

KOOCHIのような地方都市にはふしぎな人間が漂流しているものだ。もっとも動きののろい乞食だと、きょうは掘割の橋のうえに、あすは追手門近くにたつ市のひとごみのなかに坐っているというふうだが、かれらのなかでもHOITOといわれる餓鬼は、家から家へとよろめき歩いて食べものを乞い、そうすることが自分たちの芸であるかのようにあさましくむさぼりくってみせるのだし、発狂したものや白痴は測り知れない目的をもって朝から晩まで休みなく街を歩きまわっているのだった。ABUCHIもそのひとりである。しかし正体は知れない。ただの白痴や狂人でもなさそうだ。いつも学生帽をかぶり、穴のような口をあけて歩いている。

　にぎっていた母の手を失い迷子になって歩いているときなどにABUCHIにであうと、いままでなめらかだった世界が皺だらけの渋面のようにみえる。それがABUCHIの顔である。ぬっとつきだされた顔にむかいあってみると、ほんとに皺だらけの顔だった。にっと笑えば口は細い三日月の形に裂けるけれど、眼は笑っていないので、全体の印象は無愛想な首狩族の酋長みたいだ。わたしをあやすつもりはなく、じっとみつめている眼もわたしの顔のうえで焦点を結んでいない。二つの眼はたがいに非常に遠くはなれてあり、遠い星のようだ。そのあいだにはそばかすの砂漠がひろがっている。こんなことがわかったのも、ABUCHIがしゃがんでわたしの顔の高さに自分の顔をひきおろしたからだった。なにをされるだろうとおもう不安で身をかたくしていると、ふいにABUCHIの顔は宙に舞いあがり、みあげてもみえるものは三角形の下顎と尖ったのどぼとけばかり。それからずっと下におりて、櫓のようにふんばった股のうえの巨大なピラミッド。手をのばしてそれにさわろうとしたとき、ABUCHIは歩きだした。なにもいわず、なにもしないで行ってしまう。わたしはとっさに叫んだ。ABUCHI！　するとABUCHIはふりかえり歯のない口をあけてハイといったようにみえるが、きこえない。ABUCHIはものをいうことがないのだから。とつぜん、骨ばった手がうしろからわたしをすくいあげたのは、だっこしてどこかへつれていこうというのかしら？　でもわたしはなんというみっともない姿勢で抱かれているのだろう。これは母親が幼児におしっこをさせるときの姿勢だったので、たいへんはずかしい。死んでしまいたい気もちで頬を燃やしているのに、モウドウナッテモイイワという排泄まえの自由な感じがからだをひらかせ、わたしはなんとなくあの長くつづく督励のためのシーを待っている。そのとき、わたしのからだのひらいた部分に一匹の蜘蛛がはいこんでくる。蟹のように硬い蜘蛛だった。息を吸いこんだまま、もう声をたてることもできない。わたしのなかからなにかを発掘しはじめるけはいに、おもわず悲鳴をあげたが、それも灼けるようなのどを吹きあげる風にすぎない。わざと声のない悲鳴をあげたのだろう。

　気がつくとわたしは公園の便所のようなところで壁にもたれていた。白い陽ざしと黄金色の熱気のなかで、ひどいさむけがする。汗とともに全身ににじみでていた快楽というより死のようなものがふたたびからだのおくふかくへともぐりこんでいくときのさむけだった。なにがおこったかを理解することもできない。わたしの知らなかった悪いものが発掘されたあとに熱い発疹の感覚が残り、呼吸はととのわず、眼をみひらいても真黒な太陽がみえるだけ。そして眼は流れに浮ぶ二匹の魚のように場所をさだめずに、両耳のあたりまで遠ざかったり、接近してたがいに喰いあったりするようにおもわれた。コンナトコロデナニヲシテイタノ？　わたしのまえに絽の着物を着た母が立っていた。ほっそりした長身で、夏の陽にすけてみえる蟬の翅のような姿だった。母はパラソルの下でうす気味わるいほどやさしい顔をしてわたしをみつめた。ドウシタノ？　やっとかすれた声がのどからで て、ABUCHI ニサレタノ。母は理解しかねる顔をした。どうしてこんないいかたをおもいついたのか、自分でもわからない。わたしは、ABUCHI ニスルという動詞をつくり、それを受身に使ったのだった。あるいはこの街ではこんないいかたがひそかにおこなわれていたのかもしれない。たしかにわたしは ABUCHI ニサレタのだった。あのことをいうのにこれ以外のことばがあるとはおもえない。ソレハナンノコト？　と母はききかえすが、けっして ABUCHI ということばを口にしない。まるで先天的にそのことばが発音できないとでもいうように。ほんとに母は ABUCHI のことを知らなかったのかしら？　毎日この街のどこかで学生帽をかぶった ABUCHI をみないことはなかったのに、そんな男は存在しないというふうだ。母にとっては乞食も狂人も変質者も存在しなかったのだろう。悪いものや醜いものや狂ったものは存在してはならなかったから。それにABUCHIという名前は、あきらかにこの街だけで通用する方言のなかに属していたのだから、絶対に母の口にのぼるはずはなかった。母はわたしの父に掠奪されるようにしてこの街にやってきてから何十年たっても土地のことばを使おうとはしないのだった。そしてわたしが、どこのことばともわからない母のふるさとのことばとこの街のことばと両方をあやつる少女に育ったことを、心のなかでゆるしていないふしがあった。たとえばABUCHIのようなことばを使うことを母はみとめなかった。ソンナモノハイマセンヨ、と母はいう。わたしは融けていく氷のように泣きはじめている。ABUCHIニサレタことがかなしいのではなかった。ABUCHIはいないといわれたことがかなしいかのようだった。すると母はアイスクリームを買ってくれる。珍しいことだ。街頭のアイスクリーム売りから買って食べることをきつく禁じていたのに。泣きながら、涙でいっそうはやくとけていくアイスクリームを食べながら、ふと眼をあげると、流れていくひとびとの頭のうえにひとつだけ高く、風船のように浮んで遠ざかっていくABUCHIの頭がみえる。

　ABUCHIはどこへ行ってしまったのだろう？　特攻隊で死ななかったかわりに気が狂ってたえずひとの顔をうわ目づかいににらみながら歩いている青年や、ぼろの十二単を着た乞食の官女、たわしを売り歩く白痴、それに垢にまみれたHOITOたちの姿もみえない。

かれらはけっして年をとらない一族だから、わたしの知らないあいだに老衰して死んでしまうはずはない。たぶんこの街がいたるところで刻々とねじまがったりくずれおちたりして形をかえるあいだに、時間と空間の割れめにおちこんでしまったのだろう。かれらがよくひなたぼっこをしていた橋、街中でもっとも人通りがはげしくてそこからは蜘蛛の脚に似た小路が映画館や食べもの屋に通じていた橋も、いつのまにか運河もろとも埋めたてられ、そのうえでは大きなデパートが営業している。

父と二人でNEBOKEにはいった。ここはいつきても満員で、たいがいは入口のところで洋菓子を買ってそのまま帰ってしまうのに、珍しいことだ。いつもは橋のうえに坐っている乞食たちがお客になってテーブルについているが、ウエイトレスたちはべつにいやな顔もしていない。みんなおとなしくストロベリー・パフェやあんみつなどを食べているので邪魔にはならなかった。それに乞食たちのほかに客ははいっていない。父とわたしは地階におりていった。地階のほうが席も上等である。窓の外はすぐ掘割の水だから、巡航船に乗っているような気分になる。掘割はたがいに連結し、街を流れる河の河口から海にまでつづいていたので、掘割のいたるところに巡航船の発着所があって、それに乗ると外海に面したKATSURAHAMAに行くことができる。ひょっとするとこのNEBOKEのすぐそばからも巡航船が出ているかもしれない。あるいはNEBOKEそのものがじつは船なのかもしれない。そんなことを父と話しあってみるが、はっきりした結論はえられない。父はわたしの顔をじっとみることを避けている。おしるこやみつまめ、アイスクリームのたぐいを食べさせる店に娘と二人ではいったことにてれているのかおちつきがなかった。少女といってもわたしはおさげにリボンを結び、椅子からたらした脚が床にとどかないほどなのに、まるで恋人同士のようだ。父は死ぬまえには頭のうしろと横をのぞいてすっかり禿げていたので、老執事のようにみえたけれど、わたしとむかいあってアイスクリームを食べているときの頭や顔はおもいうかばない。一般的な中年の男の顔が目のまえにあり、まるで母には知られたくないひととの密会のようだ。そしてこれが父なのか、あのひとなのか、もう区別もつかなくなる。うれしそうにスプーンを口に運んでいるわたしをひどくかなしそうにみているのはあのひともおなじことだった。あとになって、動物がものを食べているのをみるとわたしもあんなふうにかなしげな顔をするようになった。わたしもきっとリスのような歯をだして熱心に食べていたのだろう。父は立ちあがって姿を消した。あのひとも姿を消した。ちょっと手を洗いに立ったようすだったがいつまで待っても帰ってこない。

もう運河もない。掘割もない。NEBOKEもなかった。そしてあのひともいない。

わたしたちは黙って坐っていた。夫はわたしの沈黙に気づかないふりをしている。そういうことはいまでは確実にわたしたちのあいだの習慣になっているので、ひとには数十年の結婚生活をすごしてきた夫婦のようにみえることもある。夫はわたしがなにを考えているかについて考えるがわたしは夫の考えていることを想像したこともない。つまりわたしは夫から愛されていたのである。わたしはどうなのかわからない。たぶん愛していないだろうけれど、どうでもよいことだ。夫を拒絶する気はないのだから、愛はなくても結婚生活に支障はない。かれは夜を待っていた。わたしも夜を待っていた。眠るために。

とつぜんノックもしないで女中らしい女が三人あらわれたのは、チップをもらおうという魂胆だろう。白いエプロンをかけ赤くふくれて水っぽい腕をしていたので料理人見習か配膳係かもしれないが、とにかく女中であることにまちがいない。このホテルにもこんな家庭的な女中がいるとは意外だった。それにしても三人もあらわれるとはどういうつもりだろうかと心配になり、ここは夫と心をあわせてうまく出撃しなければならないと考えながら、適正なチップの額について考えた。こういう女中たちを相手にするのははじめてで見当もつかない。夫と相談すべきだけれど、眼をそらすとそのすきにつけこんでよからぬことをはじめそうで、眼がはなせない。ついに夫が三人に一枚ずつ札をわたした。たちまち三人は汚い足の裏をみせて退散したが、みるとそのなかの一人はそば屋の店員が出前のときに使う棚のついた箱を片手にもっている。はっとおもいあたり、マンマトヤラレタワと声を出してみたもののもうあとのまつりで、女中に化けていたそば屋の店員は長靴をはき、自転車にとびのってしまう。その自転車には赤いペンキで毒々しく＊＊軒と書いてあった。

頭のなかで杭打機がすさまじい音をたててH型やL型の鋼材を打ちつづけている。まるでわたしの背骨が地中に打ちこまれるようだ。この音は夜どおしつづいていた。手をのばして受話器をつかむ。これが何度目か、もうおぼえていない。真夜中に何回かフロントに抗議の電話をかけたが、答はいつもおなじだったし、いまもおなじだ。黒い陶器のような頭をしているにちがいない若い男のかんだかい声で、このホテルは目下拡張工事中であり騒音のため若干迷惑をかけるかもしれないが防音には万全を期しているので熟睡を約束することができるという。きっとテープレコーダーの声だろう。夫は腹をたてて、こんな状態では宿泊料を割引くのが当然だとかけあったが、電話の声はしばらく沈黙したのち、おなじ文句をくりかえすだけだった。夫自身はこの夜間工事の騒音を大して気にしていたわけではない。夫という立場上抗議してくれたのだった。夫の胸に耳をつけてみる。やはりはげしい杭打機の響きがきこえる。これは心臓の鼓動かもしれないが、こんなにけたたましい音をたてるようでは、夜のあいだ鼓動をとめてもらわないと眠ることもできない。わたしが先に眠ってしまえば問題はないけれど、夫のほうが先に眠ってしまうと、もう眠りにおちることはできず、ベッドは雲のうえまでうかびあがる。おなじことを夫もいっていた。

街の中央にあるこの城は平山城だ。層をなす丘のうえにたっているので街のどこからでもながめることができる。しかし丘を利用した縄張りは複雑をきわめ、頂上の天守には容易に近づくことができない。そこで丘の北側からロープウェイで一挙に天守に達する方法もあるが、これではしばしばにせの城に行ってしまう。アレハニセモノヨ。最近鉄筋コンクリートデ観光客ノタメニ建テタモノヨ。夜ニナルトニセモノノホウハネオンデ照明サレルカラスグワカルワ。

城門をぬけて最初の坂をのぼりつめたところでふりかえるとあのひとが立っていた。真黒だった。太陽を背にして立っているのだろう。裏も表もみわけがたい人の形をしたくらやみが、ふりそそぐ陽光を吸いとって、わたしのまえに立っている。細長い竪棺のように。わたしは眼をこらした。棺の蓋のあいだからはいだしてくる白い虫の行列をみたような気がした。立ちはだかっているあのひとの股のところから精子のようにわきあがりはいまわっている蛆虫だ。アア、悪魔！　とわたしは叫びそうになるが、悪魔に身を捧げることをおぼえてしまったからにはもうどうすることもできない。

こんなみちがまだあったのかしらとおもいながらわたしは歩いていた。桐の街路樹のたちならぶみち、蔦のはう石塀、そのむこうの教会の塔、刑務所の見張台、掘割、遠く近くきこえてくる路面電車の音、つねにみえている天守、層をなす丘、学生帽をかぶって歩いていくABUCHI、日曜日ごとにここにたつ市、露店の古道具屋、女学校の大時計、こうした城をめぐる多辺形の街路の真昼にひとかげのとだえた歩道の桐の樹陰でタバコをすっている金魚売り、または昼寝しているアイスクリーム売り、舌を吐きながらみちを横切る犬……

白い帽子をあみだにかぶり、紐を顎にかけてわたしは母といっしょに歩いている。母はパラソルの影のなかを歩み、わたしは土星の環に似た帽子の影のなかを歩く。母からすこしはなれて。季節は永遠に夏だ。冬のあいだに長い重い病気をして死にかけていたわたしにははげしすぎる太陽、あかるすぎる街路、熱すぎてさむけのする熱風、すべてが自明すぎて夢のような正午……こうした夏の熱気とあかるさは死からは遠いとはかぎらない。頭上の太陽を仰いだとき、わたしはそれが真黒であることに気づくのだ。こんな昼間にわたしはどこへ行こうとしていたのかしら？　城をめぐるひっそりした街路にそって点在していた親戚のひとつから他のひとつへと訪問をつづける途中だったかもしれない。

ダレカガアタシヲミテイルワ。通行人の姿はひとりもみえないのに。あのひとの眼があたしをみつめているとしかおもえない。それとも樹陰で休んでいる金魚売りの手押車に積まれた金魚の目かしら？　球や直方体のガラス鉢のなかからランチュウやオランダシシガシラが肉瘤の多い頭をわたしにむけているが、そのあいだを大きな眼球のようなものが泳いでいるようだ。キセルでタバコをのんでいる金魚売りのじいさんの眼だったかもしれない。ダレモミテナンカイマセン、と母がいう。そしてわたしの手を握っている手に力がくわわった。

はじまりは一滴の血。それはわたしのからだのなかにひろがっている死からしたたったもののようだった。坂道を自転車でしょっちゅう走りおりていた罰かもしれないとおもった。こうしたことはだれにも知られたくない。とくに母には。でもまっさきに知ってしまうのが母だった。アナタ、モウハジマッテルンジャナイ？　どう答えていいかわからない。笑いは顔の表面で仮面になってしまう。苦しまぎれに病気になった。たやすいこと。冬の日に、弱い気管を寒気にさらして熱を出す。するとほんとに窒息しそうになったので酸素吸入までやらなければならない。病気から恢復してもわたしのなかにはくらい空洞が残った。それでもわたしは肉がつき、髪も長くなった。

長方形に切り裂かれた黒い入口のまえでわたしは一瞬ためらい、それから背をかがめてはいっていった。これは本丸と二の丸とを連絡する長屋造りの廊下の下をくぐりぬける門であり、わたしの足は一歩ごとにゆるい階段を沈み、古い漆喰の匂い、虫に喰われた木の匂いとしめった闇の圧力に息がつまるおもいだ。窓から格子で押し切られた光の束が弱く投射され、それもわたしの鼻先でかびのような物質からできた闇に吸いとられてしまう。わたしのうしろで門の扉が歯ぎしりの音をたてたが、何者かの手でとざされたわけでもなく、わたしを床下の通路に幽閉する意図が働いていたわけでもない。これはあくまで廊下橋をくぐりぬける通路であり、ふたたび階段に足をかけてすすむと、わたしのまえに明るい真昼があらわれる。だがふしぎなことにこの明るさとくらやみとの境は、鋭い刃物で切りとられたような断面をみせていて、くらやみのへりが光に犯されているということもない。だからわたしは稠密なやみからふいに眼もくらむ光のなかにふみだし、おもわずよろめいた。外にでると両側には純白の石垣の壁が日本刀とおなじ反りをもってそそりたっていた。わたしは左右をふりあおいだ。この石垣の高さはほとんど測り知れない。それはどこかで終って空と水平な線で切り交わっているはずだが、わたしの眼にはみえなかった。この石垣にはさまれた狭い通路はどこに通じているのだろう？

ふいにめまいが襲い、倒れてしまった。またしてもはじまりは一滴の血。わたしのなかの死が痙攣し収縮して血を吐きはじめたのだった。それに日射病もおこしたらしい。抱きおこして介抱してくれたのがあのひとだった。名前も知らないひと。ずいぶん年をとっていた。わたしは十七歳だから、その二倍以上のひとは老人だ。そして医師のようにもみえたがそれはわたしを介抱してくれたからだろう。気を失っていたのでどんな看護をうけたかわからない。ヴェランダのある部屋のなかにねかされていて、窓からは城がみえた。知らないあいだにどれだけ血を流したのだろう？　でもその跡もないのは、それもあのひとが処置してくれたのかしら？　オジサンハオ医者サマ？　チガイマスョとあのひとが答えるのをきいたとき、わたしはこのひとを愛そうと心にきめた。お医者さまなら感謝するだけでよかったのに。愛するためにはどうしたらよいのかわからなかったけれど、きっとあのひとは知っているだろう。それからわたしは両手の指では数えきれないほどあのひとの家に行った。母には先生のところへ数学を教わりにいくということにして。あのひとの眼はわたしを吸いよせる眼だった。くらい危険な眼。その眼にむかってはげしくいやいやをするが、抵抗すればするほどみごとに裸にされてしまうので、もうはじめから裸のままあのひとのところへいく気になったりする。制服のスカートの下になにもはかないであのひとのところへ行くわたしに母は気がついているかしら？

ダレモミテイマセンョ。ドウシタノ？　と母はいう。金魚売りが呼び声をあげる。でもわたしはこの街のいたるところで、いつもあのひとにみられている。大キクナッタラ、アノヒトトイッショニ暮ソウ。アノヒトノオクサンハドウシタノカシラ？　トテモサビシソウダカラ、キットワタシニキテホシイトイウダロウ。

わたしは夫の先にたち、片手で石垣を撫でながら、盲人の足どりで曲りくねる通路をすすんでいく。次の曲り角の先で地球はなんの予告もなしに欠けていて、陽光はさんさんとふりそそぐのになにもみえない空間が目のまえにひろがっているかもしれないとおびえながら。ケサ、夜明ケマエニ地蝕ノ夢ヲミタワ。地球ノ蝕ヨ。ツマリ地球ガアル天体ノ影ノナカニハイルコト。ソノトキ影ノ部分ガホントニ欠ケテシマウノヨ。ナニカニカジラレタミタイニ、地球ノ一部ガナクナッテシマウノ。チョウドアタシノ立ッテイル足モトカラ地球ハナクナッテ、ミオロスト黒光リノスル切ロガ垂直ナ断崖トナッテドコマデモツヅイテイル。ソコカラ蟻ノヨウナモノガゾロゾロハイダシテクル。蛆ミタイニヨクフトッタヤツダケド、ジツハ人間タチヨ。しかし、この話の最後はあやふやだ。あれは人間ではなく、ただの蟻にすぎなかったのかもしれない。

マタオナジ門ダ。ココハサッキハイッテイッタトコロダ、と夫がいう。どこかでみちをまちがえたのだ。天守閣はすぐ近くにみえているのに、どうしてもこれ以上近づくことができない。そしていつのまにかわたしたちは河の水音のきこえるところにきている。

河へおりていくこの急な坂道には小判形の石が敷きつめられているので、自転車で加速度的に急降下すると、洗濯板の表面をころげおちるのに似ており、サドルにまたがっているわたしはひとりでにABUCHIニサレルのとおなじ状態におちいってしまう。そして自転車は次第に大きくはずみながら、奈落にとびこむ勢で疾走していく。坂のうえに立ってみると、こんなに急な傾斜を自転車に乗ったまま走りくだれるとはおもえない。ほんとうに危険だ。でも母がわたしを叱ったのはそのためばかりではなかったことをわたしは知っている。わたしが自転車に乗る意図をちゃんとみぬいていたにちがいない。といってもわたしにはあの痛みに似た鋭い快感についてはっきりした意図も理解もなかった。男の子が手を使ってすることで猿でさえもすることをわたしもするのだと知っていたわけではなかった。しかしそんなことを考えているひまもなく、わたしはものすごい速力で坂をくだり、自転車に乗ったまま、竹やぶをつっきって河のなかにおちていた。

　いつかわたしは河口まで流れくだっていた。つぎつぎに橋の下をくぐってとうとういちばん下流のいちばん長い橋もすぎた。もうここから先に橋はなかった。河はラッパの形にひろがり、わたしの不安もひろがった。最後の橋の下を流れすぎたとき、どうしてこの橋柱にすがりつかなかったのかと悔まれた。でもわたしにはできなかった。橋の下の水は暗く冷たい。そしてあの異様にぬるぬるしている橋柱には、溺れかけたものでも絶対にすがりつこうとはしないだろう。どの橋柱も、その足もとは漏斗の形にふかくなり、毎年何人かの小さい子どもがそのなかにすべりおちて死んでいた。この漏斗の底になにが沈んでいるかをわたしは知っている。暗く冷たい水のなかで溶けることもなく渦をえがいているのは上流から流れてきた受精卵や胎児や胎盤のようなもの。街中の女の人工流産の産物がこの河を流れることをわたしは知っている。だれからきいたのかおもいだせないけれど。だからわたしはどうしてもあの橋柱に近づくことができなかった。眼をあけたまま、わたしは流れていった。いまわれにかえったのは、腹をこする砂を感じたからだ。河口近くで河は浅くなっていた。やわらかい堆積土がもちあがり、水は足首までもなかった。そこでわたしはかがみこんで浅蜊を掘りだしている。工場の廃液と下水とで重油のように汚濁してしまったこの河に、いまでも貝がいるとは信じられないことである。これはきっと昔のことなのだろう。わたしは大人用の麦藁帽をかぶり、腰からうえ裸で砂を掘りかえすことに夢中だったが、うつむいていてもたれさがる乳房の重みはなく、少年のように扁平な胸をしていたころだから。顔をあげてみわたすとだれもいなかった。両岸は遠ざかり、もう帰っていけるとはおもえない。時間もなく季節もなかった。空には鉛色の円盤のような太陽が残っていた。

ラッパ状にひろがった河口の南岸にたったひとつだけたっていたあの建物はいったいなんだったかしら？　それはどこまでもつづく単調な堤のうえに孤立してそびえたち、ケルト人の城塞に似ていたが、もちろん城ではない。二つの円筒形の塔、高さも太さもふぞろいな二つの塔、そしてそれらをつなぐ城壁のような壁とそのうえの廻廊に似たでっぱり、くろずんだ煉瓦の色、こうしたものの暗鬱な形は、シオンの城やウィンザーの城の一部を連想させるけれど、むしろ旧式の火力発電所か精粉工場の印象に近い。それとも製塩工場として建てられたものであったかもしれない。いや、やっぱりあれは火力発電所だったようだ。カリョクハツデンショ、と七つで死んだ兄はいった。わたしにはとても発音できない呪文めいたことばをきいて、わたしは意味もわからず、無気味に存在している石の建造物をながめ、ついにそれを火葬場のようなものと了解したのだった。カソウバということばも知らなかったのに。でもすこしのちになればヤキバということばをおぼえたはずだ。火力発電所がどうして火葬場に転用されてしまったのか、これはとても説明しにくいことだけれど、なぜかわたしの頭のなかでは当然のことになっている。どちらも火を燃やすが、じっさいはあの建物のなかに火があったとはおもえなかった。おそらく、なんにもなかったのだ。なかはがらんどうで厚い埃さえなかったにちがいない。それでもその建物はそれ自身が巨大なかまどに似ていた。カリョクハツデンショ、と兄は子どもらしくない明晰な発音でいうことができた。とても利巧だったので火力発電所についてもちゃんとした知識をもっていたのだろう。青い満月のような眼と食べてしまいたくなるかわいい唇をしていたという。その唇でわたしの頬や眼瞼や口にキスしてくれた。わたしたちは愛しあっていて、大きくなったら結婚するはずだった。アタシ、オ兄チャンノオ嫁サンニナルワ。すると母は怖い眼でわたしをみた。

そのころ兄は土蔵のようなところにねかされて死を待っていた。厚い戸をしめきってあったのは死がやってくるのを防ぐためだったけれど、死はいつのまにかしのびこんで兄の頭のなかでげらげら笑っていた。脳膜炎！　それはおそろしい光景だった。もうかわいい七つの子どもはいない。兄に化けた死がねており、みひらいた眼はあざやかな黄色をしている。狂気の色に染まったのだろう。ふいに泡をふき、おきあがってわっと襲いかかるけはいをしめす。泣きながら逃げだして、アレハオ兄チャンジャナイ、アレハ鬼、アレハ鬼、と叫んだ。兄が死んだとき、河口にたっていたあのカリョクハツデンショまたはヤキバに火がはいるのをわたしはみた。建物全体が大きなかまどにみえるそのなかでごうごうと火が燃え、二つの塔は煙突となって黒煙を吐きだした。オ兄チャンヲ焼イテルトコロダワとおもった。

空には真鍮の円盤のような太陽があった。この真昼にわたしはなんのために河口近くまできたのだろう。マッタクワカラナイネと夫は皮肉をこめていったが、わたしにもわからない。夫はすこしばかりわたしを理解しようとしすぎるようだ。水の流れはほとんど止っていた。いまが満潮で、湾内の海水が逆流して河口は膀胱のようにふくれあがっている。やがて干潮がはじまり、水は海にむかってどっと吐きだされるだろう。そうなるとはげしい水勢に押されてわたしたちのボートは舟も人もとおったことのない河口をすぎ、鼠色の水をたたえた湾内へと流れていくだろう。そしてもう流れをさかのぼって貸ボート屋のある岸までかえっていくこともできない。ドウショウ？　夫は櫂を水平にたもってわたしの心がきまるのを待っている。

墓は山の東側の斜面にたくさん生えていた。城の天守からながめると白い茸が重なりあって群生しているようにみえた。父ノオ墓ハアソコニアルノヨと夫にいう。しかしあのひとの墓もそこにあるということは黙っている。天守閣の望遠鏡は十円銅貨一枚で三分間だけ眼の鱗をおとす。夫が硬貨をいれた。わたしは望遠鏡の太い砲身を山にむけ、墓地をひきよせた。丸く切りとられた墓地の光景が遠近感のない平面のうえにあらわれる。夏の花の吹きみだれたあいだに白い墓石やコンクリートの塀、銅板の扉のついた納骨堂などがみえ、パラソルや麦藁帽の動きもみえた。夏そのもののように明るい真昼の墓地だった。電気冷蔵庫の形をした石がたちならぶあいだにわたしも立っていた。白い昼顔に似た帽子をかぶって。

いつのまにここまで登ったのだろう？　もう墓地へのみちも記憶の砂のうえで形を失っていく線描のようだ。たしかなことは、この斜面の墓地を訪れるためには山の東の麓から登っていかなければならないということ。山の頂上には石のベンチや展望台があって、アイスクリーム売りの声や少女たちの合唱の声もきこえてくる。頂上までは西麓から自動車道路もついている。しかし頂上から東側への斜面へくだっていくみちはないはずだ。みちらしいものはあっても、倒木をのりこえ、次第にヤブカラシのはびこる斜面へと迷いこんで、気がつくと、ふかくえぐりとられた赤土色の断崖のへりに立っているのだ。そこで、墓地へいくものは東から登らなければならない。その登り口をみつけだすのは容易なことではなかった。石灰岩採取場の近くにあるような、白い土埃をかぶりいつも雨戸をとざした民家、夏中売れることのないラムネや花火を店先にならべた雑貨屋、納屋とも鉄工所ともつかない崩れかけた建物、こうした廃屋のような家家のあいだのどこかに登り口が隠されているはずだが、わたしもそこから登っていったのだろう。その登り口からは曲りくねってみとおしのきかない蛇のようなみちがはじまっている。ふみしめるたびに抜けかかった虫歯のようにぐらつく石段のみちで、両側からは楢、樫、櫟などの暗い葉がおおいかぶさっている。秋には弱った葉がおちて厚く地面をおおい、ドングリもおちていた。つやがあって胴の張ったドングリを拾ってきてはマッチの軸などを刺して独楽をつくったこともあるがあまりなめらかにはまわらなかった。樹がまばらになると段々畠のように仕切られた墓地がはじまっていた。ところどころに黄櫨《はぜのき》や百日紅《さるすべり》がたっているけれど樹陰はほとんどない。髪をとかすような炎熱のなかで、昼顔がつぎつぎに花をひらき、じきに首を折ってしぼんでしまう。まるでこの白昼に明滅する霊魂のようだ。墓石のあいだをおおっていてわたしの足をとるのはヘクソカズラやカヤツリグサのたぐいだった。ヘクソカズラの茎をひきちぎって嗅ぐと悪臭が鼻を刺す。カバネグサともいうのは死体の臭いに似ているからなのだろう。コノ土地デハヤイトバナトイウワ。

キミノ家ノオ墓ハドコダ？　と夫がいう。わたしは答えないでよその家の墓地から墓地へと歩きまわり斜面をのぼったりおりたりしているけれど、ほんとうのところはわたしの家の、というより正確には父の一族や先祖の墓地がどこにあったのかおもいだせないのだ。赤錆びた鉄門がたっていて、おそろしげな箴言めいた文句とともに、＊＊家之墓、というような表札でもかかっていれば助かると考えたりするが、そんなものがみつかるはずはない。墓石のあいだからはげしいかげろうとなってたちのぼる熱気のなかで、わたしは融けてしまいそうになり、なかば透明な幽霊になってゆらゆらと歩きまわっているだけだ。ハヤクシナイト日射病ニナルヨ。どこかよその家の墓のまえで手をあわせて山をおりても夫は気づきはしないだろう。死者たちもべつに不服を申したてるすじあいはないはずだとわたしは不逞な考えを追いはじめている。そして迷路のなかで目がくらみよろめきながら、次第にべつの目的にひきよせられ、頭の血、肺の血、心臓の血も波がひくように去っていくのを感じた。どうやってみつけたのか、わたしは獰猛なほどの勢で群がり茂ったオニユリに眼をすえていた。

その一劃だけは、悪い霊魂のようなものが白昼にわかに地からあらわれ猖獗をきわめているというおもむきがあった。このたけだけしいオニユリは地下のその鱗茎をどんな死骸で養っているのだろう。わたしはふみこんで背よりも高いオニユリの群れをなぎはらい、めざすものを探した。するとたったいま地からわきあがって直立したかのように、無銘の墓石があらわれた。まちがいなくあのひとの墓だった。コレガオ父サンノオ墓？ イイエでもエエでもない身ぶりをしてわたしはざらざらした墓石を撫で、だれかの手で削りとられたらしい戒名や生前の名前、＊年＊月歿、享年＊＊歳とあった跡を指と掌でなぞりはじめていた。かつてはそこにあのひとの存在の記号、死後の世界での存在の刻印がきざまれていたはずだ。でも強力な抹殺の意志が働いている。漢字はその小骨にいたるまで寸断され、削りとられ、いまはもうなにも読むことができない。掻き傷だらけの陽石に似ているほどだ。みつめているうちにからだが冷たくなり、全身の毛穴から水銀のような汗の粒が吹きだすのを感じて倒れかかった。そのときわたしは血を流しはじめていた。アノトキモコウダッタワ。しかしあのひとはもういない。いま抱きおこしてくれたのは夫だった。ハヤクホテルニ帰ッテ休ンダホウガイイ、と夫はいった。

サイレンが鳴った。脊椎の階段をかけあがっていく鋭い断続音。空襲警報らしい。生徒たちはみんな、篩の目からこぼれおちるように姿を消してしまう。わたしだけが逃げおくれた。いつもならこんなことはないはずだ。クラスのなかでわたしは則天武后だったし、犬のように献身的な扈従の少年が数人ついていて、防空壕のなかのいちばんいい席を確保するとうやうやしくわたしをみちびくのに、きょうにかぎってもうだれの姿もみえない。まるで禍いの近づくのを予知してすばやく姿を消してしまう鼠の群れのようだ。ひとけのない校門を出て、小さい川に板を張りわたしたうえにバラックのたちならんでいる朝鮮人部落をとおると、数十匹の鬼が車座になって酒をくみかわしているけはいだった。わたしには理解できないことばでわめきあったり歌ったりしているが、歓びの酒宴というより真黒な怒りを解放するまえの不穏でおそろしげな集まりのようにおもわれる。声高くかれらの国のことばを使っているのも変なら、この真昼に酒宴をひらくのもふつうではない。ひとが死んだのかしら？　そうおもったのも、わたしが疎開しているこの村では、ひとが死ぬと部落中の人間が集まってくるからである。犬や豚や子どもや鶏まで集まってくるが、べつに留守中の盗難をおそれてひきつれてくるわけではないのに、ふしぎなことだった。動物たちもなにかふるまわれることを期待して集まるのだろう。しかしそんなことはめったにない。それどころか、家のなかからとびだしてきた人間に、かなしまぎれか腹だちまぎれに打ちすえられ、ときにはその場で殺されて宴会に供されることもある。でも朝鮮人部落には犬の姿もなかった。ふだんから殴りつけられ、使役犬として酷使され、もしもそれが肉づきのいい赤犬であればたちまち食われてしまうからだろう。

白っぽい埃の靴下をはいた裸足をひきずって、わたしは村道を歩いていった。みんなどこへ行ってしまったのかしら？　いまにも海のほうから爆音とともに銀蝿のように精悍な艦載機の群れがあらわれるのではないかとおそろしい。しかしあたりはこの世の終りのあとみたいにしずかで、虻の羽音も蛙の跳ぶ音もきこえなかった。ただ太陽の燃えさかる音に似た物音がきこえてくるだけだった。ほんとになにかが終ったにちがいないとわたしはおもった。そしてそのおもいに答えるかのように、頭のうえからふしぎな声がきこえてきたのだった。かんだかい単調な声で、神の声にしては妙に弱々しいところもあるが、でも神の肉声はこれ以外には考えられないというふうな、抑揚の乏しい調子だった。電波の状態がわるいので吹きちぎられたように切れぎれになり、全体が雑音のなかに埋没してしまう。それにしても世界中にこんな声が鳴りひびくとは信じがたい異変だ。そうおもったとき、そのしかけは簡単に見破られた。村役場のうしろの山の中腹に、巨大な箱形スピーカーがそなえつけてあるのだった。村人たちの苦心の作とみえて、この日天の一角から弱い電波に乗ってやってくる神の声を、なにがなんでもとらえて拡大しようという悲願めいた決意のほどがうかがわれたけれど、いまその箱からもれてくる雑音のような声をきくと、なんともばかげたことだが、あの箱のなかに虫がはいって鳴いているのではないかという気がしてくる。そして耳のなかではもう一匹の虫がギョクオン、ギョクオン、と鳴きはじめ、箱からもれる声といりみだれてきこえるのはじつにばかばかしい。あのギョクオンは世界の縫目がたわいなくほころびるときの音にちがいない。わたしのなかでもからだをひきしめていた膜が裂けてしまったようだ。ひどい失意と虚脱の穴があき、からだが形をたもたない。内側のほうへくずれこんでピカソの人物みたいな形になりそうだった。やっとふみこたえて村役場まえの広場をみると、村中の人間が朝礼のときのように整列しているのはギョクオンをきくために集まったものらしい。わたしだけがどうして集合におくれたのかわからないが、みんなの顔がいまにもいっせいにこちらをむきそうで、ソウナッタラマズイナアとおもいながらみんなに背をむけ、街のほうへ、KOOCHI にむかって歩きはじめた。戦争は終ったはずなのに、サボテンの城をおもわせる積乱雲のなかから黒点があらわれ、ひどくおくれてきこえる爆音をひきずりながら近づいてくるのはどうしたことだろう？　これはなにかのまちがいだとおもうけれど、金属の飛行機にそれを知らせるすべもない。それはみるみる大きくなってわたしに襲いかかるけはいが濃厚なので、村道からそれて、背たけよりも高い蕗の葉の下に逃げこむ。しかし雨やどりではないのだから、こんなことではなんの効果もないと気がついたときには、飛行機はくちばしのようなものでわたしの背中をついばみ、どこまでも追いつめるつもりらしかった。やっとトンネルのなかに逃げこんだが、飛行機はやすやすとトンネルにまで侵入してきた。片方の翼にはUSO、片方の翼にはJAPPONとペンキで書いてあるが、ひどくへたくそな字だ。それに綴りがちがっているのではないか？　わたしは張りさけた胸から蒸気を吐きながら逃げた。

　ヤット逃ゲラレタワと声に出してつぶやいた。でもそれはみせかけの安堵にすぎない。心臓はまだ熱病のときのように速かったし舌は口からあふれて犬みたいにたれさがり、熱気を発散していた。不吉な予感がだるい関節という関節からにじみでてコールタールの色をした粘液になり、それはたちまち形をとってわたしのまえにたちふさがった。みると一匹の黒犬である。犬は呪いの影のようにわたしのまえを横切ったのでわたしはもうすすむことができなかった。なんという犬だろう？　痩せたグレイハウンドに似ているが、こんな色をしたグレイハウンドはみたこともない。その黒さはつややかな毛の黒さではなかった。毛は一本もない。だが皮膚は一面の瘡だらけだったわけでもない。どんなに醜い瘡だらけの犬をみてもわたしはこれほどおそろしくはなかっただろう。毛は一本もなかった。しかし犬の肉がこんな種類の黒さをもっているものだろうか？　骨を包む生きた筋肉とはおもえない。闇の色！　暗黒そのものの肉！　どこからやってきたのかと問うのに重なるようにして墓地の光景が頭にうかんだ。あれはわたしがやっと歩きはじめたころのことではなかったかしら？　父や母とおもわれる大人に手をひかれて先祖代々の墓石のたちならぶ一劃にやってきたとき、わたしはとつぜんおびえて泣きわめいたが、それは一匹の黒い犬をみたからだった。犬はなにかをひきずりながら食べていた。それはなんだったのかわからない。でもそのときのわたしはなにかを想像したのだろう。これはそのおなじ犬だとおもいながら逃げようとするが、脚は死後硬直のようにかたく、動かすこともできない。犬はわたしのまわりを歩き、ときには接近して、わたしの脚はほとんどこの犬のみえない毛のそよぎを感じるほどだ。アタシハ犬ガ好キヨ。人間ヨリ好キナノヨ。犬モ猫モ大好キ。ワカラナイノ？　ナゼ怒ッテルノ？　そんなことを叫んだがなんのききめもなかった。そのとき、ひょっとするとこの犬は死霊のようなものではないかとおもいついた。もしそうならそれ相応の扱いかたがあるはずだけれど、どうしていいかわからない。しゃがみこみ、手をあわせて祈りの姿勢をとって犬をみた。驚くべきことには眼がなかった。えぐられた眼のあとに、なにもない。二つの穴をとおして埃っぽい道路のつづき、電柱、軒の低い家なみなどがみえる。わたしは笑いだしそうになった。まるで黒い紙を犬の形に切りぬいたものが目のまえをひらひらしており、その丸くくりぬかれた眼の穴から風景のつづきをみすかしているかのようだ。こんな切抜細工ならよく街でみたことがあった。街路がずっと狭く、市街電車も木製だったころには、街の広場や橋のたもとで蛇を使う膏薬売りや猿回しなどとともに切抜絵の名人が人を集めていた。それはひとりではなかったが、たいがいは背の低い土色の顔をした男で、画家のようにベレーをかぶり、客の註文に応じてさまざまの動物の形や似顔絵などを、鋏で切りぬいてみせるのだった。男は色紙を高くかかげ、それを鋏のまわりで風車のようにまわしながら信じられない速さで一枚の絵を切りぬく。父と街を歩いていたとき、こうした切抜絵師のひとりに声をかけられ、父は輪になった人垣のなかにすすみでて苦笑をうかべながら似顔絵を切りぬかせたことがあったようだ。それはみごとに父の特徴をとらえた切抜絵だった。横顔を写したものだが、鼻の下の髭や禿げた頭の形もそれとわかるほどだった。あれは額縁にいれられ、長いあいだ父の部屋の長押《なげし》のうえに飾ってあった。だが父の死後それをみない。母が棺のなかにいれたのだろうか？　それとも父の身体がほろびたのち、宿のない霊魂のような蝙蝠となってひらひら飛んでいったのかしら？　また風に吹きちぎられて地に墜ちたのちは埃まみれの犬の形をえて、人間の足もとをうろついているのかもしれない。このあいだにも犬は瞳のない眼でわたしをにらみ襲撃の姿勢をくずそうとしなかった。きっと狂犬なのだとおもった。万一咬まれるようなことがあると、死者の汁のような病毒がわたしのなかに流れこみ、その場でわたしは発狂するだろう。そして死ぬだろう。憎悪と呪いの血がからだのなかをかけめぐり犬の声で吠えたてるのをききながら死ぬことは確実だ。そんなふうには死にたくない。

わたしは石を拾って黒犬に投げつけた。すると、黒い夢みたいに厚さのない犬だからと、たかをくっていたけれど、とんだことになってしまった。みるみる犬は現実の厚みをえて猛犬となり、いまや精気のほとばしる金剛力士が四つんばいになった姿に似て、それから北アメリカ原産の猛悪な野牛にも似てくる。ヤメテ、ヤメテ、堪忍シテ、とわたしは叫んだが、犬は歯列をむきだし、オレハ人語ヲ解サナイゾという顔でがぶりとわたしに咬みついた。咬まれたのは一本の指だった。ペンだこのできた指だった。どうしてこんな硬くてまずい指を選んだのだろうとおもうと痛さも感じなかったが、犬はわたしをはなそうとしない。必死に手をふりまわすと、奇妙なことにサン・ベルナール種に劣らぬ巨大な黒い塊がじつに軽々とふりまわされてしまう。わたしの指に喰いいる歯は足付万力の力をもっているのにその歯のうしろにあるべき存在の重さが感じられない。闇のなかの手で耳をむしりとられる物語の主人公もきっとこれとおなじ不条理な力を感じて恐怖に声も出なかっただろう。でも、わたしは自分の鼓膜も横隔膜もはりさけるほどの悲鳴をあげ、泣きわめいていた。コウナッタ以上、背ニ腹ハカエラレマイ。いやに芝居がかったせりふとともにMが助けにきた。アア、ヤッパリアナタハアタシノ親友ナノネ、とわたしも芝居のせりふをいいながら、みると、彼女はピストルをもっている。理髪店のドライヤーほどもある大型拳銃で、少女の手には扱いかねるほどのものだった。不法所持の概念そのもののように重々しいこのピストルをかかえこんでＭはわたしのほうに近づいてきた。ほんとに撃てるのかとおもっていると、菫色の閃光と轟音一発、犬はころりと横倒しになって死んでしまったが、これはなんとしたことだろう。犬ではなく父が死んでいるのだ。たしかにわたしの眼は埃のなかで四肢を折りたたみ地べたに性器をひきずるようにして絶命した犬の姿をみたのに、これはまぎれもない父の死骸だった。ナントイウコトヲシテクレタノ？　わたしはＭにむかってくってかかり、誤殺の責任をきびしく追及しなければならないとおもっていた。

どこへ行ったらＭに会えるかしら？　たしかな証拠はないけれど、彼女はもうこの世のひとではないような気がする。そこで墓地のあいだをそのまますすんでいくと、やがてみちは山の南の斜面にでてキツネノカミソリなどがひょろひょろと生えているあたりでかき消されてしまい、胸騒ぎをおぼえたとき、眼のまえに鉄の門がたっていることに気づく。奇妙な鉄門で扉もなく錠もない。ただ錆びた鉄のパイプが南瓜のつるのようによじれてからみあい、かろうじて門の形をなしているというぐあいである。だが門札がわりの白陶の看板には宋朝体の金文字で＊＊精神病院、とあった。ここまでくればこの門をくぐって病棟のなかまではいっていくほかはない。ひょっとするとＭもこのなかにとじこめられているかもしれないとおもった。そういえば、Ｍが狂ったという噂が耳のなかでオルゴールのように鳴りはじめ、だれからきいたのかと考えてみると、M自身の口からきいたような気がする。ソンナバカナコトガアルモノカと夫はいい、このままひきかえすことをすすめるが、足はひとりでに鉄門をくぐってすすんでいく。斜面を切りひらいてつくった赤土の運動場では患者たちの野球がはじまっている。ソフトボールだったかもしれない。ひどく気まぐれでのろのろしているのでとても野球とはおもえないほどだ。囚人服に似たパジャマを着せられているのが患者らしい。ボールを打つと、しばらく思案したすえ、ゆっくりと三塁のほうへ歩きだしたりするが、だれもとがめるものはない。

　Mの眼がすこしおかしいことに気づいたのは彼女が自分の恋人を紹介してくれたときだったようにおもう。そのときはヤブニラミ、という名をおもいださなかったけれど。たしかにそのころからMの視線は切れない鋏の刃のようにかすかな喰いちがいをみせていた。照れているからだろうとおもったが、ほんとうはその恋人を愛していたからだ。あまりにも愛すると、愛のほかのものは焦点があいにくくてあんな目つきになるのだった。それはわたしがあのひとのものになってからわかったことで、あのひとの腕にとじこめられているときのわたしはあのひとだけをみつめるので二つの眼が次第に近づいてひとつになり、それからあのひとがわたしのなかを掘りひろげているあいだに、もう外をみなくなって、からだの内側のくらい死のような宇宙をみるために地球儀みたいに一回転してしまう。そんなときの顔をわたしは悪魔の顔と呼んだ。

オヒサシブリ、と日常的な挨拶を口にしながらわたしのまえに立ったＭの顔もまぎれもない悪魔の顔である。ズイブンオフトリニナッタワネ、とわたしも挨拶をかえした。そして死人ニシテハヒドク元気ソウダワと頭の隅で考えているが、どこか理窟にあわず、気チガイニシテハ、といいかえてみてもほとんどおなじこと。そばの夫と意味もなく顔をみあわせていると、コノヒト、ダレ？　アナタノゴ主人？　とＭがたずねる。曖昧にうなずいたら、にわかに彼女はいたけだかになり、嘘ヨ。コノヒトハアナタヲダマシテイルノヨ。ソウデショ？　ホントニ結婚シテイルナラ証明書ヲミセテゴラン。そんなものはもっていないし、市役所にいけば交付してくれるかもしれないけれど、そのためにはわたしたちが夫婦であることを自分で証明しなければならないだろう。ホラ、黙ッテイル。ヤッパリコノヒトハニセモノヨ。用心シナクチャイケナイワ。そういってＭはみずから拘束衣のなかにはいって身動きもできなくなってしまった。ここでごまかされてなるものかとおもい、アナタ、ナゼアタシノ父ヲ射チ殺シタノ？　と追及しにかかったが、そのとき看護婦がやってきてＭを手押車に乗せ、竪穴の形に掘りこまれた独房のなかに押しこもうとした。まるで刑務所だ。いや、埋葬だ。Ｍは水ぶくれのしたおそろしげな顔でふりかえり、ソウヨ。ミンナココニイレラレテルノヨ。アナタノオ父サンモココニイルワ。会ッテキイテミタラドウ？　ダレガオ父サンヲ殺シタカ。

　そのときわたしはあのひととからだをならべていたので、ひとつの悲鳴をきいたとしてもそれが父のものであったとはおもわなかった。いつものヴェランダに面した部屋で、夏の日の正午、わたしはきょうこそ愛することができるという希望に身を灼かれながら細い腕にあまるあのひとを抱いて汗の繭のなかにいた。

　あけはなした窓から天守閣がみえているのはいつものとおりだ。あのひとはわたしがたずねていくたびに、いつか城にのぼろうというのだけれど、なぜかはたせない。でもその日のわたしたちは凸レンズの形をした二枚の空飛ぶ円盤のように、汗ですべりながらなめらかに滑走していたので城はすぐ目のまえだった。手摺にとりつき、肩をならべて街の全貌を鳥瞰しようとするが天守のうえはとても狭く、二人で立つことはほとんど不可能だ。それに街の光景はおそろしい。いま街ははげしい太陽に灼かれているのに、それは黒い死者の顔に白っぽく化粧したかのようだ。めまいがする。このままでは墜ちてしまうとおもったとき、あのひとをつきはなしたのかもしれない。長い悲鳴を曳いてあのひとは墜ちていった。

　わたしは車が家につくまで父を抱いていた。父は次第に確実に冷たくなっていく。外は熱気とあかるさにみちた夏の午後なのに。そして太陽は燃えさかっているのに。父が絶命したときにわたしはどこにいたかをいうことができない。どうしていいかわからず、大きな人形を抱くようにしてわたしのからだであたためようとしている。

ウシロヲミテハイケナイ、と夫がいった。そうだ、もうあれをみてはいけないとわたしもおもいながら、からだが冷たくなり、みあげると太陽は真黒だ。あれをおそれずに生きていくには狂うよりほかにないような気がしてくる。

　またしてもわたしは城のみえる街を歩いていた。桐の街路樹のあるみち、長い石塀、そのむこうにみえる刑務所の見張台、空堀、鎖をひきずるような路面電車の音、どこからでもみえる天守、層をなす丘、学生帽をかぶって歩いていくABUCHI、日曜日ごとの市、女学校の大時計、こうした城をめぐる多辺形の街路、ひとかげのとだえた真昼の金魚売り、眼をえぐられた犬、そしてもうどこにもない運河……

（「文學界」一九六四年八月号）

人魚の涙

昔、深い海の底に人魚の王様が住んでいました。人魚の王様には六人の姫がありました。みな綺麗な人魚たちでしたが、わけても末の姫はひときわ美しい人魚で、目は深い海の色そのままの深い青に澄み、胸から頭にかけて鱗の形も一枚一枚見事に整い、妖しいほどの光沢を放っていました。その上姉たちとは違って、人魚には珍しくお臍《へそ》が見え、その下に伸びる脚も長くて恰好がいいので、どんな人間の娘も敵《かな》うまいと思われるほどでした。ただ、この末の姫は内気で考え深い性《たち》で、よく瞑想にふけっていました。もっとも、魚の目は閉じるということがないので、そんな時も姫の目は見開かれたままで、ただ目の中に金色の光がともるのでしたが。

人魚姫たちにとって最大の楽しみはお祖母《ばあ》様から海の外の人間の世界の話を聞くことでした。「お前たちが十八になったら、海の上に浮かんで船や人間を見るのを許してあげますよ」とお祖母様は言いました。その話の中でもとりわけ不思議に思われたのは、海の外の地上の世界では美しい花がよい香りを放って咲き乱れていることや、可憐な声で歌う「魚」が風の中を泳ぎまわっていることでした。また海の底からは見ることができない「夜の太陽」があって、岩に上がった人魚の体をその銀色の光で濡らすというのも想像を超えて神秘的なことでした。

やがて一番上の姫が十八になって海の上に浮かび上がってもいいという許しが出ました。人魚のお祖母様はみんなの前でこの姫に、くれぐれも人間に見られないようにと注意しました。人魚を見た人間の身にはかならず禍《わざわ》いがふりかかるからだというのでした。

一番上の姫が帰ってきた時、ほかの姫たちは夢中になって話を聞きました。末の姫は誰よりも熱心に耳を傾けました。月の明るい夜に海辺の砂の上に坐って月の光に鱗を濡らしながら町の何百という明かりがまたたくのを眺めたり、昼間岩かげに身を隠して町の教会から聞えてくる音楽や鐘の音に胸を躍らせたり、森に近づいてよい香りのする花や歌う「魚」の飛びかうのを眺めたりした話を聞くにつけても、この末の姫は、自分が海の上に出ることを許されるまでにまだ五年もあることを思って気も狂わんばかりでした。

次の年には二番目の姫が十八になり、許されて海の上に浮かびました。そして三番目、四番目、五番目と続いて、いよいよあと一年で末の姫の番がやってくることになりましたが、姫はその一年がどうしても待ち切れず、とうとうある日、無断で海面近くまで浮かび上がっていきました。

波の間に頭を出してみると、ちょうど日が沈むところで、空は薔薇色に染まり、金色の雲が輝いていました。そしてすぐ目の前には、三本マストの船が浮かんでいました。やがて夕闇が濃くなると、色とりどりの提燈《ちょうちん》に火がともされ、船の中からは賑やかな音楽と歌声が聞えてきました。人魚姫は船に泳ぎ寄って、船室の窓から中をのぞいてみました。美しく着飾った人たちが大勢見えます。その中でもひときわ目立って美しく気品のある青年は若い王子様で、ちょうどこの日に誕生日を迎えて、今お祝いの宴会が始まったところでした。王子様の髪は海の底では見られない金色に波打ち、目は海の色と同じ深い青に澄んでいます。人魚姫は我を忘れて王子様に見入りました。自分もできることなら人間になって、それも美しい娘になって、着飾った人々の間で暮し、あのように王子様と踊ったりすることができたらどんなに素晴らしいだろう、という思いが募るにつれて、人魚の身であることも忘れ、窓に顔を押しつけるようにして船室の中をのぞきこみました。

その時、王子様と目が合ったのです。王子様は何やら叫び、音楽は止まり、人々は凍りついた顔で一斉にこちらを見ました。突然、船が大きく揺れ、燈《ひ》も消えて悲鳴が起りました。いつのまにか嵐が来ていたのでした。人魚姫はお祖母様の戒めを破って自分の魚の顔を人間に見られたために禍いがやってきたのだと悟りましたが、もうどうすることもできませんでした。恐ろしい稲妻と雷鳴の中で船は波に揉まれて、あっというまにばらばらに砕けて沈んでしまいました。人魚姫は王子様だけはお助けしようと、気を失った王子様を波の上に押し上げて泳ぎました。

　明け方、嵐は収まりました。人魚姫は王子様を砂浜に寝かせて介抱しようとしましたが、ふと気がつくと、王子様のおなかの下に硬く尖《とが》った肉の塔が立っていました。人魚姫は本能の声にそそのかされて、その余分なものを自分の体の足りないところに収めてみました。それは大層ぴったりと合いました。そうやっていると、自分が人魚であることも忘れて、体が中から熱くなり、人間に変わっていくような気さえするのでした。朝日を浴びた王子様の頬に赤みがさしてきたように思われました。人魚はいつまでも王子様と結ばれたままでいたかったのですが、意識が戻った時この自分の醜い上半身を見られることを思うと、愕然として立ち上がりました。そして泣きながら海の底へ帰っていきました。

　人魚姫は姉たちにこの冒険のことを話しましたが、ただ一つ、王子様に最後にしたことだけはどうしても口に出せませんでした。それに自分の本当の気持、つまり今は姉たちも親も棄て、人魚の世界を棄てて人間になりたいという気持についてはなおさらのことでした。末の人魚姫はますます無口になり、一人で何かを思いつめていることが多くなりました。

　ある日、人魚姫はとうとう決心を固めて海の魔女のところを訪ねました。魔女は渦巻の下の、人間の白骨や船の破片が散らばる暗い海底に住んでいましたが、人魚姫の顔を見るなり言いました。

「お前の望みはちゃんとわかっているよ。お前は人間と交わったね。そうしてその魚の頭や胸の代りに人間の女の長い髪や細い腕やふくらんだ乳房が欲しいというわけだろう」

「その通りですわ。どうか私の望みを叶《かな》えて下さいまし。どんなお礼でも差し上げます」

　魔女は不気味な笑いを浮かべてうなずくと、それでは人魚の不死の魂をもらうことにしようと言いました。人魚姫は、人間の娘になってあの王子様のそばへ行くことさえできたらいつ死んでもいいと思いましたので、即座にその条件を承知しました。

「いいかい、これでお前は人間並みに死ぬ身となる。でも万一あの王子がお前を自分の命よりも愛してくれたなら、その時はお前はまた永遠の魂を手に入れることになる。だがもしも王子がお前を棄ててほかの女を愛するようになったなら、その時はお前の体はまた人魚に戻り、やがて死んで泡になる」

　魔女はそう言ってから、鍋の中で煮立てた魔法の薬を人魚姫にくれました。その薬を飲むと、鱗は光を失って泥のように剝げ落ち、人魚姫の上半身はみるみる若い娘のものに変わりました。

人魚姫はまっすぐにいつかの浜へと泳いでいきました。そこで待っていると、やがて黄昏時《たそがれどき》に、物思わしげな顔をした王子様が王宮から一人で散歩に出て、この浜の方へやってきました。王子様の頭には嵐の夜に自分を助けてくれた娘のことがおぼろげに残っていて、この浜に来ればいつかまたその娘に会えるかもしれないと思っていたのでした。それが、目の前に金色の夕日を浴びて裸の娘が立っているのを見て王子様は驚きました。そして人魚姫を抱きしめながら、「君だったんだね、僕を助けてくれたのは」と叫びました。

それから二人が最初にしたことはあの嵐が去った朝の時と同じことで、王子様は夢うつつの記憶の霧がいっぺんに晴れ上がったような気がして、この娘こそあの時の娘だということをもはや疑いませんでした。

王子様は人魚姫を連れて宮殿に帰ると、早速きらびやかな着物を着せ、同じ寝室で人魚姫と暮すようになりました。ところが皮肉なことに、人魚姫はもとが人魚ですから、着飾って大勢の人の集まる宮殿で踊ったり談笑したりすることは得意ではなく、そこで自然、憧れていたきらびやかな着物を身にまとうよりも、人魚の時のままの裸で王子様と抱き合っていることが多かったのです。王子様のそういう生活ぶりがやがて父王やお妃の心痛の種になり、また重臣たちの顰蹙《ひんしゅく》を買うようになって、宮廷では王子様のために立派な花嫁を迎える話が進められました。そして海の向こうの国の美しい王女様が花嫁と決まりました。王子様はもともと命の恩人である「漁師の娘」（ということに人魚姫はなっていたのです）と結婚する気はありませんでしたが、お妃を迎えたからといって追い出すつもりもありませんでした。

美しい王女様を一目見るなり王子様はすっかり夢中になり、まもなく盛大な婚儀が行われることになりました。人魚姫は自分が人間でいられるのもあと僅《わず》かしかないことを知りました。婚礼の晩、人魚姫は自分から海にはいっていきました。月の光を浴びて泳いでいくうちに、魔女が言った通り、胸にも背中にも鱗が生え、頭は元通りに魚の頭に戻りました。ところが、そこへ賑やかな音楽と花嫁花婿たちを乗せた船がやってきました。人魚姫はいつかのように船室をのぞきこみました。するとそのあとはいつかと同じような禍いが起り、船は嵐の中で砕けて沈んでしまいました。人魚姫は今度は王子様を抱いたまま、海底深く沈んでいきました。恐ろしい渦巻に巻きこまれて気を失ったようでしたが、気がつくとそこは海の魔女の棲処《すみか》でした。魔女は呆れたように人魚姫を見つめ、まだ何か望みがあるのかと尋ねました。

「この王子様と私を一つの体にして、死ぬまで一緒に暮せるようにして下さいまし。残った半分ずつの体は差し上げますわ」

魔女は、それなら悪い取引でもないと思いました。王子様の立派な男らしい下半身は魔女としても欲しいものでした。そこで魔女は王子様の上半身に人魚姫の、人間の女と同じ形をした下半身をつなぎ合わせました。

さて、人々は王子様の奇蹟の生還を喜びました。王子様はやがて年老いた父王に代って王様になり、立派に国を治めましたが、一生お妃を迎えようとはしませんでした。その訳は誰も知りません。幸せであったかどうかもほかの人にはわかりません。王子様の体の下半分は人魚姫のもので、魂も別々で、つながった体の中で魂同士話をすることができました。ただ、人魚姫の要求があると王子様はその手を使って人魚姫の一番女らしいところを慰めることはできましたが、人魚姫には王子様にお返しをするすべがありませんでした。人魚姫のその部分は王子様の手で慰められると、歓びのしるしか悲しみのしるしか、涙をこぼし、涙はすぐに固まって真珠になりました。だから王子様の寝台にはいつも真珠が溢れていたということです。

（「波」一九八三年四月号）

事故

ある秋の夜長の十時頃、山口勉《つとむ》君はいつものように塾の宿題を済ませて長風呂にはいっているうちに、つい湯槽《ゆぶね》の中でうとうとした。どれ位眠ったのかわからない。はっと気がついた時、体がとろけるような気分で、立ち上がるのも億劫だったが、実際、肉はすっかり融けて湯槽の中にはスープを取る時のあくのようなものが大量に浮かび、勉君は骨だけになっていた。そしておいしそうなスープの匂いまで立っている。

勉君の頭にまず浮んだのは、お母さんに叱られる、ということだった。湯槽から出ると、まずおびただしいあくを洗い落とさなければならないと思った。シャワーで流し始めたが、何しろ骸骨になってしまったもので、肋骨を始め、複雑な籠《かご》のようになった骨の間を洗うのは容易なことではない。そこでお母さんを呼んだ。

お母さんは風呂場の戸を開けるなり、尖《とが》らそうとした目を丸くした。

「洗うのを手伝って。こんなになっちゃったから、一人ではうまく洗えない」

「しょうがない子ね。骸骨になるまで長湯をする人がありますか。大体あなたは年寄りみたいにお風呂が長いんだから」

それでもお母さんは腕まくりをしてはいってくると、勉君の腕の骨を摑み、スポンジで手早く洗ってくれた。少しくすぐったかったけれども久しぶりのお母さんの手の力を感じて勉君は甘い気持になった。

そのうちにお母さんは笑いだした。

「これは何なの？　こんなもの付けて威張って」

「おちんちんの骨でしょ」

「おちんちんに骨があるの？」

それは股間に残っている薄桃色の華奢な骨の角で、ニシキツノガイにそっくりだった。

「勉のがこんなのだとすると、お父さんのにはオオマテガイみたいな骨がはいってるかもしれないわね」と貝に詳しいお母さんが言った。「でも、お父さんが帰ってきたらなんておっしゃるかしら」

その晩お父さんが帰ってきたのは十一時過ぎで、いつもほど酩酊《めいてい》の様子ではなかった。

「お父さんお帰りなさい」

するとお父さんは「おっ」という声を発して軽い驚きを見せ、いつか勉君が髪を切ってスポーツ刈りにした時のようににやっと笑った。「笑ってる場合じゃありませんよ、あなた。のんびり長風呂にはいっているうちにこんなことになっちゃったの」

「すっかり肉が落ちて、完全な骸骨じゃないか。すっきりしたのはいいが、骨だけになって大丈夫なのか」

「大丈夫。なんだか風の通りがよくなったみたいでスースーする」

「そんな恰好じゃ風邪を引くぞ。早くパジャマを着て寝た方がいい」

勉君が子供部屋に行ったあとで、お母さんはお父さんに相談を持ちかけた。これからどうすればいいのだろうかという相談だったが、お父さんにもこれと言っていい知恵は浮かばない。とりあえず明日は学校を休ませて、かかりつけの竹田先生に診てもらった方がいいということになった。

朝になっても勉君の様子に変わりはなかった。再び肉が薄く骨を蔽《おお》い始める徴候もなければ、さらに事態が悪化している風でもない。

竹田先生は勉君を見るなり「ほう」と驚きの声をあげたが、むしろ感嘆の声に近かったかもしれない。

「見事な骸骨になったな。どれどれ」と言いながら竹田先生は聴診器を当てる場所を探していたが、心臓のあったあたりは今は肋骨の籠の中で、がらんどうだったので、先生は頭の方に目をつけて額に聴診器を当てた。

「深呼吸をしてごらん」

勉君は懸命に頭を拡げようとしたがうまくいかなかった。先生は一人でうなずいて、次に胸骨を指で叩き、肩甲骨を叩いた。

「骨に異常はないようですな。意識その他は勿論正常だし、心配はいりません。ただ、この通り骸骨そのものだから、脆くて破損しやすい。乱暴な運動は避けた方がいい」

「食事の方は？」

「普通にしていいでしょう」

「アイスクリームもいい？」

「食べすぎなければね。勉君の虫歯は相変わらずひどいぞ。早く歯医者さんにも行っておいた方がいいな」

というようなことで余り要領を得なかったが、帰りぎわに先生はお母さんにこうささやいた。

「子供のうちにこの病気が起こってかえってよかった。大人になってからだと大変ですよ」

「一体、何という病気でしょう」

「突発性溶肉症です。珍しい病気で、まずもとには戻りませんが、日常生活に支障はありません。まあ、事故にでも遭ったと思って、早く生活のリズムを取り戻すのが大切です」

竹田先生のところを出ると、お母さんは勉君に「しょうがないわね」と言い、その言葉通りに、くよくよしてもしょうがないと諦めて気を取り直したようだった。その点は勉君も同じらしく、屈託のない声で、「サン・マリノのアイスクリームが食べたい」と言った。秋晴れの空から時折り銀杏《いちょう》の葉が金色の魚の形をして降ってくる歩道を、骸骨の勉君とお母さんが手をつないで歩いていくと、擦れ違う人の中には目を留めて不思議そうな顔をしたり、骨の鳴る音に顔を上げたりする人もいたが、大部分は見て見ぬ振りをして通り過ぎていく。勉君は久しぶりでお母さんと手をつないで街を歩くのが嬉しかったし、お母さんにとっても特別の運命を与えられた我が子を今こそしっかりと手中に収めている実感を味わうのは不幸なことではなかった。

　担任の先生にはお母さんがよく事情を話しておいたので、翌日勉君が登校した時も厄介なことは起こらなかった。「山口君が急に珍しい病気にかかって、今までとは少し姿が変わったそうだけど、山口君であることに変わりはないし、山口君も全然へこたれていない。みなさんもこれまで通り仲良くしてあげましょうね。壊れやすい体になっているから、乱暴だけはしないこと」というような注意が徹底していたと見えて、クラスの子供たちは誰一人としてからかったりはやしたてたりしなかった。むしろ好奇心と感嘆とで目を輝かして勉君から骸骨になった時の様子を訊きだそうとする。休み時間に服を脱いで全身を見せると、子供たちは「凄えや、理科室にある模型とそっくりだ」と叫んだ。

しかし子供の好奇心は浅くて長続きもしないもので、二、三日経つと学校中の子供が勉君の骸骨に特別の興味は示さなくなった。勉君は以前と同じように毎日元気に学校に通った。以前と違ったことと言えば、骸骨になったおかげで風邪を引かなくなったことであるにもかかわらず、体育の時間はいつも休ませてもらわなければならない。給食は食べなくてもよいことになった。給食に限らず、物を食べても、嚙み砕いて呑みこんだあとは、食道も胃袋もないために、床に落ちたり骨を汚したりするだけのことである。食べれば美味は美味とわかって満足できるが、無駄なことであった。

ヴァレンタイン・デーがやってきた時、勉君は女の子たちの間で静かな人気を集めていることがわかった。チョコレートなどのプレゼントを十数人からもらったのは勉君だけだった。勉君はそのお礼に、女の子たちには時々あちこちの骨を外していじらせたりした。特に前から好きな、髪を三つ編にした美少女には、どこかの貝殻のような骨を一つプレゼントしてもいいと思うほどだった。学年が進んで五月にはいると、やがて勉君の誕生日が来て、女の子たちがプレゼントを贈ってくれることになった。そこで勉君の家に女の子たちを招《よ》んで、誕生日のパーティを開いた。プレゼントは勉君の眼窩《がんか》に嵌《は》めるための、ガラスでできた「青い目」だった。それをみんなの前で嵌めて見せると、女の子たちは「カッコいい」と拍手喝采した。

それから女の子たちの要望に応えて、勉君は何本もの骨を自分で取り外し、女の子たちにも取り外させては嵌めこませて遊んだ。そのうちに女の子たちは興奮して勉君の骸骨を勝手に解体し始め、気がついた時には頭は一人の膝の上にあり、ほかの骨は絨毯《じゅうたん》の上に散乱して手のつけられない有様になった。

「困るよ。早く元通りに組み立ててくれよ」

しかしプラモデルの箱をぶちまけたような具合で、どう組み立ててよいかわからない。勉君の頭は、人体の図鑑を持ってくるようにと指示した。女の子たちはそれから二時間ばかり悪戦苦闘したが、結局完全な骸骨には戻らなかった。いい加減なところで立ち上がろうとしたら、骸骨はたちまち崩れ落ちて瓦礫の山のようになる。お母さんは救急車を呼ぼうとしたが、勉君は泣きながらも救急車では駄目だと言った。

この騒ぎは結局近所の若い獣医に頼んで骨を組み立ててもらうことで収まった。ところができあがってみると膝蓋骨《しつがいこつ》が一つ足りないことがわかった。女の子の一人がこっそり持ち帰ったらしい。おかげで勉君はびっこをひいて歩くことになった。そして女の子にいささか不信の念を抱くようになったのである。

半年ばかり経ったある秋の午後、近所の中学生がお母さんに、やはり近所で飼っている犬が勉君のものらしい骨をくわえている、と知らせてきた。お母さんはいやな予感がした。とりあえずその骨を取り返そうとして行ってみると、犬は唸《うな》り声《ごえ》をあげて骨を噛んでいる。その時近くで救急車のサイレンが聞こえた。予感は当たっていた。大通りで勉君の骸骨がトラックにはねられたのである。

現場には骨片が散乱していた。頭蓋骨は粉砕されて形をとどめていない。後続の車が何台か骨を轢《ひ》いて通ったらしく、お母さんと警察の人が掃き集めてみると、丁度火葬場で焼き上がったばかりのお骨のようなものが小さな箱一杯になった。

お母さんは涙にくれて勉君の名を呼んだが、どこからも返事はなかった。あの清潔な頭蓋骨の中にとどまっていたらしい勉君の霊魂もどこかへ去ったことは間違いない。葬式には骸骨になる前の勉君と、女の子からもらった「眼」を嵌めた骸骨の勉君と、二枚の写真が飾られた。どちらも明るく笑っている写真である。クラスの子供たちも全員参列した。女の子たちは骸骨の方の写真を見て泣いた。余り泣くのでその写真は祭壇から引っこめることにした。

お母さんもお父さんも抜殻のようになっていた。このまま自分たちも骸骨になってしまいそうだと会う人毎に言っていた。また、勉君があの脆い骸骨にならなかったら、あんな最期を遂げることもなかっただろうにと言い暮らした。

しかし四十九日が過ぎ、一周忌を迎える頃になると、二人の記憶から骸骨の部分は次第に消えていった。悪い夢をすぐ忘れてしまうように、骸骨になってからの短い日日の記憶もやがて忘れられて、勉君は要するに事故に遭ったのだ、そういう巡り合わせだったのだと二人は思い始めていた。

（「婦人と暮し」一九八三年八月号）

ある老人の図書館

その図書館は気が遠くなるほど長い一本の廊下からできていました。廊下は蛇のようにとぐろを巻いて、あるいは蚊取り線香のように渦を巻いて、中心部の方へと下がっていく構造になっていました。廊下の幅は四メートルもありませんでしたが、総延長は何十キロメートルになるか、正確なところは誰にもわからないほどでした。この図書館には広い閲覧室というものはありません。廊下の片側、全体の中心部に向かった側に窓があり、その窓際に長い切れ目のない机が続いており、それが閲覧用の場所になっていました。そして廊下の反対側の壁が書架になっているわけで、閲覧者は書架から探し出した本を窓際の机で読むことになります。本から目を上げて窓の外を見ると、渦を巻きながら次第に低くなっていく廊下のうねりと、中心部にのぞいている暗い穴のようなものが見られました。

ここには前世紀までに出版されたすべての書物が集められていました。この「すべての」という謳い文句が正しい限り、これから先、蔵書が増えるということはありません。

そして「すべて」揃っているはずの本が一冊でも失われることも許されません。だから蔵書はすべて稀覯本の扱いで、館外貸し出しは一切認められていませんでした。

　そのこともこの図書館が人気を失った理由の一つでしたが、しかし人々が読書に関心を失い、本というものを読まなくなったのはずっと以前からのことで、今では図書館に物を調べに来たり本を読みに来たりする人は本当に珍しくなりました。この図書館の閲覧者も一日に一人から数人、多い日でも十人を超えることはありませんでした。ところがただ一人だけ毎日閲覧にやってくる老人がいました。図書館は、この老人のおかげで、閲覧者ゼという記録の樹立を免れていました。

　その老人をただ老人というのは、実はいまだに男女の別が不明だったからです。大変な高齢であることは間違いありませんが、この人だけの特徴なのか、老人一般に見られる傾向なのか、老いとともに男らしさも女らしさも失われ、皺だけが深く刻まれたその顔は、この老人に一種独特の賢者の風貌を与えていました。

　館員たちは、この老人が「おじいさん」であるか、「おばあさん」であるかについて、少なからぬ興味をもつようになり、折にふれて議論していました。まず、名前が男とも女ともとれるものでした。提出された閲覧者登録票には性別の欄と年齢の欄がありません。人に性別と年齢を訊くことは重大なプライバシーの侵害に当たるという説が最高裁判所の認めるところとなって以来、人は各種の公式書類に自分の氏名を記入する際でも、明らかに男女の別を示すような名前なら書かなくてもよいことになっています。年齢、生年月日の記入も廃止されていました。

毎朝、老人は開館と同時に姿を現しました。というよりも、受付の女性職員にとっては、この老人が現れることで開館時刻になったことを知るようなものでした。

「今日は。今日もよろしくお願いいたします」と老人は丁寧に挨拶してから入館しましたが、その声は嗄れていて、男としては高目、女としては低目でしたが、声だけでは男とも女とも決めかねました。

ある日、やってきた老人に事務長補佐の男がわざと親しげな調子で、「おじいさん」と呼びかけてみました。老人はむっとした様子で、返事をしませんでした。あわてて、「おばあさん」と言い直すと、老人はさらに怒った顔をしてそれにも応えず、「普通に二人称で呼ぶか、ちゃんと名前で呼ぶか、どちらかにして下さい」と言いました。この反応からすると、「おじいさん」ではなくて「おばあさん」の方かと事務長補佐は思いましたが、しかし考えてみると、老人が怒ったのは性別を間違えて呼ばれたからではなさそうなので、結局「おじいさん」か「おばあさん」かはわからずじまいでした。

入館者がこの老人一人しかなかったある日、図書館長は事務長と将棋を指しながら、

「われわれはあの人のためにここに勤めているようなものだ」とつぶやきました。

「でも、有り難い存在ですよ」と事務長が言いました。「あの人が来なかったら、ここは今頃廃館になっていたかもしれない」

「それはそうだが、開館から閉館まで、あんなに熱心に何をしているのかね」

「本を読んでいるのでしょう。それしかないじゃありませんか」

「それはわかっているが、何を何のために読んでいるのか、理解できないね」

　それについては、老人と断片的な会話を交わしたことのある司書の話では、全分野の本を、最初から、つまり一番外側の廊下に並べてあるものから順番に読みつづけているらしいということでした。その司書はまず、

「失礼ですが、主としてどの分野のものをお読みですか」と訊いてみたのでした。気むずかしそうな人なので、こんな質問には怒って答えないのではないかと覚悟の上でしたが、予想に反して老人は不機嫌にもならずに答えました。

「どの分野ということはありません。しいて言えば、最終的にはすべての分野の本を読むつもりです。で、今のところは入り口に近いところから順番に読んでいるのですが、手に取って撫でて、目次を眺めて、何ページか拾い読みしてみれば、読むべき本は見当がつきます。そんな本だけを読んで次に進みます。一冊残らず読んでいるわけではありません」

老人はそう言って、古代人の彫った人形にあるような、不思議な微笑を浮かべました。

「で、現在どのあたりまで進みましたか。もう半分以上になるでしょう」

「わかりません。それは人生の何パーセントを生きたかと質問するようなものです。自分の人生の残りがどれくらいかは誰にもわかりません。それと同じで、私は書庫のどのあたりにいるのか、あとどれ位残っているのか、皆目わからないのです。それはある日突然、本がなくなったのに気がついた時にわかることで、それが多分私の死ぬ時でもあります」

「でも、自然の分野はもうとっくに終わったのでしょう？」

「それについては申し上げるわけにはまいりません。私の頭の中を見せることになりますからね」

その司書は、腹の中で「敵もさる者」と感心しました。

「とにかく、おどろくべき読書量になりますね。お読みになったものを使って、執筆でもなさっているのですか」

「書く方はやりません。読むだけです」

「食べるだけで、外に出すことはまったくない、というわけですね」

「いや、食べ滓は排泄するのです。読んでつまらなかったものは、頭に入れておいても仕方がないので、排泄します。残しておくに値するものは、消化・吸収して自分の体をつくるのに使います。その点はものを食べる場合と同じです。あなたのおっしゃる書くということが何に当たるのか、よくわかりませんが……それは食べて消化したものをまた吐き戻して他人に食わせるということになりますか。それがものを書くということなら、私はそんなことは一切やりません」

　この人はなかなか筋の通った考え方をする人だ、と司書は感心しました。

「あなたのように、本を読むことにばかり熱中する人は本当に珍しくなりました。今は誰もが他人の本を読み齧っては自分で本を書きたがる時代です。百人中九十九人が自分の生涯のことを書き残します。それでやめておけばいいものを、他人から聞いた話、本で読んだ話まで使って文章を書きます。そして他人に読んでもらおうとする。しかし誰も他人の書いたものなど読もうとはしません。みな自分で書くのに忙しいわけですからね。その結果、自分以外に読者のない本が際限もなく書かれることになる。今世紀に入ってこの傾向がますますひどくなりました。だから新刊書を網羅して集めておかなければならないような図書館の蔵書は、ガン細胞みたいに際限なく増殖していきます。幸い、この図書館は過去に出た本だけを集めてありますから、蔵書の増殖ということがない。これこそ本来の図書館です」

「その通りです。ただし、当然のことながら、ここにも読むに値しない紙屑同然の本もたくさんあります。遠慮なく言わせてもらえば、九九パーセント以上がつまらない印刷物でしょう。また、通読するに値する本でも、その分量の半分から三分の二は、書かなくてもいいことしか書いてありません」

「厳しい鑑識眼をお持ちですね」

「そんな大それたものは持っていませんが」と老人は謙遜したように言いました。「ものを食べるのと同じですよ。つまり、ちょっとなめたり匂いを嗅いだりして、食べるか食べないかを決めれば、あとは自然に、消化吸収すべきものだけを吸収して、滓を排泄する。それと同じです」

「なるほど。毎日の読書が食物の摂取にあたるわけですね」

「だからこそ、一日も、いや一分も読むのをやめることができないのです。私の場合、読みつづけていないと生きていけない体質になっています」

「お読みになった内容はどうなるのでしょう？　頭の中に入って分類され、整理されているということでしょうか、図書館みたいに」

「そうですが、分類法は図書館のとは違います。私の頭の中では、テーマ、問題、項目ごとに整理されています。たとえば、死なら死という引き出しに、死についての文章が入っている、といった具合です」

「つまり、百科事典方式ですね。頭の中に百科事典ができあがりつつある……」

「でも、それが私の図書館です。私は自分の理想の図書館をつくろうとしているのです」

館員たちにこの話が伝わると、みな一様に笑いました。ある者はただ呆れたように、ある者は虚脱したように、ある者は不審そうに。そしてある者は冷笑しました。

「一度その中身を拝見したいものだね」と冷笑した館員が言いました。

それからは、なぜかこの老人の大事業のことに触れる者はいなくなりました。

ある日、昼休みにお茶を飲みながら雑談をしている時に、

「あの人、食事はどうしているんだろう」と事務長が言い出しました。

「ちゃんとお弁当持参で通ってくるようですよ」と秘書が言いました。

「しかし、管理部の話では、監視スクリーンで見ている限り、弁当を食べているところなんか見たことがないというが」

秘書は首をかしげて、皮肉な笑い方をしました。

「山羊か羊みたいに紙を食べて生きていられるなら好都合でしょうにね」

「冗談じゃない、毎日やってきて、朝から晩まで紙を食っていたら、そのうちに図書館の本は全部食われてしまう」

「まあ、五百年も通ってくるならね」と事務長が言いました。

「これまでにどれ位読んだんだろう」

「かなりの速読者だとして、一日平均二、三冊読んで、一年で一千冊。三十年で三万冊。まあ、ここの蔵書数からすれば、九牛の一毛でしょう」と事務長補佐が言いました。

「いや、そうでもないかもしれん。そもそもあの人は一体何歳だ？　あの様子からすると、途方もなく長生きする可能性もある。不死かもしれん」

「ああやって熱心に本ばかり読んでいると、普通とは違う時間の中に生きることになるから、何百年も生きるかもしれませんね」

　そのうちに、全国の国立図書館の運営規則が変わって、この図書館も二十四時間サービスに踏み切ることになりました。人々の生活が忙しくなり、深夜でなければ図書館に来られない人が増えたということを理由に、図書館の二十四時間サービスが始まったのですが、実はむしろ、図書館を利用する人が減る一方なので、深夜も開館すればいくらか利用者が増えるかもしれないということ、それに、利用者がきわめて少ないのに見合って少数の図書館員を深夜勤務させるだけで十分対応できるということがその本当の理由でした。

　この頃から、毎朝開館時刻に入館し、閉館時刻に帰っていた老人の姿が見られなくなりました。時々、不規則な時刻に出ていったり入ってきたりしていたようですが、やがてそれもほとんど見られなくなり、老人は図書館に棲みついたも同然となりました。それとともに、老人の姿は監視用のスクリーンからも消えました。

　館員たちはこの老人のことをすっかり忘れてしまいました。いや、本当は忘れたわけではありませんでしたが、真面目に話題にしていると、いろいろと面倒な問題に直面することになりそうなので、誰もがこの老人のことなど忘れたふりをしていたのでした。

　さらに何年か経つと、館長以下、館員たちの顔ぶれも順次変わり、ある時気がつくと、老人をまだ一度も見たことがなく、顔も知らないという館員の方が多くなっていました。

「あの人の所在を確認しておく必要がありますね」と前から残っている事務長が言いました。「つまり、あの人が入館しているかどうか、入館しているなら館内のどこにいるのか、われわれがそれを把握していないというのはいかにもまずい」

「そもそも館内に生存しているかどうかも怪しいのではないかね」と着任して間もない館長が言いました。

　そう言われてみると、その可能性も否定できないので、みな黙りこみました。

「現在、監視カメラにはとらえられていません」

「いつ頃からそうなったのかね」と館長が尋ねましたが、誰も答えることができませんでした。

「とにかく、誰か館内を巡回して所在を確かめてみるか」

しかし古い本が血管内壁のコレステロールのように壁にこびりついた、果てしなく続く廊下に足を踏み入れることには誰もが尻込みをしました。あのとぐろを巻きながら地底深く下りていく構造の書庫兼閲覧室は、もはや図書館員の立ち入るべきところではなく、読書という病的な嗜好にとりつかれた人だけが棲むべき異界のように思われるのでした。

「何しろ大変な高齢らしいから、館内で行き倒れになっている恐れもある」

「食べることも忘れて読んでいるうちに餓死してしまったということも考えられます」

「そんなことになっているとしたら厄介だ。われわれの管理責任が問われる」と館長が厳しい顔をつくって言いました。

その日、事務長が警察に連絡しました。事情を説明し、老人の捜索を頼もうとしましたが、にべもなく断られてしまいました。

「それは勘弁して下さいよ。うちも人手がなくて困っているんです。館内で行方不明になっているのなら、おたくでまず館内の徹底的な捜索をやってみて下さい。それで変死体でも見つかったらお知らせ下さい。そこからがわれわれの出番になりますから」

ついに館長は意を決して館内の特別点検を行うことにしました。この日は臨時休館日として、館長以下全員がこの捜索に加わることになりました。誰もが尻込みする仕事に手をつけるには、こうでもするしかなかったのでした。

警備員を先頭に、館長、事務長、司書その他の館員たちが一列縦隊になって渦巻き状の廊下になった書庫兼閲覧室に入っていきました。中には古い書物が発する匂いが充満していました。最初の数周あたりまでは特に異常はありませんでしたが、そのうちに、廊下の壁に沿って、乾燥した馬糞か綿埃か毛玉のようなものが散らばっていることに気がつきました。

「空気の強制循環とゴミ排出の装置が働いているから、こんなものが溜まるはずはないのですが」と事務長が館長に説明しました。

「それより、このゴミは何だろう」

一番古い司書がその推理を述べました。

「これは恐らく、あの老人の排泄物ではないかと思います」

「排泄物？」と館長が鋭い声を出しました。

「読んで頭に入った活字、摂取された活字のうち、栄養にならない滓がこうやって排泄されたのです。あの人は、読んで気に入った文章は頭に残し、その文字は微細な粒子として自分の体を構成する材料になると言っていました。一方、気に入らなかったところは、その文字を糞として排泄してしまうのだそうです」

「紙の表面に印刷された活字をどうやって食べて、どこから排泄するんだ？」

「それはわかりません」とその司書も困った様子で言いました。「でも、これがお弁当を食べて出てきた糞でないことだけは確かでしょう」

まる一日も歩いたのではないかと思われるほど歩きつづけて、この図書館の中心部、あるいは長い渦巻き状の廊下の終点までたどりつくと、そこは半透明のドーム状の屋根から弱い光が差しこむ円形のホールになっていました。一見したところ、黄褐色の床の上には何もないようでした。

それにしても、床からは強い異臭が立ち上っているようで、館員たちは足を踏み入れるのをためらって、しばらく柱と柱の間に立ちつくしていました。

「妙な臭いだね」

「死臭のようですね。ミイラのような臭いだ」

館員たちは最悪のことを予感してあたりを見回しました。あの老人が死体となってどこかに倒れているのではないかと思ったのです。しかし、死体のようなものはどこにも見当たりませんでした。

「どうやら警察を呼ばなくてもよさそうだが……」と事務長が言った時、司書の一人が床を指さしました。床の表面と見えたものが、実は薄い紙のようなもので覆われており、大勢の人間が動きまわったことであちこちが浮き上がり、さざ波が立ったような具合になっているのでした。事務長がその端をつまんでめくり上げました。それはひどい日焼けのあとで剝がれた薄い半透明の皮に似ていました。そしてよく見ると、そこには無数の毛穴ならぬ微細な文字が透けて見えました。

「これはまるで本だ」と事務長が言いました。

館員たちはかがみこんで端をめくったり持ち上げたりして調べました。

「確かに、本をコピーしたものです。ちゃんと読めますよ。ギリシア文字です。アリストテレスの『メタ・タ・フュシカ』ではないかな」と司書の一人がうわずった声で言いました。

「ここの部分は漢文です。『韓非子』ではないか……」

「要するに、これがあの老人の死体だ。いや、あの老人が変身してこうなったのだ。無数の文字を転写した一枚の広い紙の形をしてできた百科事典のようなものに……」

「つまり、いつかあの人が言っていた理想の図書館がこれですね」

一枚の皮を敷き拡げたようなものは人の動きとともに波打ち、その表面からは陽炎のように細かい埃が立ち上っているように見えました。転写された字が濛々と浮游しているのかもしれません。

「それにしても空気が悪い。息が詰まりそうだ」と誰かが言いました。

施設管理部の職員が壁の操作盤をいじって、ホールの天窓をすべて開け放しました。するとそれを待っていたように、思いがけないほど強い風が渦を巻いて吹きこんできました。そして蝉の抜け殻よりも薄い皮は波打ち、ちぎれ、枯葉のような細かい断片となって舞い上がりました。老人が変身した理想の図書館は見る見る崩壊していきました。

あまりの空しさに館員たちは骨が抜けたようになり、それから疲れ果てた体を前屈みにして、図書館の中心部の一番低いところから渦を巻いてゆるやかに登っていく廊下を引っ返しました。途中で何回か書架の本を引き抜いて調べましたが、ほとんどの本のほとんどのページは白紙になっていました。

「よく食べたものだ」

館長は苦しげに呻きました。

「もうこれは本ではない。蔵書の文字はほとんど食い尽くされています。この図書館もこれで終わりです」と事務長がかすれた声で言うと、館長も死人のような顔色になってつぶやきました。

「そしてわれわれもこれで終わりだということだ」

こうして、この図書館はその後、とぐろを巻いた蛇の抜け殻のような形をした廃墟となったのでした。

（『老人のための残酷童話』講談社　二〇〇三年九月刊）

麻子さんは久世氏が死ぬのを待ちわびていた。この三十年の間待ちつづけてきたと言えるけれども、その死が間違いなく目前に近づいて、今日か明日かと期待が膨らんではじけそうになってみると、これまでの三十年は待っていたと言うにも値しないのではないかと思う。

三十年前に交通事故で死んだ麻子さんは勿論、死後のこと、こちらの世界でのことについて久世氏と何の約束もしていなかった。転居の知らせも出さず、電話の一本もかけないまま自分だけ突然こちらの世界に引っ越してしまったようなものである。久世氏は麻子さんの死に呆然自失して、バネの切れた自動人形のようになった。それから急に狂暴化して街をさまよい、誰彼なしに友人を言葉と腕力で叩きのめした。まるでゴーレムのようだと思いながら麻子さんはただ見ているよりほかにしようもなかった。ゴーレムなら、それを製作した律法博士がゴーレムの歯の裏に貼った護符を剥がしてしまえばたちまち生命を失って崩壊し、ただの土の塊になってしまうはずだったが、久世氏の場合は、思いがけないことにある年上の女性が現れて、鮮やかな手つきでその護符を剝ぎ取ってしまったのである。すると久世氏は、ゴーレムとは違って、土の塊になる代りに次第に生気を取り戻した。そして数年後にこの女性と結婚生活を始めた。麻子さんはその一部始終を見ていて、それでよかったと安心した。そのことで少しも嫉妬を覚えなかったのは自分でも不思議な位であるが、考えてみると、それはもともと麻子さんが嫉妬を分泌する器官を先天的に欠いていたせいかもしれなかったし、あるいは身体を失ってこちらの世界に来てしまえばあちらで暮している人間に対する嫉妬のような無益な感情は欠落してしまうということかもしれない。いずれにしても、あちらに残された久世氏の世話をしてくれる人が現れたことを麻子さんは本当に喜んだ。麻子さんの突然の移転以来、久世氏は以前にもまして関節の毀《こわ》れた人形のような不器用さが目立つようになり、大きな体のまま幼児化し、精神がその体からはみ出してくる一種のヘルニア症状を呈するようになった。こういう人には法律上の奥さんでなくても、母親か姉代りの女性が必要なのである。もっと正確に言えば、しばしば土の塊に還ろうとする人形の世話をして、護符をつけたり外したり、ゼンマイを巻いたりゆるめたりする律法博士のような人がついていなければならない。久世氏の奥さんになった人は偶然にもある大学の先生で、本物の文学博士の学位を持っていた。

久世氏とこの寛子さんが一緒に暮しはじめた時に、麻子さんとしてはできることなら寛子さんに手紙を書いて、「久世さんのことをよろしくお願いします。ただし身のまわりのことは一切お世話しなくてもいいのです。いいえ、お世話しない方がいいのです。入籍とか披露とか、そんなことも久世さんはいやがるでしょうから、それも久世さんの思いのままにして差し上げて下さい……」というようなことを伝えたいと思ったが、こちらの世界にいるものがあちらの世界にいる人間にそんな意思を伝える方法は残念ながらないのである。身体と一つになって生きている人間の意識に対して、こちらの世界にいる意識がいくら働きかけてみても、それこそ厚い靴の底から足を掻くようなものであることは麻子さんも死んでみてすぐにわかったので、あちらにいる人間のことでやきもきするつもりはなかった。幸いにも久世氏と寛子さんは麻子さんが思っていた通りの夫婦となって麻子さんを安心させてくれた。

それにしても、これは麻子さんもいささか驚かされたことだったが、久世氏は寛子さんという奥さんがあることを誰にも知らせず、また知られずに生活していた。それが三十年にわたって続き、久世氏が死に瀕している今になっても、兄弟、甥姪を初めとして親戚の誰も知らず、もっとも付き合いの深いはずの数十年来の友人も知らず、病院の関係者も知らずにいるのである。一方の寛子さんについてもそれは同じことで、この浮き世離れのした佳人は、独身のまま定年を迎えて大学を去ってからは、ちょうど晩年の太田垣蓮月のように歌を詠み、趣味の陶芸を楽しみながら、東洋美術史の研究三昧の日を送っているものと誰もが信じて疑っていない。麻子さんは二人のこの見事な人生の「戦略」とそれを守り通した意志の持続に心から感服していたのである。

そのことに限らず、こちらの世界にあるおかげで麻子さんが知りうることは限りなくあった。死んでこちらの世界に移転してしまえば意識だけになるから、あちらの世界のどこの誰のことでも、見たいと思ったことは何でも即座に見ることができる。見るというのは、目で見るわけではなくて要するに知ることである。自分が死んでからは、折りにふれて久世氏や寛子さんの生活を見てきたわけで、そういう自分の立場が完全な傍観者のそれに当るのだろうと麻子さんは思ったが、見ているだけで一切介入することも世話を焼くこともできないというこの立場は、テレビの映像を見ているのと同じで居心地のよいものなのである。実際、麻子さんの意識は無数のチャンネルのあるテレビを持っているのに似て、瞬時にあちらの世界のどこに起っていることでも見ることができる。世界中で起っていることを知るのに貪欲な意思が生じれば、もうその時にはそれを見ている。あれを見ようという意思だった久世氏には、死後のこの自由さを早く楽しんでもらいたいと麻子さんは思い、それを何とかして久世氏に伝えたかったけれども、その方法だけはなかった。幽霊にでもなって久世氏の前に現れることができれば、と麻子さんは繰り返し考えたが、幽霊の話などはあちらの世界にある人が勝手に空想することで、実際には無意味なことである。

　あちらにいた時には麻子さんはピアノを弾いていた。二、三の国際コンクールでも優勝したりそれに準ずる成績を得たりして、特に二十世紀のフランス音楽と現代音楽、それに古いチェンバロ時代のバッハやスカルラッティの演奏では評判が上がりはじめていた頃に、麻子さんは十歳ほど年上の作家の久世氏とある雑誌の対談で知り合い、以後いくつかの機会があって会うたびに温かい雲に包まれるような愉しい思いをするようになり、気がつくと人目を避けて会っては歓びを尽す仲になっていた。麻子さんは学生時代から姫君と呼ばれていたほど浮き世離れのしたお嬢さんで、ピアノに向かっても、髪を振り乱してあらぬ形相をして狂乱するようなことのまるでない優雅な弾き方で流星群の疾走を思わせる音をほとばしらせることができるという特技の持ち主だったが、その麻子さんの前では、巨大なプロメテウス的才能をもつと評される毒舌家の久世氏が、世にも稀《まれ》なほどの純真なはにかみやに変貌し、縫いぐるみの熊のように麻子さんの手で愛撫されるままになっているという有様だった。

「こんなことで私たちちゃんと暮していけますかしら」

「ピアノを弾くこと以外にはボタンの一つもつけられないお姫様と、図体ばかり大きい馬鹿殿様が所帯を持つというのではね」

「でも所帯を持たなければ一緒にいられないじゃありませんか」

「そのためには家老または執事と侍女を見つけなければ」

「そのうちに十万石位の大名になればいいでしょう。でもそれまでは私が侍女も務めなくては」

「ぼくは麻子さんの秘書兼執事兼運転手を務めることにしよう」

そんなことを言いあっているうちに、久世氏の方も本がよく売れるようになって、ある文学賞をもらったりした。二人ともますます忙しくなると、一緒に暮らすのが一番の解決策だということがわかって、麻子さんと久世氏は、何万石かの大名とは行かなくても、男女計二人の「召使い」のいる下級武士程度の生活を始め、そしてそのことは世間には秘密にしておいた。

その当時、ＤＩＮＫＳという言葉がはやっていて久世氏がそれを持ち出した時、麻子さんはその言葉を知らなかったので、久世氏の言いたかったことが、double income はともかく、no kids の方にあることもとっさには飲み込めなくて、「そのＮＫＳというのは no kiss ということかしら」と見当違いのことを言って久世氏を笑わせたりした。しかし子供のことなら、麻子さんも最初から子供が欲しいと思ったことはなかった。麻子さんには姫君らしく自足したところがあって、ないもの、欠けたものを殊更欲しがるという欲求がなく、子供は、犯されて無理に生まされるようなことがあれば生むかもしれないもの、という程度にしか考えていなかった。

「あなたがいらないとおっしゃるならいいわ。私はもともといらないんです。kids なんて」

麻子さんはわざとアメリカ人風に kids を発音して「ガキ」の感じを出してみせて笑った。

「それで安心した。ぼくの方はそのつもりで考えることにしよう」

麻子さんはその時久世氏が何を考えてどんな処置をしたのか、死んでこちらに来るまで気がつかなかった。意識だけになって暇ができると、知識が豊富になって、改めて気がつくことも多いのである。

久世氏との結婚生活が二年ほど続いた頃、麻子さんはヨーロッパの演奏旅行からの帰りに飛行機事故に遭って死んだ。その種の事故というものがいかに悲惨だと見られているにしても、麻子さんにとってはそういう死に方はうとうとしていた時の不意の移転なので、気がつくと即死したらしい麻子さんはもうこちらの世界に移っていて、しばらくしてその変化が、要するに身体を失って意識だけになっているということだとわかった。その時に残念だったのは、久世氏に何の予告もせず、事後の連絡もできないままこちらに来てしまったということで、またこれからしばらくは、自分が久世氏を見ることはできても、話しかけることもできず、相手も相手でそこにいる麻子さんに気がつくこともなければ意を通じることもできない、ということだった。

こんな風に急死した人が誰でもやることらしいが、麻子さんもまず久世氏のところに行って耳もとで叫んでみた。あるいは叫んでみたつもりだった。しかしあちらの世界にいる人と交信する方法はなさそうで、麻子さんは自分がまったく声を発していないことに気がついて、叫ぶのは止めにした。かと言って久世氏を慰める方法も愛撫する方法もないのである。久世氏の錯乱がただごとではないので、麻子さんはこのまま久世氏も狂い死にしてはやばやとこちらの世界に移ってくるのではないかと期待した。けれどもそのうちにわかったことは、人間というものはそう簡単には死なないという事実である。久世氏も、崩れたゴーレムのような姿になりながらも、偶然寛子さんという救いの女神に出会ったおかげで死なないで済んだ。

当初麻子さんはそうやって久世氏との再会の時が先に延びたことを残念に思わないわけでもなかったが、こちらの世界では数十年の時間などは大して問題にもならないのである。ちょうど、住民が四六時中眠って夢ばかり見ているという、『列子』の古莽《こもう》の国と似たようなもので、眠っていたければ意識の活動を止めてじっとしていればよいし、傍観者風にあちらの世界の出来事を眺めて過ごしてもよい。その時見たことが夢の中で見たことのように思えるだけである。あるいは社交好きの人はこちらの世界でも多くの人、つまり多くの意識と交わって交歓しながら過ごすこともできる。麻子さんもこの交歓を斥けてきたわけではないので、こちらの世界でも麻子さんに興味を抱く人は十指に余った。

それで三十年が過ぎたのは長いのか早いのかはよくわからなくて、ともかく気がついた時は久世氏が脳出血で倒れて重篤な状態に陥っていたのだった。それが秋の深まった頃で、あちらの世界では久世氏が入院している病院の庭も、月の夜は「露のよすがに秋暮れてたのみし庭は枯野なりけり」という風情になり、雨の夕暮れには一段と凄みを帯びた荒れ野に似てくるので、麻子さんは外には出ないで集中治療室の中で待っていた。

久世氏は生命維持装置に繋がれてあちらの世界に辛うじて留まっている。脳幹はまだ生きているらしいが、大脳の方は死にはじめていて、死んだ部分から解放された意識が少しずつこちらの世界に移ってくる。麻子さんはそれを大事に受け取って散逸しないようにひとまとめにして自分の支配圏内に収める仕事を続けた。それはちょうど、荷物を何段階にも分けて運びながら引っ越しをするのとよく似ている。

麻子さんの場合がそうであったように、交通事故で脳が潰されたりギロチンで首を斬り落とされて脳が急激な死を迎えたりした場合は、あちらの世界からの移転は一括して速やかに行われ、ほとんど瞬時にして移転は完了する。そして移転してきた意識は原形を損なわれることもなく、まとまって綺麗な姿をしている。それにひきかえ脳出血や脳梗塞その他、脳に障害が生じて意識が混濁し、昏睡状態に陥ったような場合はあちらの世界で意識が失われていく部分から少しずつ断続して移転が始まり、移転してきた意識はそのあたりに浮遊しながら後続部分の移転を待つことになる。そうなると、こちらの意識はうまくまとまらず、見苦しい姿となって、言ってみれば missing pieces だらけの不完全な意識となる。久世氏の場合もそうなる恐れが多分にあった。それで麻子さんはこの時間のかかる厄介な移転に立ち会って、先着の意識の世話をしていたのである。

最初にこちらにやってきたのは、主として久世氏の仕事に関係のある情報の断片だった。それに次第に過去の記憶が混じり、感情が加わり、その中には三十年前の麻子さんとの生活に関するものもあった。それは古くなった子供時代のシャツや帽子のように懐かしい匂いがした。その頃交わした会話の糸屑も混じっている。そんなものに触れながら、麻子さんの意識は移転してきた久世氏の意識と織り交ぜられていくようにして会話を交わすことができた。

しかしあちらの世界で人がよく「霊魂」と呼ぶひとかたまりに統合された意識はまだこちらには移転してこない。肝腎の核になる部分は、脳が完全に壊死して溶け始めないとこちらに脱出することができない。この霊魂の中核部分が卵で言えば黄身に当るところで、濃密な動物質の球形をしている。白身に当る知識や情報の部分は、はるかに粘性が少なく、希薄で、非個性的で、いわば「社会的自我」の部分なので、比較的簡単に脳から離脱する。またそれだけに、こちらの世界にやってきても散逸しやすい。麻子さんはこの部分が次々に移転してくるのを受け取りながら、久世氏の自我の中の自我というべき黄身の部分の移転を待っていたのである。それがこちらにやってくれば、麻子さんは三十年前と同じように久世氏と交歓することができる。しかも二人とも身体を離れて意識だけになったからには、かつてない完全な融合状態に達して歓びを極めることもできる。

　麻子さんはできることなら一刻も早く生命維持装置を外したいと思った。あちらの世界に介入する力があれば、医師か看護婦を動かしてそうさせたいところだった。しかしこちらからはあちらの人間の指一本動かすこともできない。

　寛子さんが現れた。病院の人は寛子さんのことを久世さんの仕事の上で関係のある人か遠い親戚の一人位に思っている。寛子さんもすでに久世氏の死を覚悟していると見えて特別のことは何も言わないし、人前で涙を流したり取り乱したりすることも勿論ない。すべてを知っている麻子さんにはそれが胸にこたえて意識が溶けてしまいそうなほど哀しかった。麻子さんの目から見れば、見舞いにくる人たちの中で冷い秋の川のような哀しみをたたえて久世氏を見る人はこの寛子さんを措いてほかにいないのである。

白い月が空に貼りついている夜だった。曇りなく晴れた空は月の光に満たされて恐ろしいほど明るく、麻子さんはふと、「忍びはつべき契りかはそらおそろしき月の光に」という誰かの歌を思い出した。寛子さんにはいささか申訳ないけれど、と思いながらも麻子さんはそのありったけの意識を風に吹かれるすすきの穂のように動かして、こちらの世界からおいでおいでと手招きする思いで久世氏の死を祈っていた。医師たちは顔を見合せて、患者の最期が近いことを確認しあっている様子だった。

その時、窓を打つ風の音に混じって、長く続く絹を引き裂くような叫び声が聞こえたような気がした。空耳かもしれない。医師たちにも看護婦たちにもその声は聞こえないらしかった。それは麻子さんだけを呼んでいるように思える。その声の力に気を取られてしばらく意識をよそに向けている間に、久世氏の移転は終わったようだった。医師の一人が詰めかけていた久世氏の友人たちに向かって「御臨終です」と言った。麻子さんは最終に移転してくるあの「霊魂」の中核の、卵の黄身に似た部分を受け取って久世氏を抱きしめようとした。

麻子さんは取り返しのつかない異変が起っていることに気づいた。移転してきたはずの久世氏の霊魂は、そのまわりを濃密で強力なゼリー状の別の霊魂で包まれて保護されている。社会的自我の部分を移転したあとの、久世氏の霊魂の中核部分は、今明らかに誰かの手の中にあった。その第三者は異常に強い意志の力で麻子さんを寄せつけまいとしていた。私は三十年も待ったのに、という叫びもその相手には通じそうになかった。それは疑いもなく寛子さんだった。寛子さんも久世氏と同時にこちらの世界に移転してきたのである。

　無駄なことだとは知りながらも、麻子さんは次の瞬間久世氏と寛子さんが暮していた家の一室を覗いてみた。そこは久世氏が使っていた部屋らしい。荒れ果てた幽霊船の船長室のような部屋の中に、割れた窓ガラスを通して風と月の光が侵入していた。その月に鈍く光り風に揺れているものがある。白い衣裳を首のところで縛って吊り下げた人間の体ほどもあるてるてる坊主のようなものが揺れていたのである。

「殉死ですか」と麻子さんは溜め息とともに肩を落とした。

　寛子さんの遺体は意識の移転を済ませたばかりでまだ生きていた時のままに温かった。

「こちらにいらしても久世さんを独占なさるつもりですか」

「麻子さんには悪いけど、私は三十年間久世と一緒にいたんです」

　そう言われてみると、「私は三十年間久世さんを待ちつづけたんです」というせりふはもう口には出せなかった。麻子さんの哀しみは秋の露のようにこのまま消えてしまいたいという性質のものだった。

「それではこれまでに移転してきた久世さんの意識もお返ししましょう。私が抱えこんでいても仕方がありませんから」

麻子さんがようやく気を取り直してそう言うと、寛子さんは優しい声で、

「それは久世の形見分けに差し上げる分です。どうかお持ちになって下さい」と言った。

久世氏と一緒にこちらに移転してきてこれからも夫婦でいるつもりのこの人とどうやってお付き合いしていけばいいのだろうかと、麻子さんは少し憂鬱になりはじめていた。

（「海燕」一九八九年一月号）

漂流記

いつの頃からか桂子さんはあちらの世界の人間とのお付き合いに慣れて、その気になれば夢の中でも目を開けたままでもあちらの世界に移転して思う人と会ったりその人の訪問を受けたりすることができるようになっていた。例えば、とりあえずは本の中に吸いこまれるのも一つの方法だし、水墨画の山水の中にいきなり入りこむという手もあった。相手がこちらに現れる時にはその回路を逆にすればよくて、こうしたことは誰でもとは言わないまでも案外多くの人がやっていることではないだろうか。それで桂子さんもこれを珍しいことのように他人に吹聴する気はなかった。またその種のお付き合いはいつも交歓という形をとるので、言葉にして他人に伝えることは殊にむずかしい。人は他人の交歓の話に本気で耳を傾ける性向をもたないものである。

桂子さんがその島に出掛けたのは艶陽の時節で、島は春の霞に包まれていた。花の成分を含んだ濃厚な霞が頭の中まで流れこんでくるような具合なので、桂子さんは島に着くなり長い夢に誘いこまれた気分だった。そのあたりからすでに、今いるところが瀬戸内海の現実の島なのか、その島の幻なのかもさだかでない妖しい心地だったけれども、そこにも人はいて、道路が延び、車の往来もあった。ゆるやかな丘の起伏を覆うお花畑が続いているところは案内書の写真の通りで、その中に自分がいた。これで桃の花に犬に鶏の鳴声があれば桃花源の村に来たことになる。しかしまわりは春の海で、それを羊水の海に見立てるならここは夢の宇宙の胎内だろうか。そんなことを考えながら桂子さんは木造の旅館を出て丘に登った。

道に沿って名も知れない雑花の木が並ぶ間を抜けたところにひときわ立派な巨木が無数の花をつけているのを見て桂子さんは心が騒いだ。海棠《かいどう》一株、霞をまとって嫣然と咲きほこっている姿には人を歓喜させるものがあった。薄紅の花の天蓋の下に腰を下ろすと、桂子さんは絹の光沢を放つ海を眺めた。そのうちに霞は消えて海と空のほかは何もなくなった。その時には雑事にかかわる意識も消えて、天地も頭の中も区別なくただ果てしない空明が広がった。桂子さんが求めていたものもそれだった。いくつかの雑事の鎖を切ってこの島に来てみたのは海棠の花のほかには何もないこの空明の時間に身を委ねるためだった。しかしここでは何事も起こらないだろうという確信に似たものを裏切って、今目の前に姿を現わしてきたものがあった。この島で見られるとは聞いたこともなかったが、海市《かいし》のようである。

それについて「群仙出没す」という句を思い出した時、ゆらめきはじめた海上の空気とともに実際に仙人としか思えない人物の姿が浮上してきた。海市には海市らしい眺めがあるはずで、仙人であれ仙女であれ人間が現れるのは予想にないことだった。それも海中から浮上してきたというよりもあちらの世界からいきなり現れたような具合である。その人物はいつのまにか虚像から実像に変わって近づいてきた。そしてもう花の下に来ていて、

「こんなところに佳人が一人笑っているとはね」と言いながら桂子さんの横に腰を下ろして海を眺める姿勢をとった。

「この花が嫣然として一笑するのを、ことさらに佳人をして空谷にあらしむ、と詠んだ詩人がいましたけれど」と桂子さんは言ったが、これがその本人の東坡さんであることをほとんど疑わなかった。そうだとすれば相手は桂子さんがもっとも敬愛する文人の一人で、その人があちらの世界からここに現れたのが桂子さんと海棠の花とどちらをお目当てにしてであっても同じことで、今は桂子さんがその花だった。

「これは私の郷里の名花でして、どうしてこんなところに咲いているのかわからない。土人は貴きを知らざるなり、ですが、私はこの花を見て見ぬふりをするわけにはいかなかった。こうして春の光の中で見ると華やかで結構だし、雨の中では涙に濡れた美女そのもの

でこれまた結構。月の光の下ではいくらか血の気を失って清楚に見える」

　そう言いながら東坡さんは桂子さんの手をとって掌にこの海棠のことを詠んだ詩を書いてみせた。不思議なことに、桂子さんの掌は広い白紙に変じて精細な字が鮮やかに浮かび上がるのと同時に言葉は掌に吸いこまれてその意味がただちに頭に届いた。それにしても筆の代りに動く相手の指先も掌も桂子さんのに負けないほど柔らかくて幼児の手を思わせるのは、年齢を超えてしまった仙人の特徴なのだろうか。支那の古い時代の詩人と言えば長髯の老人に決っているという観念が桂子さんにはあって、その観念の通りにこの人も最初そんな老人に見えたが、仔細に観察してみると老人じみたところはどこにもなかった。道士風の服を着て奇妙な動物の骨の形に折れ曲がった杖を携えているところを別とすれば、青年でも老人でもない年齢不詳の男だった。深い光をたたえた目は必要ならばらんらんと輝く性質のものであるとしても、今は柔和な光をこぼしながら海を眺めている。

「風が出てきましたね」と桂子さんが言ったのを合図に相手も立ち上がってのびをした。

「そろそろ引き上げましょう」と東坡さんは言ったが、桂子さんがこれから相手の呼び方をどうしようかと困っているのを察したのか、「われわれの間で今更若い夫婦みたいに名前を呼び合うこともないでしょう」と言うので、桂子さんもそれをもっともだとして、相手をただ「あなた」と呼ぶことにした。

旅館に戻って気がついたが、玄関には「思無邪斎」と書いた扁額がかかっている。
「書斎みたいな名前だが、四字の名前は珍しい。あるいはこれでもいい」と言って東坡さんは口の中で呪文のようなものを唱えた。するとたちまち扁額の字は「徳有鄰堂」と変わって、「こちらの方がいいでしょう」と東坡さんは目で笑った。
「書斎というより本屋みたいですね」と桂子さんも笑ったが、いずれにしてもそこは足を踏み入れるとすでに旅館ではなくて、茶室とも庵とも思える簡素な建物に変貌していた。この仙人と化した詩人としばらく居をともにするのにはこれがふさわしいのかもしれないと思う。

その夜、二人が男女の交歓をしている間、この徳有鄰堂は雲海に浮ぶ船の趣を呈して闇の中を漂流した。東坡さんは桂子さんには想像もつかない房術を会得しているらしく、桂子さんの霊魂を抜き取って、自由に浮遊させるようなことをして歓を尽し、我に返った時桂子さんは東坡さんの妻だか愛人だかになっていた。というのはこの交歓の間にどれだけの時間が流れたのか、桂子さんは、東坡さんと少女時代から起居をともにして読み書き、作詩から房事までを親しく教えられて成人した女、ということになっていたのである。

昔の士大夫の家ではそういうことが普通に行われていたのか、桂子さんは十二歳の時に東坡さんの夫人に買い取られてその侍女となったのだった。夫人を助けて主人の身の回りの世話をするのが仕事だから、その中には夫人の代理で閨房でのお相手を務めることも含まれていた。つまり夫人の侍女とは妾でもある。

「私はあなたのお妾さんだったんですか」と桂子さんは言った。「実は前からやってみるなら妾か妓女、と思っていました。ほかになってみたいものはと言えば仙女……」

「あなたは羽化登仙を目指して私と一緒にその術を探求した。しかしそれを果たさないまま病に倒れて昇天した。私よりも先にね」

「けれども奥様が亡くなられたあともあなたの御供をして謫居《たっきょ》の地を転々としたおかげで、あなたのことを一番よく理解することができた女弟子は私でした。ただ、あなたの不老の術の実践に協力して、さっきのような愉しみは長い間諦めてまいりましたけれど」

「そう、そのことがいつまでも気になっていた。それでこういう機会を設けたわけだ」

「有難うございます」

「この際ついでに白状しておくが、昔のあなたには言わなかった秘密がある」と東坡さんは急に態度を改めて言った。

「奥様や私のほかに秘密の愛人を隠していらっしゃったことでしょう」と桂子さんは応じた。「そのことなら奥様も私もとっくに知っていましたよ」

「女たちの賢さたるや、確かに端倪《たんげい》すべからざるものがあるね」と東坡さんも笑って応じた。「御推察の通りで、その相手というのは私の従妹なのだ」

「やっぱりそうでしたか。ほかの男と結婚なさった方でしょう？」

「そうでなくても父方の従妹で、私には最初から結婚する気はなかった。で、その従妹のことは頭の中の沢山ある小部屋の一つにしまいこんであった。というより彼女の分身を長い間そこに囲ってあったということになるね」

「それはそうでしょう、その方が亡くなった時のあなたの動顛と悲嘆の様子はただごとではありませんでしたもの」

「あれはいささか醜態だった」と東坡さんは言った。「ともかく彼女がいなくなって、その小部屋は空室のままだし、ほかにも空室は沢山できた。年をとるということはそうやって頭の中が蜂のいなくなった蜂の巣みたいになることかもしれない。そのせいだろうか、老来脳髄が軽くなって頼りない感じがするね」

　桂子さんは黙って聞いていたが、この詩人の精神の城は複雑怪奇な構造をしていて、その数多くの秘密の部屋の一つ一つにどんな怪物や佳人が住んでいるかは想像によって楽しむことができるだけで、数十年の生活をともにした女にも窺い知れるものではないと覚悟している。それで桂子さんは、

「するとあなたの頭の甲羅を外してみると、中は複雑怪奇な蟹の体内みたいになっている

わけですか」と言ってみた。「でも蟹はおいしい汁を含んでいて、しゃぶるとすばらしい味がします」

「私は女から見ると蟹ですか」

「絶えず追い立てられて、苦しい泡を吹きながら不器用に横這いして歩きまわってきた蟹です。そして親蟹について歩きまわった子蟹たち……」

「私の一生を要約するとまあそんなことになる」

「政治のせいですよ」

「怨んでいるのか」

「いいえ。あなたの場合、政治が追っかけてこないところへ逃げて生きることは不可能だったと思います」

「陶先生のようにはいかなかった。敬愛してやまないということはその人になることではない」

「わかっています。あなたはあなたで……」と桂子さんは気になっていることをここで口にしてみた。「それに私は私で、と言いたいところですけど、あなたの愛妾の誰かさんであるだけでは中途半端で居心地がよくないみたいなので、よろしければ最初の奥様、二番目の奥様、それに従妹の誰かさんも全部一緒にして私に合体させていただけませんかしら。

私も蟹のように複雑怪奇な構造をした女になる方が楽しいものですから」

「そんなことならお安い御用で」と東坡さんは嬉しそうに言った。

それで桂子さんはそういう人物になって、この思無邪斎だか徳有鄰堂だかで暮し始めた。気がついてみるとこの島にはほかに人間はいなくなっていて、俗に言う無人島での二人きりの生活ということになればこれはある意味では異常なことであるが、実際にはこれほど異常さから遠い生活はなかった。東坡さんの家族、友人から皇帝に至るまで、東坡さんに関係のある人々のことが二人の頭にあってその話が出る限りではそれらの人々はそこにいた。それも影のようにではなく互いに話もできる形で存在していたと言える。だから桂子さんにとってもこの島での生活が自分の人生を中断して異界に迷いこんでいる間だけのもので、もとの世界に帰ってみれば自分の生活はすでに消滅している、というような奇怪なことになるはずはなかった。つまりこれは仮の人生とか括弧に入った人生とか第二、第三の人生といったものでもない。それは要するに桂子さんの人生そのものだった。この孤島での生活が一年、十年、あるいは百年続くだろうかというようなことを考えることはそれこそ考えられなくて、そんな風に流れる時間というものはここにはなかった。といって時間が止った世界に閉じこめられたというわけでもない。

そうであれば二人が仙人と呼ばれる種族に属していたとしても人並みに食べる必要はあ

って、その必要がある限り食べる楽しみもあるのは自明のことだった。ただしここでは食べるものには不自由しないことになっていて、必要とあれば農夫も漁師も現れてその食物をもってきてくれる。まわりは海だから魚介類は豊富で、珍しい果物は島中に実り、良質の豚を産した。桂子さんは東坡さんの知らない異国風の料理に腕を揮い、東坡さんは自己流の料理を発明して飽きることがなかった。

例えば豚肉については、

「鍋に少量の水を入れて焔が立たない位の弱火でゆるゆると煮る。簡単なことですよ。大体、昔私が住んでいた土地ではよい豚肉が泥土の如く安かったが、金持ちはこれを食わないし、貧乏人は煮方を知らない。私は上手に煮て毎日たらふく御馳走になったものだ」と言いながらこのことを詩に作り、料理に自分の名前を冠して桂子さんに後世に広めることを託したりした。桂子さんの方は後世の人間のことでもあり、この種の料理については熟知していたので東坡さんの自慢がおかしかったけれども、その色は出さず、その代わりに東坡さんの御存じない西洋の料理、天竺の辛い料理などを伝授した。東坡さんは試食して大いに興味を示した。そして桂子さんの知っている料理を実習し、かつ試食するこの料理学校は何年でも続きそうな勢だった。

ある日、それは季節の進行に決った順序のないこの島ではすでに一年でも三年でも経っていたと思えば思える頃のことで、たまたま春は清明の時節に近く、外は降りつづく雨だった。

「今日あたりが寒食の日ではありませんか」と桂子さんが言うと、東坡さんはうなずいて、

「今年もまた雨に苦しむ」と詩の一節のようなことを口にした。

「それでは、伏して海棠の花の雨に打たれるのをお聞きになるといいわ」

「そんなことをしていると、夜中に荘子の言う力ある者がこれを負うて走り去る、ということになるかもしれない」

「何を、ですか」

「春と海棠とあなただ」

「私はもうここに根を張りました。無理に引き抜こうとすれば島が動きます」

「この雨では島も動いて流れていきそうだ」

　確かに雨勢は衰えず、海も春江のように増水して水は戸口に迫っている。濛濛とした水と雲の間でこの小屋は船になって漂う気配だった。

「昔はこんな日に病に臥していて起き上がるとすっかり白髪になっているのではないかと妄想したものだ」

「それでは元気をつけていただくために河豚《ふぐ》でもいただくことにしましょう。寒食はこの

雨で流れたことにして」

「春江を上ってくる河豚にはヤマヨモギと葦の芽がいる」

「それもここにあります」

翌朝、外は細雨になっていた。桂子さんは東坡さんを起して、夜来雨に打たれた海棠を慰めに行ったが、大樹は雨を含んでうなだれた花を無数につけたまま枝を広げて立っていた。しかしその花の傘の下で海を見下ろした時桂子さんはちょっとした異変に気づいた。

「島が動いています」

「ゆうべの雨勢で小屋が船になって漂うのではないかと思ったが、どうやら島全体が船になって漂流を始めたらしいね」と東坡さんは嬉しそうに言った。

「小屋が船になるよりは島が船になる方が快適でいいでしょう」と桂子さんも言った。

「もっとも、今までも島が動いてなかったとは限らない……」

「これからは少しばかり速く動くというだけかもしれないね。それにしてもこの木は健気に立って花を守っている。雨で体が冷えただろうから……」

東坡さんはそう言うと持ってきた桂酒を木の根元に注いだ。この酒の効き目は劇的で、海棠の花は見る見る血の気を取り戻して首を上げて笑う顔になった。

「私にも下さい」

「あなたには不老の効果もある媚薬入りのを試してもらおう」

「例の真一酒というのですか」

「それに秘薬を調合したものです」

その酒造りの秘法も不老長寿の術をめぐる理屈も桂子さんにはほとんど理解の外だったが、東坡さんは暇があれば熱心にその方面の探求を続けていて、そんな時、目を輝かして実験を繰り返す東坡さんは薬効によるのではなしにすでに少年の若さを取り戻していた。

「あなたは本当は何歳におなりになったの？」と桂子さんが訊いてみても東坡さんは笑って答えず、それは自分でも数えたこともないからわからないということらしかった。

「そう言うあなたはいくつなんだ？」

「そう言われると私もわからないことがわかりました」と桂子さんは笑った。「ここへ来てあなたと暮らすことになった時に三十と四十の間だったとして、それからあとは何年経ったのかもわからない。で、年は最初の時のままだということにしておきましょうか」

「今は十二歳でないことは確かだが、お望みならそのあたりまで戻してあげてもいい」

「少女に戻るのは居心地が悪そうで困ります。別にそれで得をして長生きができるというわけでもないでしょうから」と桂子さんは断ったが、桂子さんは東坡さんの二人の夫人に妾に恋人の従妹という合計四人の女の生を重ね着しているような具合だったから、本当に自分が相当な重みを感じるほど年を経て生きてきたようにも思えた。しかしその重みは負担ではない。それでどこかが疲れたということもないし、どこかが衰えたということもない。長く生きたとすればそれだけ数多くの薄い羽衣の重ね着の色が複雑微妙に豊かになる感じがあって、それが年をとるということだった。

「あなたも私と同じことを考えている」

東坡さんが微笑を絶やさない顔を桂子さんに向けたので、桂子さんも自然にお返しの微笑を向けながら、

「長い間あなたの女弟子を務めてきましたから」と言った。

「努めてきたのではないだろうね」

「楽しんできたと言うつもりでした」

「それなら安心だ。時に例の秘薬入りの酒ができた。これを服用して羽化登仙を試みることにしよう」

「そこまで行かなくても、巫山の雨に濡れて」と桂子さんは応じたが、その種の秘薬あるいは媚薬は試みるたびに改善著しく、巫山のでもどこのでも、煙雨の湿りに包まれた性質の陶酔を脱して、その陶酔は天女の衣の軽さと透明さに近づいた。つまり桂子さんはその事に及ぶたびに自分が無に帰して天上に登っていく感覚を味わった。その調子で交歓を続

ければ、羽化登仙の成就は遠くないようにも思われた。

「でもその時あなたの方はどうなるのですか」と桂子さんが訊くと、東坡さんは珍しく明快な言葉を出し渋る様子があった。

「あなたは一足先に行けばいい」

「私だけ行ってしまうの？」

「私はその気になればいつでも行ける」

「あなたはすでにあちらの方に籍がある方のようね」と言いながら桂子さんは天を仰いだ。

「それなら最後にいらっしゃる時に誘って一緒に連れていって下さい。一人で先に出掛けて、いついらっしゃるかわからないのをお待ちするのでは退屈してしまいます」

「あそこにいると退屈はしないよ。天人たちの果てしない交歓は……」と言いかけて東坡さんは何がおかしいのか笑いを洩らした。「つまりそういうことがあなたには退屈だというわけですか」

「天人だか仙人だかも」

「そこまで言われるとこちらも本当のことを言わないわけにはいかなくなる。実は私は羽化登仙のようなことは考えていなかった。第一、蟬みたいに情けない抜け殻を地上に残して天上に登ろうとはあさはかな望みではないか。体なんぞは地中で腐るか焼かれて煙になって拡散するかして無に帰するのがいい。そして霊魂も消えてなくなるのがいいが、これだけは自信がない。まだ見通しが立たない」

「消滅の見通しが、ですか」

「霊魂は消滅して無に帰することがついにできないのかもしれない。だから体がなくなってからも、こうして消えてなくなる術を研究している」

桂子さんは思わず溜め息をついた。考えてみれば、死後、あるいは体がなくなった後、霊魂の方は煙か雲かのように消えてなくなると決めてかかっていたのが怪しくなって、老後の設計どころではなく死後の霊魂の生き方についても自分の方針を持たなければならないことになるのは大変なことだった。

「俗人たちは私が不老不死の術と薬を探し求めているかの如く見ているが、それは笑止だ。永遠の存在ではなくて絶対に確かな永遠の無を求めているわけだから」

「ではその方法が見つかった時に私を誘って下さい。霊魂同士で心中をしましょう」

「多分その方法が見つからないだろう。だから心中も不可能だろう。とすれば体がある間も体がなくなってからも、その時々に歓を尽して楽しくやっていくしかないということになる」

「私たちに巻きついている輪廻の蛇は無限に長くて、ふりほどいて逃げる方法はない、というお話のようですね」

その話もその他の話も東坡さんとこの島、あるいはこの船の上で交わす話はどれも当り前のことばかりで、また当り前の話であることでそれは日夜話しあっても少しも退屈しなかった。異常な話、奇怪な話を次々に繰り出して退屈しないでいられるのはせいぜい千夜位ではないだろうか。桂子さんと東坡さんの場合はいつかその何倍もの昼と夜を話しつづけていたことになる。

その間に島は漂流を続けていた。島がある意志をもって目的地に向かっているとは思えないので、これを航海と言うのはいかにも無理があるにしても、海岸に出てみると島は波を分けてかなりの速さで進んでいることがわかった。その調子で行けばいずれどこかに漂着するなり寄港するなりしない方が不自然で、その不自然がいつまでも続いていたのは海が球体の表面を覆う形をなしているからなのか、島の航行速度が意外に遅くてほとんど静止しているに等しいからなのか、それとも世界は無限に長い巻紙のような構造をしていて島の動きにつれてどこまでも延びていくからなのか、ともかくその間にも季節の移り変わりとともに少しずつ気候の変化があった。その点から判断すれば島は南方に向かっていた。太陽は強力になり、空気は熱の微粒子を含んで燃え、時に激しい夕立が襲ってくるという風で、島の気候は明らかに亜熱帯地方の特徴を示していた。そのうちに島には今まで見なかった種族の住民が出没するようになった。島はこれまでの何十倍かに広がり、椰子の木の群生まで現れた。

「完全に南方の大きな島に化けてしまいましたね」

「ここはかつて私が流されて住んだことのある島だ。人間の住めるところではないとあの時は思ったが、そういうものでもない。現にわれわれは病気になることも気が違うこともなしにここに住んでいる」

東坡さんは椰子の木陰で裸になって寝そべりながら桂子さんにも同じようにしてくつろいではどうかと勧めた。

「折角ですけど、土人たちが見たら何と思いますかしら」

「裸の天女が下りてきたと思うに決まっている」

「それなら」と言って桂子さんも裸の天女になった。「あなたの説によると、こうやって天に向かって口を開けて、朝の日光を食べると空腹が満たされるそうですけど」

桂子さんは生前の東坡さんがどこかの島に流されて口に入れるものにも窮した時のことを勿論知っていてその話をしたのだったが、東坡さんは辛苦の記憶を簡単に捨ててしまう人らしくて、真面目な顔で説明を加えた。

「ただしあれは食べすぎると腹が熱くなる。太陽と空気を交互に食べて適温を保つのがこつです。そう言えば、日輪を頭に載せて鼻歌を歌いながらぶらぶらと歩いているのを春夢婆に見られてからかわれたこともある」

「頭に載せていたのは西瓜ではありませんか」

「それが土人には西瓜に見えたわけで」と東坡さんは笑った。「この老女の挨拶は、『翰林さま、あなた昔は朝廷の大官でした。今は何もかも春夢のようだとは思いませんか』というので、それからこの女のことを春夢婆と呼ぶことにした」

島はなおも漂流を続けて、しかし今はゆるやかな渦を描いて南の海を巡っているようだった。東坡さんはこのあたりの気候が余りお気に召さぬ様子で、

「大体ここの気候は湿潤で、夏には熱気が天から下り、地から湿気が立ち上る。夏の終りから秋にかけてあらゆるものが腐敗する。秋の雨とともにさかんに黴が生える。冬は霧が深い。普通の人は金石でできているわけではないから、長くこの気候に耐えることはできない」とこぼした。

「私は生れ付き金石の成分が多いらしくて割合平気ですけれど、あなたのようなお年寄りにはこたえるのかしら」と桂子さんはからかった。「そろそろこの島を別の場所へ動かしてみてはいかがですか。例へば北溟《ほくめい》のあたりにでも」

「船長をやるんですか。この年でそんな無理はしたくない。それに寒いところはやはりい

やだね。南海にいると、こうやって日光を食べるだけで生きていける」

「余生老いんと欲す海南の村、というわけですか」

「昔もそんな詩を作ったことがある。時に、あなたの耳には天帝の声は聞こえないだろうか」

桂子さんは事の成り行きを知っていたが、とぼけて、

「天帝ってどこの偉い人ですか」と言った。

「あの時は中原にいる皇帝のことをそう言った。しかし今度の声は違うようだ。何があったか知らないが、命を受けた巫陽が魂を呼び集めにまわっている。今にここへもやってくるだろう。そうしたら天帝のもとまで出頭しなければならない」

「私はどうなるんですか」

「どこかで待っていてくれればいい。行くのは私一人だ」

「天帝に召されてどこかへいらっしゃるのなら、完全な消滅ではないんですね」

「勿論だ。これはあくまでも輪廻の蛇に巻きつかれて、また一仕事しなければならないという情けない話。これからしばらくはあなたの国で言う単身赴任のようなことになる」

東坡さんはそう言って、桂子さんの髪を撫でた。

それから数日の間、二人が歓を尽したのはしばらくの別れが悲しいということだけでは

なくて、桂子さんにとってはそれがこの人を送り出す女の餞《はなむけ》のように思われたからだったし、東坡さんにはまた別の目的があったようで、その最後の日の朝、東坡さんは桂子さんの耳に次のような言葉を吹きこんだ。

「あなたにお土産を贈る。それが何であるかはやがてわかる」

桂子さんにはすでにわかっていることだった。それで、「大事に育てます」というのが桂子さんの挨拶になった。

「今度の巫陽はコツの姿であそこを飛んでいる。私はあれについて海を渡る。この島はあなたに残しておこう」

そう言うと東坡さんは椰子の木の間を抜けて白い砂浜を海に向かった。その姿が蜃気楼のようになって海上を歩いていく先の空と海との境に、どこかの国の青山が髪の毛一筋ほどに延びているのも海市の一部のようだった。空を舞っていたコツという鳥は小さくなって一滴の涙の色に光り、やがて消えた。

気がつくと島は桂子さん一人の乗る船にふさわしい大きさにちぢんでいた。元通りにゆるやかな丘があり、その上にあの海棠の大樹が枝を広げている。今は花も葉もない季節だったが、春が来ればその木に花が咲くことは間違いなかったし、その頃には東坡さんからのお土産も形をなしているだろうことを思えば、卵を抱いた鳥の気分でこの木の下で海を眺めて暮すのも悪いことではなかった。島は漂流を続けているが、気のせいか今は目的地を知っての航海のようでもあり、その寄港するところは春の霞の中の瀬戸内海の島に決っている。桂子さんは東坡さんがそこまで手配してくれたことを疑わなかった。

（「文學界」一九八九年一〇月号）

エッセイ

わたしの小説作法

わたしがこれまでに書いた、または書こうとしてきた小説は大きくわけて二つのタイプになるようです。ひとつは幻の城をつくって世界の意味に形をあたえるもの、いまひとつは「わたし」のなかを掘りぬいていくもの。第一のタイプでは、しばしばKやLという記号であらわされる人物を登場させます（それでわたしはこれをK—L型の小説と名づけています）。かれらは独立変数であって、わたしの定めた仮設的状況のなかで動きまわり、わたしはかれらの行動を観察し記述します。そしてかれらを閉じこめている壁と迷路の形があらわれ、宙に浮ぶ城がみえてきたとき、わたしはすばやくゆくえをくらまし、そこに小説だけが残ることになります。第二のI型の小説は、わたし自身のなかにふかい井戸を掘るものですが、掘りすすめばサイキの原油が噴出するか、あるいは、ついに世界のむこう側まで掘りぬいて反世界に出てしまうか、いずれにしても存在の恐怖がわたしをこの作業に駆りたてます。ここでわたしが使うドリルは「夢」つまりシュールレアリストたちが発見したことばの結合法ですし、第一のK—L型にしても、できあがった世界は巨きな悪夢に似ているという意味では、結局わたしの小説は夢にすぎないといえるでしょう。

　わたしにとって小説とはそういうものでしかありえないのですが、しばしばわたしは世間で通用している「小説」にあてはまるように書こうとして苦い失敗を味わってきました。その「小説」概念は、「小説とは散文で書かれた物語である」というおごそかな憲法にもとづくもので、今日では、古い古い通俗小説だけがこの概念をみたすことができます。わたしの本心は「散文」でも「物語」でもない小説を書こうということですから、わたしのなかの古い「小説」をもっと徹底的に破壊しなければなりません。とりわけ「小説」のことばは他人に情報を伝達するための手段にすぎないという仮定を追放すること。そこでわたしの小説は詩と双生の兄妹に似た関係をもつことになり、古い「小説」をもとめる読者を拒否してしまうでしょう。

　さて、以上で「なにを書くか」が終わりましたので次に「いかに書くか」にうつりましょう。わたしの場合、実際の書く作業は、ある楽器をかかえて即興演奏することにいちばんよく似ています。わたしは細長い円筒状の楽器であって、ことばという音を出します。作曲家—演奏者であるわたしは、ことばを完全にコントロールすることができなければなりません。小説書きが秘術の性質をおびるのはこの技術によってですから、わたしは毎日トレーニングにはげみます。つまり即興演奏家が他人の書いた譜面で練習するように、わたしは詩や小説を読みます。そんなとき、突然ある小説の形がみえ、旋律がきこえてきます。ここでわたしはこの小説のもつべきスタイルについて検討し計算します。そしてときにはジョン・ケイジの図形楽譜にあたる簡単なノートを準備したりします。演奏にはいると、わたしは想像力の楽器にエネルギーを吹きこんでことばの流れでわたしの「時」をおきかえます。最初は、小説がどんなふうに終わるのか、わたしにもわかりません。しかしことばはことばを繁殖し、にせの世界をつむぎだしていきます。こうしてことばを信頼している瞬間にだけ、わたしは生きるよろこびを感じることができるのです。

（「毎日新聞」一九六五年四月一八日）

私の小説

確か「パルタイ」を書いた前年に「雑人撲滅週間」という変な小説を書いて明治大学新聞の学長賞に応募したと思いますが、これが私の処女作ということになります。文字通りの処女作で、それ以前には文章は書いても小説と呼べるようなものは書いたことがありません。「雑人撲滅週間」は学長賞の賞金を頂戴してやろうと企んで書いたもので、動機がはなはだ「不純」だった報いか、佳作第一席ということになったものの、大学新聞に掲載するのはまずいのではないかという声が出たらしく、Y教授に呼ばれてその辺の「微妙な空気」をきかされ、因果を含められました。「少々風刺がききすぎているようで」というようなことだったので、こちらも「なるほど、ごもっとも」とニコニコして、すべてはウヤムヤにおさまりました。あとでこの話をきいたクラスの仲間たちが——彼らはみなひとかどの文学青年でそれぞれ小説などを書いていましたが——これは第二のパステルナーク事件だ、などと大袈裟なことを言って、抗議してやろうという声も出たのですが、こちらはそんな野暮なことは死んでもできないたちなので、まあまあとなだめたり胡麻化したりして、結局そのままになりました。そういうわけでこれは大学新聞には掲載されなかったのでした。この教訓を生かして、翌年学長賞を狙う時には軌道修正に成功し、「パルタイ」が見事賞に命中しました。これも賞金目当に書いたもので、相変らず動機は「不純」だった代りに、これによって文壇にデビューしようといった遠大な野心など毛頭なかったという点では、かえって不真面目であったとも言えます。何しろ小説を書くことを職業にしようという気持はまったくなかったのですから。何かを目指して頑張る、闘う、といったことがもっとも不得意な人間で、苦節何年とか、血のにじむような努力、「根性」に「ド」のついたもの――いずれも私とは無縁であるばかりか恥しくてとても使う気になれない言葉です。

しかし賞金さえもらえれば、と期待していたのは大変に甘い見通しだったわけで、行掛り上、次々と小説を書かざるを得なくなった時、世の中は、「ごちそうさま、ではさよなら」というようなうまい手が使えるほど甘くはないのだとはじめて思い知った次第でした。そこで止むを得ず、つまり断れないから仕方なく小説を書きつづけることになったというのが真相で、文壇の大家の中には、こんな不真面目な学生が小説に手を出すなどもってのほかだと思った人がいたのも当然のことです。いやしくも小説を書いて文壇に出てきた人間には、行李《こうり》一杯の習作がなければならない。つまりそこまで苦闘して修業を重ね、ついでに不遇、生活苦といった試練を経てはじめて文士として一人前になるのだ、という考え方があって、それを言われると私などは大いに恥じて、塩をかけられた蛞蝓《なめくじ》のように消えてしまわなければなりません。「パルタイ」が人を感動させない小説だと言われた時も、この「行李一杯」式の苦闘が欠けている点が指摘されたように記憶しています。私も自分が小説書きを商売にすることがその意味でけしからぬことだとはよく承知していたつもりですが、しかしギルドの掟のようなものを離れた文学の問題として言わせていただくなら、行李一杯の習作とか生活苦とかはその人間の不運か無能を証明するだけのもので、本来文学とは関係のないもののようです。読むに耐える文章を書く能力があり、文体についてある「センス」をもっていれば、行李一杯の習作を書いて練習しなくても、ある日突然小説位は書けます。小説も文章を書く仕事である限り、職人の仕事とは大分違っていて、勿論「芸術家」の仕事とも異り、血のにじむような修業などは無用、むしろ有害だとさえ思います。そういう不逞な考え方をしていたものですから、まわりの文学青年がせっせと習作らしきものを書いているのを、おかしなことをするものだと思って横目で見ながら、こちらは本ばかり読んでいました。

その頃影響を受けた内外の作家、哲学者は、とよくきかれますが、そこでうっかりカミュにサルトル、カフカといった名前を出しますと、本気でそう思いこまれて作家論その他の種に使われて、本人がびっくりすることがあります。私は大体影響を受け易い人間ですから、気に入ったとなればその人の書いたものをいやになるまで徹底して読み、それでいやになると「さようなら」で、あとは忘れてしまいます。どの小説を書いていた時誰の何から影響を受けていたかは、これから作品集巻末の自作解説で種明しをしていく予定です。私如きを卒論に取上げるという言語道断な学生が最近出始めていて、指導教授の顔が見たいと思いますが、そういう学生たちにはこの種明しが多少とも役に立つことでしょう。しかし最近は精神が硬化ないしは老化して、他人の書いたもの、特に小説では面白く読めるものが極度に少くなりました。ジョルジュ・シムノンが他人の小説を読まないことにしている理由に、「自分より上手に書いてあれば自分などが書く必要はないと思うし、下手ならば自分は天才だとうぬぼれてそれ以後碌な作品が書けなくなる」ということをあげたそうですが、私の場合はこれとは違って、不愉快な思いを我慢して他人の小説を読むという自虐趣味も研究心もないからで、どうも年をとるにつれて小説というものが体質的に合わなくなってきたようです。そこでこれから小説を書くとすれば、酒を飲めば七転八倒して苦しむ酒嫌いが、自分にだけは飲める酒を作るようなつもりで書くしかなさそうです。

ところで、一年半にわたってアイオワの大学の Creative Writing で勉強したりアメリカ各地を旅行したりしたことが日本に帰ってからの小説に何か影響を及ぼしたかと言われますと、その答は自分でもはっきりしません。大体、アメリカに行ったのは小説を勉強するといった殊勝な心掛けからではなくて、日本にいて書きたくないのに書かなければならないという生活はこれ以上続けられないと思ったからです。実際、アメリカに行くと不思議なほど健康になりましたが、こうでもしないと本当の生活ができないというのはばかばかしいほど悲惨なことです。事情さえ許せば、その時も、また今でも、編集者が訪ねて来ない外国へ行って永住する気持はもっています。しかしアメリカから帰ってみるとまた元の木阿弥で、編集者という鬼に責められて小説書きを再開せざるをえなくなりました。それが従来のカフカ的な小説ではなかったので作風が変ったということが言われていますが、変るという点では、もともと私は同じ声と節廻しで歌うということができないので、素人のように書くたびに調子が変ってしまう癖があります。その反面、見方によれば私はいつまで経っても頑強に変らないでいるとも言えるので、作風の変化と言っても、洋服を止めて着物を着たという程度の変化でしょう。いわゆる日本的なものとか伝統とかへの回帰といったことは私の場合およそ当てはまりません。

そこで今度自分の死体に当る作品を集めてその顔をつくづく眺めてみると、大概憤死の相を見せていることに気付きました。この点は終始変っていないようで、結局何が私に小説を書かせたかと言えば、怒りではなかったかと思います。誤解を招くと困りますが、何かに怒って抗議するというような怒りではなくて、愚劣なものに腹を立てて嗤《わら》うという種類の怒りです。書きたくもないものを書くのに、これが怒らずにいられますか、という次第で、これは小説を書く動機としてはあまり「正常」なものだとは言えません。いつまでも進歩がないと思うのはこの点です。いくらか進歩があったとすれば、人に毒薬を飲ませるには、できるだけ甘くしておくのが面白いのではないか、という点に気付いたこと位でしょう。

目下のところ、私は、小説、雑文その他、註文に応じて文章を書く営業活動は停止しております。「只今営業致しておりません」という看板を出しておきたい位ですが、註文のある人は戸をこじあけてでもはいってきます。恐らくそういう人は看板が出ていても目にはいらないでしょう。時には「お会いしてもお断りするだけで意味がありませんから」と言っても、「いや、お会いするだけでいいですから」と言ってやってくる人に、「ノーです、ノーです」を繰返して一日が暮れることさえあります。私に書かせたいのは向うの営業上の事情、こちらにはこちらの事情があって、それに応じないのはこちらの自由。give and take で成立つのが取引というもので、「書いていただかなければ困りますので、是非とも一つ」と押しに押して自分の営業上の利得をはかろうとする輩は商人として下の下だと思います。もともと私はある種の商売をやっている人間に対して偏見をもっているようで、それで必要以上に「殺意」を抱くのかもしれませんが、しかし家事や子供の世話なら女中でも雇ってやらせておけばいいことで、そんな下らぬことに没頭してわが社の註文を受けないのはプロの作家としてあるまじきことだ、と言わんばかりの態度で来られると、「殺意」を覚えずにはいられないものです。註文に応じて小説なり雑文なりを書く仕事が何か一段と高級な仕事であり、家の中で家事や育児にかかわっているのは「解放されざる」女性の愚しい姿だと考えるのはウーマンリブ的愚想で、これが愚想たる所以を説くと長くなるので止めておきますが、なぜか私はこの種の思想の持主を相手にして押問答を繰返すことで一日の大部分を過す宿命を負っているのです。小説を書きはじめる前の私はこれでもロマンティックな少女でしたが、私を今日のように人間嫌いにした元凶はあの鬼たちである、とまあ他人のせいにしておきましょう。

　ともかくそういうわけで目下のところ書下しも何も、「仕事」というものは一切やっていません。私のところは、仕事の性質上主人は頻繁に海外その他に出かけておりますので、いわば船員の家庭か母子家庭のようなものです。小さい子供の面倒を私が見ないで、執筆に明け暮れるという生活は不可能なのですが、人は自分に都合の悪いことは理解しようとはしないもので、女流作家の××先生のやり方などを引合いに出して、執筆に没頭することはできるはずだ、と言ってくれます。しかし私の流儀はこれなので、例えばNHKのテレビ銀河小説に出ていた女流の脚本書きの生活を見ると、あまりのばかばかしさにかえって楽しくなりますが、私にはとてもできない生活です。

今は十分か二十分でも暇ができた時本を読むのが一番の楽しみです。この十分を雑文書きに使わなければならないとしたら絞め殺される時の鶏のような声で叫びたくなります。あと数年間、例の鬼たちが姿を見せないでいてくれたら、生活が静かになり――というより静かでない生活は生活ではないはずですが――水がしたたって溜るような工合に文章のエキスが頭に溜り、それがある量に達したら、ある日突然、今度はこちらが鬼に変じて書きはじめるのではないかと思います。あるいは、ジェーン・オースティンのように、人を観察してはそこいらの紙片に少しずつ書きつけて、いつのまにか大きな小説に仕上げてしまうという手があるかもしれません。いずれにしても、書きたくなった時に書くしかないので、気持が充実してくるのを待っているのです。

小説に書くかどうかは別として、私は今日の日本に対してかなり腹を立てています。学生風に言えば、戦後始ったあの「青い山脈」的民主主義の「欺瞞性」に愛想をつかしてしまったので、今日の「状況」に向って何かを言う気持もすっかりなくなりました。日本人は戦前も戦後も同じで、変った点は、戦後「神聖にして犯すべからざるもの」が憲法を筆頭にして続々と誕生したことで、「民主主義」、「平和」、「平等」、「人命尊重」、「ヒューマニズム」等々の欺瞞的価値が精神を汚染しています。戦前の「天皇制」がどれほど有害であったか、私にその実感はありません。私のように「汚染」されない子供がいたのですから、そう大した影響はなかったのでしょう。そこで今は、「戦争を知らない子供たち」ならぬ「民主主義に汚染されない子供たち」の出現だけを期待しております。とは言うものの、日本人はいつもある共通の価値で汚染され、口をそろえてその価値を唱和する形で生きて来たので、私の期待は多分むなしいとは思いますが。

これは別に日本に絶望したというようなことではありません。私は何事にも絶望しない人間です。本当に絶望すれば死んでしまうしかありませんから、絶望はしません。最悪を考えれば、日本の現状などはまだかなり明るい灰色で、それほど腹を立てることもないわけです。そこに腹が立つという人の気持はよくわかりますが、だからといって「諫《かん》死《し》」を試みるというのは私の流儀ではありません。仮に日本が駄目になっても私自身は集団的愚行には加わらないで難を免れるに違いないという恐るべき妄想を抱いています。これは自分にだけ翼が生えているといった類の妄想ですが、いざとなれば集団自殺する群れを離れて舞上ればいい、というわけです。普通、インテリと呼ばれる人種はいつも群れの中で声高く鳴いていて、病的であるだけに敏感に危険を察知するのはいいのですが、その不吉な鳴声で群れ全体に病的な気分をもたらし、集団的愚行を告げる巫女《みこ》となり、真の危険の方へと群れ全体を導くものです。作家と呼ばれる人間の多くも、進んでこの役割を演じているのは別に異とするに足りません。それにしてもこの間ポルトガルから帰ってきた時には、この種の病的な人間が知的に吠えあっている一角が日本にはあったのだということを改めて思いだして、いささかうんざりしました。ポルトガルのような国にはインテリという人種がほとんど棲息していません。その代りに厳然たる階級というものがあります。これは異国の人間が出かけていって、どの階級にも、特に下層階級には仲間入りをしないで暮していく限り、まことに快適な国です。本の少ない国、インテリ犬の吠えない国の静かさというものは今日得難いものです。ただ、あまり言うと、それならソルジェニーツィンを追放した国あたりに行け、と叱られそうですからこれ以上は言いません。吠える犬を収容所に入れて黙らせるという方式を推奨しているのではないことだけを断っておきます。どうも日本では左向きの犬が群れをなして吠えると、右向きの犬も集って吠えるという傾向があります。私自身はこういう集団主義とはもっとも体質の合わない人間で、文章を書く場合の位置も、終始これらの集団を嗤えるだけの距離をとって定めてきたつもりです。

最近は、先程も言いましたが、老人性精神硬化症が進行して、好悪がますますはっきりしてきました。しかしそれだけに読まなくてもよい人も本もふえたわけで、これは有難いことです。一方、その人の本が出ればかならず読むという人も何人かいます。ここで名前をあげるのは控えておきますが、日本人で小説を専門に書く人の中には一人もいません。老後、自分で書いた小説だけが読むに耐えるというほどの徹底した瘋癲《ふうてん》の境地に達すれば楽しいでしょうが、残念ながら私の小説も嫌悪と恥なしには読めない小説の例外にはなりそうにありません。

（「波」一九七五年一〇月号）

性と文学

わたしはこのあたえられた機会にもっとも個人的なことについて語らせていただこうと思います。そして生きた他人をまえにしてこんなふうに書く機会はこれを最後としたいのです。わたし自身はそれが小説を書くということからぬきさしならず派生してくる仕事だとは思えません。わたしは、生きた他人の「意識を変革する」ことに、またそのためにことばを使うことに、真のよろこびを感じる人間ではないのです。

こんな人間はもっともたちのわるい「なまけもの」にちがいありません。わたしはF・カフカという穴から想像力の世界にはいりこんだ人間ですが、世間のまっとうな人たちにいわせればこのカフカなんか不愉快きわまる「なまけもの」で、人間というより虫なのです。コミュニストたちがこんなわるい存在は火刑に処すべきだと考えたのは当然のことです。そしてわるい夢を分泌して小説を書くことが生きることであったカフカ自身も、自分の文学が焚書にされて消滅することをなによりも望みながら死んでしまいました。

深夜めざめてわるい夢をみているときのわたしは、「作家」というより、紙のうえをはいまわっている一匹の毒虫です。それでは密室で妄想しているにすぎない、と非難する人もありますが、わたしにとって、小説を書くことはまさに密室での妄想そのものだと断言できます。そればかりか、少年が想像力をこすりながらおこなうオナニーとつながるものであるとさえいえます。少年の「幻の女」にあたるものは、「わたしのなかの他人」です。小説とはわたしからかれへの移行であるというカフカのことばは、かれ、つまりこのイマジネールな読者とのコミュニケイションを意味する、とわたしは解釈します。わたしが贋物の小説しか書けなくなったのは、ひとりよがりな妄想にふけっているからではありません。逆に、密室のなかに生きた他人を招待したり、他人の顔をのぞきに出かけたりして、他人との外面的なコミュニケイションに気を奪われはじめたからです。この不誠実はわたしのなかのかれにきびしく罰せられるべきです。

いつからか、わたしはほんとに存在しているのではないかもしれないという不安にとりつかれました。女でありながら女であることにも居心地のわるさを感じるのです。そしてわたしをとりかこむ他人たちがこわくなりました。なぜかれらは正しく、わたしは贋物めいているのか？　なんとかして本物の存在に近づこうとするのに、いつかほんとに存在するようになるだろうとは信じられないのです。この悪夢を方法化すること、つまり小説を書くことをわたしは祈りの形式とし自己救済の形式とするほかありませんでした。しかしそんなふうにして生きることは、絶対的な悪ではないでしょうか。

おとなたちは朝ベッドのなかでぐずぐずしている子どもを叱り、いつまでも現在のなかで遊んでいることを禁じ、未来のため世のなかのために現在を犠牲にすることを教えます。おとなたちの掟は自己保存の原理であり善そのものです。この掟がなんとなく実感できず、掟にむかって「なぜ？」を連発せずにはいられない人間の存在は悪として排除されます。社会にとってなんの役にもたたないばかりか、しばしば存在するものを腐食して無（死）に追いやるおそれのある夢を分泌することが悪でないはずはありません。わたしは小説を書くことが悪だという不安を捨てることができません。まるで贋金造りを働いているような気もちです。

しかし現代はあらゆるものが社会の維持と進歩とに役だつことを要求されている時代です。文学も例外ではありません。サドやカフカまでも現代社会の悪を予見し批判した天才であるという免罪符をあたえられています。ほんとうはかれらの書物こそ絶対的な悪書なのに。こんな状況をみますと、現代の芸術家はけっしてアウトサイダーであってはならず、勇猛果敢な啓蒙家であり進歩に役だつ思想の強力なスピーカーでなければならないようにも思えます。そしてわたしも心からそうなりたいと思うのですが、そうなったわたしを想像することができないのです。

以上はわたしがしばしば放言してきたことのくりかえしです。一種の卑怯なポーズだという人もあります。わたし自身はけっしてこんな虫の立場をみとめてもらえるとは信じていません。わたしを理解しない人こそ正しい人間であり、わたしがそうなろうとしてなれない種類の人間なのです。

完全に消滅すること、これがわたしの最大の希望です。

（「夕刊読売新聞」一九六四年三月三〇日）

倉橋由美子略年譜

一九三五年　十月十日、高知県に生まれる。

五四年　土佐高等学校卒業後、京都女子大学国文科に入学。

五五年　日本女子衛生短期大学別科に入学。

五六年　日本女子衛生短期大学別科を卒業。歯科衛生士国家試験に合格。明治大学文学部文学科仏文専攻に入学。

五九年　「雑人撲滅週間」が明治大学学長賞佳作となる。明治大学大学院文学研究科に入る。

六〇年　「パルタイ」が明治大学学長賞を受賞、明治大学新聞に掲載される。「文學界」三月号に転載され、芥川賞候補となる。『パルタイ』刊行。

六一年　「パルタイ」で女流文学者賞を受賞。『婚約』『人間のない神』『暗い旅』を刊行。「夏の終り」が芥川賞候補となる。

六三年　田村俊子賞を受賞。

六四年　結婚。

六五年　『聖少女』刊行。

六六年　『妖女のように』刊行。米国アイオワ州立大学へ留学。
六七年　帰国。
六八年　長女が誕生。『蠍たち』刊行。
六九年　『スミヤキストQの冒険』刊行。
七〇年　『ヴァージニア』『悪い夏』、初エッセイ集『わたしのなかのかれへ』刊行。
七一年　次女が誕生。『夢の浮橋』『反悲劇』刊行。
七五年　『倉橋由美子全作品』（全八巻）の刊行が始まる。
七七年　『迷宮』『夢のなかの街』を刊行。シルヴァスタイン『ぼくを探しに』を翻訳、刊行。
八〇年　『城の中の城』刊行。
八四年　『大人のための残酷童話』刊行。
八五年　『倉橋由美子の怪奇掌篇』『シュンポシオン』刊行。
八六年　『アマノン国往還記』刊行（翌年泉鏡花文学賞受賞）。
八七年　『ポポイ』刊行。
八九年　『交歓』『夢の通ひ路』刊行。
九一年　『幻想絵画館』刊行。
九三年　ゴブル『イクトミと大岩』を翻訳、刊行。

二〇〇一年　エッセイ集『あたりまえのこと』刊行。

〇二年　『よもつひらさか往還』刊行。

〇三年　『老人のための残酷童話』刊行。

〇五年　六月十日、拡張型心筋症により永眠。享年六十九。書評集『偏愛文学館』刊行。サン＝テグジュペリ『新訳 星の王子さま』翻訳、刊行。

対談

永遠の憧れ、倉橋由美子

桜庭一樹×王谷晶

親の本棚で見つけた危険な本

王谷　中学生のとき、夏休みに父の実家へ遊びに行って、『パルタイ』と『聖少女』を見つけたんです。特に『パルタイ』の装幀がとても印象的でした。黒地に赤い字でタイトルが入っていて格好よかった。

桜庭　親の本棚って、ちょっと危険な本がありそうで魅力的ですよね。

王谷　そうですね。すぐに読んでみたら、中学生には理解しづらかったけれど、すごく惹かれるものがあって、それから自分で作品を探して読むようになりました。

桜庭　はじめにお読みになったのが『パルタイ』と『聖少女』って、うらやましいです。私も母の本棚で『大人のための残酷童話』を見つけたのが最初かな。当時、単行本が大ベストセラーになっていました。そのあと三十代になってから、古本屋の百円均一のワゴンで新潮文庫版の『聖少女』を見つけて、買って読みました。ようやくそこで、ちゃんと出会った感じです。

王谷　私もほぼ古書で手に入れていました。

桜庭　王谷さんはどんなところに惹かれましたか？

王谷　最初は、まるで異国を舞台にしているような雰囲気がおしゃれだなと思いました。田舎にいて、「ここではないどこか」に憧れる年頃だったので。

桜庭　私も地方都市に育ったので、倉橋由美子の書く都会って本当にあるのだろうかって思っていました。

王谷　日本の若者たちが出てくるけど、舞台は日本のようで日本ではない。ある種、幻想的な東京なのかなと思います。

桜庭　かなり作品世界をつくりこんでいますよね。倉橋さんもご自身のエッセイのなかで、「幻の城を造って世界に意味を与える」と書かれています。まるで精緻につくられた箱庭みたいな作品だと思います。

学生運動の時代

桜庭　倉橋由美子がデビューした一九六〇年代は、学生運動が盛んな時期でした。小池真理子さんが、そのころの学生はみんなバイブルのようにして読んでいたと書いておられますね。[*1]大江健三郎、安部公房、吉本隆明、そして倉橋由美子が必ず本棚にあった。

王谷　私の両親は学生運動をやっていたので、父からよく話を聞いていました。最近、あらためて倉橋由美子のことを訊いてみたら、やはり「好きだったし、面白かったよ」と言っていましたね。

桜庭　編纂にあたって、今の読者に「パルタイ」をどう紹介するか悩みました。でも、ある組織の変遷が描かれているという点では、普遍性があるのかなと。

王谷　そうですね。学生運動の時代は、聞いた話だけでもとにかく若者の熱量がすごかった。一大ムーブメントだったんだなと思います。当時のビラを見て、こんなものを二十歳そこそこで書いていたのかって驚きました。

桜庭　昔の世代は、今より大人でしたね。

王谷　精神的に大人でした。そういう意味では、倉橋由美子も非常に大人っぽかった、二十五歳でデビューしたときからずっと。初期の作品を読んで、これを二十代で書いたのかと思うと、衝撃ですよね。

桜庭　たしかに、明らかに若いのに、大人。大人であろうという強い意志に痺れながら読みました。

王谷　この大人らしさ。幼稚なものに対する強烈な拒絶感。そこが永遠の憧れなのかもしれないです。

唯一無二の文体

桜庭　今回、まとめて読み直してみたら、作風がどんどん変わっていて驚きました。そこで、収録作品を選ぶのに、大きく四つに分けて紹介しようと考えて。デビューしてすぐの「パルタイ」周辺の作品、その後の『聖少女』が中心となるような中期の作品、「残酷童話」シリーズ、そして後期の作品。王谷さんはどのあたりがお好きですか？

王谷　やっぱり初期から中期の、バキバキに硬質な文章が好きですね。今回収録されている「合成美女」なんかも、それこそ筒井康隆さんのSFのようなんですが、この文体だからこそ、倉橋由美子という感じがします。

桜庭　文体を高く評価する人が多いですよね。その秘密はなんだろう。

王谷　ブレスが短くて、密度が濃い。「亜依子たち」なんか一行目を読んだらそのまま読み続けずにはいられない引力があります。『聖少女』の原型になった「わたしの心はパパのもの」も、一行目からもう強い。

桜庭　「いま、血を流しているところなのよ、パパ。」ですね。イントロクイズに使えそうなくらい、印象的。どの作品も、決して難しい言葉は使っていないのに。

王谷　そうですね。だから、中学生でも読めたんだと思います。難しくない言葉で、難しいことを書くっていうのが、一番格好いいのかもしれないですね。

それから、描写が少ないのに、ビジュアルが浮かびやすい。どのくらい書けば、読み手が情景を想像するのか、緻密に計算されているように感じます。

桜庭　倉橋由美子の文体については、完璧主義という印象があります。以前、倉橋をテーマに対談をしたとき、川上弘美さんが「『すばらしいな』と思うと同時に、『さぞ苦しかったろう』と胸が痛くなる時がある」とおっしゃっていました。*2 また、松浦寿輝さんは「常に知的にコントロールされている。非常に見事な散文技術」と。*3 同じ作家からここまで言われる人ってすごいと思います。

負のパワーを持つ少女

桜庭　倉橋由美子の書く「少女」もとても気になります。倉橋作品の少女は、ちょっと怖い感じ。自分の持っている性の力で攻撃的に振る舞うようなところもある。

王谷　十代のころに、こんな存在になれたらいいなと思っていたようなタイプですね。今風にいうと、厨二病が憧れるような、負のパワーを持った少女。今はもう思いませんが。

桜庭　穂村弘さんが倉橋由美子について「思春期の薬」*4 というエッセイを書かれています。

思春期の〝病状〟に「現実が怖い、他者が化け者に思える、自分は特別な存在だと無根拠に信じる、自分と同様に特別な他者とだけ美しく交わりたいと願う」。原因は自意識の過剰なんだけど、自分では治ることを望んでいなくて、治って大人になるのは敗北だと思っている。……これはわかるなと。

王谷　わかります。思春期的な感性にすごいバチっとハマるから、やっぱり、若い人にこそ初期作品を読んでほしいなって思います。若いときに読むと、より楽しい。私も十代で読めてよかったなって。

桜庭　でも、自分の性の力を発揮して他者を攻撃したり、影響を与えたりしても、それは限定的な力であって、世界を変えるには至らない。無力さを感じるという展開もあります。または、自分のためになるとはかぎらない。

王谷　「ある遊戯」なんかはそうですね。

桜庭　少女を描いていながら、甘くない。こども時代、少女時代に対するファンタジックなノスタルジーは一切ない。

王谷　物心ついたら世界が敵だった、みたいな。じつは、女性ジェンダーを割り振られた人の生活実感として、こういう意識は多かれ少なかれ、あるのではないでしょうか。

桜庭　何者でもなかった自分が、「少女」であり「女性」であると気づく。同時に、世界は味方じゃなくて敵なんだと知る。そういう感覚ですよね。

女性性の仮面をつける

桜庭　こうして「少女の残酷さ」を書いたあと、倉橋由美子は大人を飛ばして、「老人の残酷さ」に向かっていった人というイメージがあります。エッセイ「毒薬としての文学」でも「老人になりたい」と書いていますね。

王谷　ここで言う「老人」って、化け物のような、そういうものに近い存在ですよね。

桜庭　この世や社会の外側にいる者。少女もそうだったかもしれません。

王谷　青年期・中年期は望むと望まざるとにかかわらず、社会とコミットしなければなりませんからね。

桜庭　一方で、「桂子さんシリーズ」の桂子さんは中年ではないでしょうか。私は四十代から五十代の女性をイメージしています。

　王谷さんは、「令和元年生まれ ルリカ50歳」で五十代の女性を主人公にしていましたね。私も、いま連載中の「名探偵の有害性」でこの世代の女性を主人公にしているんです。

王谷　母親ではない五十歳くらいの女性ってなかなか主人公にならないなと思って書いてみました。

桜庭　「名探偵の有害性」のなかで書いたんですけど、「中年女はこの世の透明人間」「中年男のほうが、時にノイズとしてでも、世の中で存在感がある」と思うんです。

王谷　たしかに、中年女性はインビジブルな存在。倉橋さんが書いていた時代は、もっとそうですよね。女といったら、若い女か、お母さん。

桜庭　今よりもさらに、「女性とはこういうものだ」という共通認識が広く存在した時代です。

先日、長篇『暗い旅』を読み返してみたら、とても面白いところがあって。女性を演じるために「仮面のように女性性を貼り付ける」というような描写がありました。倉橋由美子は、少女、中年女性、老人とさまざまな人物を描き分けた。あえて意識して、「女性性」や年齢の仮面をつけたり、外したりしながら小説を書いていたのかもしれませんね。

王谷　たしかにそうですね。他の女性作家が当然のように「女性だから」と書いているところを、あえて異物として書いているように感じるときがあります。それも、性のないアンドロイドに女性の仮面をつけるというような記号的な印象です。

桜庭　そういう点は現代でも新鮮ですよね。ぜひ、今の人に読んでもらって、感想を聞いてみたいです。

倉橋由美子をめぐる批評

桜庭　倉橋由美子が受けた批判についても、お話ししたいと思います。倉橋は「パルタイ」や『暗い旅』が外国文学の模倣だと厳しく批判されました。私はこれがずっとわからなくて。自分もガルシア＝マルケスの『百年の孤独』が好きすぎて、翻訳文体も構造も全部持ってきて『赤朽葉家の伝説』を書いたけど、それで批判されたことはないです。
王谷さんの『君の六月は凍る』も『暗い旅』と同じように二人称で書かれていますが、いかがですか。

王谷　『暗い旅』の二人称とはちょっと違うかもしれません。ただ、二人称にしようかなって思ったときに、やっぱり一番最初に浮かんできたのが『暗い旅』でした。それで読み直したりはしなかったんですけど。

桜庭　『君の六月は凍る』は二人称で書いてあることで、登場人物の性別が全くわからないようになっていて、すごく面白かったです。

王谷　何人かの人に聞いたら、読んでイメージされた性別が全くバラバラでした。「バラバラだったらいいな」と思って書いたので良かったです。これも、当時発表していたら批判されたんですかね。そもそも、性を剝ぎ取るということの意図が理解されなかった可能性はありますね。

桜庭　こんなふうに、海外作品を模して小説を書くということも、小説を人工的につくりこんでいくということも、そのころは新しかった。しかも、それを女性作家がやったということが、当時の批評家にとって受け入れがたいことだったのではないかと感じます。

小平麻衣子さんの『なぞること、切り裂くこと――虚構のジェンダー』（以文社）を読んで、女性の作家は倉橋由美子の前からずっと苦労してきたということを改めて理解しました。女性の書いた小説は、「体験」としては評価されるけど、「芸術」としては評価されない。デビューは「事件」であって「継続」して書けないと予測される。これは当事者文学の問題と一緒ですよね。

王谷　そのころの文壇も批評家も男性がマジョリティだったわけですから、当然、女性作家はマイノリティですよね。今も表面的に変わっただけで、あんまり変わらないんだろうなという感覚はあります。

桜庭　文芸分野では、批評家もまだまだ男性が多いです。

先日、李《り》琴峰《ことみ》さんと対談をしたときに、「レズビアンというテーマをセクシュアリティではなく、アイデンティティの問題として書いている」ことを男性の批評家から批判されたとおっしゃっていました。李さんはそれについて考えて、「文学は個人の内面の問題を扱うべきで、社会的な問題を扱うべきではない」という古い考えに基づいているのではないかと解釈なさったそうなんです。

王谷　一九七〇年くらいまでは特に、男性が書く私小説が王道だった時代ですよね。そういう時代に、マイノリティである女性作家が、全く新しい小説を書いた。それは理解されなかったでしょうね。

桜庭　同時に、今読み返すと、倉橋作品にある選民的な感性が気になるときはあります。精神的に同じ階級の人としか交わらないというような。社会的・身体的な弱者をどう眼差《まなざ》すのか、という面が気になる描写もあります。

王谷　今の価値観から比べると、そうかもしれませんね。社会全体がそういうことに無自覚な時代でした。

桜庭　そういう時代に、絶え間ない抑圧的な批判をはね返そうとして、反骨精神や毒や、いろいろなものをこめて戦うなかでそうなったのかもしれない。これはわたし自身も他山の石としなくてはならないと思う。そういうところも含めて、倉橋由美子が書いてきたことを改めてきちんと批評してもらえたらいいなと思います。

桜庭　今もまだご存命だったら、八十代後半。もしかしたら、作風やジャンルもさらに自在に変わっていったかもしれませんね。『聖少女』はミステリの要素があるし、「合成美女」や『アマノン国往還記』のようなSFもあるし……。王谷さんもいろんなジャンルで書かれていますが、いかがですか。

王谷　私はもともとゲームシナリオ出身のせいか、なんでもやりたいという気持ちがあって。ひとつのジャンルに決めなければならないこともないだろうと。

桜庭　私もいろいろ書いていますが、書きたいテーマが最初にあって、それに合ったジャンルを選ぶことが多いです。倉橋さんはどうやってジャンルを決めていらしたんだろう。そういうことを訊いてみたかったと思います。

王谷　読書の幅も広かったから、いろんなジャンルをご存じだったのではないでしょうか。書評集『偏愛文学館』を読むと、その読書量に圧倒されます。

桜庭　宮部みゆきさん、パトリシア・ハイスミスから『半七捕物帳』まで！

王谷　『あたりまえのこと』では山田詠美さんのデビュー作「ベッドタイムアイズ」も褒めていらっしゃいますね。

桜庭　好奇心旺盛な、興味の幅広いかただったんだなと思います。「桂子さんシリーズ」や『酔郷譚』を読んで、どれだけお酒が好きなんだろうと思っていたら、実は飲めない体質だったと知って驚きました。北杜夫さんとバーにいらしたとき、バーテンダーさんに話を聴いて、楽しそうにメモをとっておられたとか。

王谷　映画や美術もお好きですよね。中学生のとき、倉橋さんの『幻想絵画館』という本を親にねだって、誕生日とクリスマスのプレゼントとして買ってもらいました。東西の実在する絵画にあわせて短篇が書かれていて、今でも大事に持っています。

桜庭　私も今回読んでとても気に入ったので、一篇収録したいと思ったくらいです。

王谷　興味の広さとともに、すごいなあと思ったのは、「毒を甘くして飲ませる」という意識。今のエンターテインメントの作家が、自覚あるなしにかかわらず、必ずやっていることなんですよね。だからこそ『大人のための残酷童話』がベストセラーになったんだと思います。

　こう言われるのはお好きじゃなかっただろうと思うのですが、ものすごくプロ意識のある職業作家だったのではと感じます。

桜庭　直接言ったら、否定されそうですね。（笑）

王谷　対面でお伝えするのはちょっと……できれば避けたい。絶対にかなわない。今だったら、ネットバトルとかも、うまいタイプの人だったんじゃないでしょうか。

桜庭　うーん、それは見たい。見たかったですね。
もうちょっと長生きされたら、どんな「老人」になられたのか。どんな「老人」を書いて大暴れさせたか。想像すると楽しいですね。

王谷　なるべく離れたところから、ぜひ拝見したかったです。

（二〇二三年一〇月　中央公論新社にて）

＊1『蛇・愛の陰画』「解説」講談社文芸文庫
＊2・3・4『倉橋由美子』KAWADE道の手帖　河出書房新社

王谷晶（おうたに・あきら）一九八一年東京都生まれ。著書に、小説『完璧じゃない、あたしたち』『ババヤガの夜』『君の六月は凍る』、エッセイ『カラダは私の何なんだ？』『40歳だけど大人になりたい』など。

解説

あなたはだんだん倉橋が読みたくなる――『暗い旅』のまやかし

小平麻衣子

「あなた」を主語とした日本語の文章にお目にかかることは少ない。思い浮かぶのは催眠術、「あなたはだんだん眠くなる……あなたは今〇〇をしています……」のように、戯画的に演じられる場合くらいだろうか。筆者は幼少時、こんな場面に出くわすと、「私は〇〇をしています」と「私」を主語にしてくれた方が入り込みやすいのではないかと疑念を持っていたものだ。「あなた」の語は、感情移入を誘うのだろうか、それとも、催眠術師の他者への支配を示す徴《しるし》なのだろうか。

倉橋由美子に『暗い旅』（一九六一年）という作品がある。主人公女性が、失踪した「彼」を追って東京から京都へ旅をする物語である。結局「彼」に会うことはできず、旅の間のできごとや多くの回想によって成り立っているのだが、特徴的なのは、この小説の主語が一貫して「あなた」であることだ。

この作品は出るやいなや、痛烈な批判を受けた。文芸批評家の江藤淳が、ミシェル・ビュトール『心変わり』（原題“La Modification”一九五七年。清水徹訳、河出書房新社版、一九五九年）を取り入れた「速成模造品」だとしたのである（江藤淳「海外文学とその模造品」『東京新聞』夕刊一九六一年一二月九日〜一一日）。『心変わり』も「あなた」を主語とし、恋愛が絡んだ旅行小説だ。江藤の発言は、文芸批評家の奥野健男や、フランス文学者の白井健三郎、白井浩司、清水徹などを巻き込んでの論争となった。とはいえ江藤の矛先は、その「模造品」を判定できるはずの人、もしくは模造品なのに評価した人に向けられており、「論争」なるものが倉橋の頭越しに男性たちだけで行われるような時代であったといえる。

江藤のさらなる批判のきっかけは、奥野健男が『暗い旅』を「芸術的感動」を覚えたとまで評価したことである。奥野が評価したのは、「女の生理的感覚や性的幻想が、体の内側から大胆にほしいままにとめどなく描かれて」いるという〈女特有の〉感覚だった。奥野はそれを「臓器感覚」「原生動物的感覚」と呼んでいる（奥野健男「江藤淳氏の倉橋由美子論へ」『東京新聞』一九六一年一二月二五日）。奥野が女性一人一人の個性を見ず、ひとまとめに〈女〉の感性としているのは（しかも「原生動物」扱い！）現在からみると問題だが、これを経由すると、江藤が〈女〉をどこに位置づけようとしているのかもみえてくる。

というのは、江藤は、〈女らしさ〉が新奇な形式（ここでいう「あなた」という主語の採用）とは無関係であることを述べているからである。一般的には芸術において、大きくみれば考え方は同じだが、それでも強烈な個性があるということは認められるだろう。例えば、キュビスムといってもピカソとブラックが全然違うように、である。倉橋をそうした個性と考える余地もあるわけである。にもかかわらず江藤が完全な二番煎じだと位置づけるのは、芸術のオリジナリティに厳しいがゆえともいえるが、〈女〉というファクターが介在するからであろう。ありていに言えば、〈女〉は個性的な存在とはみなされず、男性の真似しかできないという価値観であり、このような時代の価値観を江藤もまぬかれたわけではない。

論争の終盤では倉橋自身が満を持して発言する。倉橋は、『暗い旅』が『心変わり』を模倣しているのは誰の眼にも明らかで、「どんな芸術も模倣なしにはありえない」、「画家はリンゴを食べたいからリンゴの絵を描くのではなくて」、求めているのは「新しい様式で描くこと」なのだと主張した（倉橋由美子「暗い旅の作者からあなたへ」『東京新聞』夕刊一九六二年二月八・九日）。

芸術はすべてが模倣であると逆転させ、ポストモダン的な芸術観をあざやかに先取りしてみせたのである。批評において女性がどう扱われたかについては、一言も非難をしていない。当時の状況では、差別に抗議する発言をしたとたんに、やはり〈女〉だ、と名指され、別席が用意されるのが常であり、これを避けた賢いやり方だともいえる。ただそれだと、男性と対等にやり合うために、女性であることや女性にまつわる問題を忘れることにもなりかねない。しかしおもしろいのはここからで、倉橋の小説を実際に読んでみれば、「あなた」を〈女〉の問題として鍛え直すことによってこそ、『暗い旅』が個性的な存在になっていることがわかる。

小説において「あなた」と呼びかけられれば、読者は物語の主人公として小説の世界を生き始めるであろう。ただ、読んでいく途中には、「あなた」になりきれずに違和感を覚えることもあるかもしれない。ところが、『暗い旅』を読むには実はそれでよい。

> 女であるのではない、女であると宣告されたので、その宣告をひきうけるために女であることを演じているだけなのだ、という原則にあなたは固執する……その宣告をうけるまでのあなたはかわいい子どもにすぎなかった、女でも男でもない、あの柔らかな存在だった、（後略）

「あなた」は少女時代、夏の海辺で少年たちから水着を脱ぐよう強要され、性の対象としてみられた経験がある。それは初潮前であり、〈女〉であるかどうかは、身体の特徴によって決まっているのではなく、人々がそうみなすことによって決まるということが示されている。倉橋も影響を受けたフランスの哲学者ボーヴォワールが「人は女に生まれない、女になるのだ」と述べたのは有名である。社会で流通する〈女〉のイメージは強固で、自分がそれと違っていても、〈女〉の仮面をつけてふるまわなければ、恋愛を、社会を、スムーズに渡っていくことはできない。主人公はこれまでの人生を振り返り、それを何度も語っている。

さて、「あなた」という語の効果に戻ろう。読者は、「あなた」と決めつけられて物語世界で行動したり考えたりすることに違和感を覚えるかもしれない。だが、この違和感を通じてのみ、主人公の体験、つまり、自分の外から〈女〉と決めつけられることに違和感を持つ主人公の体験を分かち持つことができるしかけになっているのだ。そうであるならば、「あなた」の採用は、実感や共感といった小説の一般的な回路からは外れた試みである。江藤淳は、『心変わり』なら「まさに自分がパリからローマに旅をしていると感じ、同時に自分の内面にも旅をしてしまう」のに、『暗い旅』ではそうできないことにいらだっていた。これは読者としては正しい反応だが、批評としてその意味を汲むことはできなかったといえる。

〈女〉は男性芸術家を模倣するものだとする風評を、倉橋は、社会に流通している〈女〉

の概念こそが模倣の産物だという指摘に塗り替え、個別の女性にはそこから抜け出す可能性があることを示したのである。現代の私たちこそ、この洒脱な戦略を必要としている。

（おだいら・まいこ　慶應義塾大学文学部教授）

底本

「夏の終り」　『倉橋由美子全作品２』（新潮社　一九七五年一一月刊）
「合成美女」　『倉橋由美子全作品３』（新潮社　一九七五年一二月刊）
「亜依子たち」　『倉橋由美子全作品５』（新潮社　一九七六年二月刊）
「雑人撲滅週間」「パルタイ」
　『倉橋由美子全作品１』（新潮社　一九七五年一〇月刊）
「ある遊戯」　『倉橋由美子全作品７』（新潮社　一九七六年四月刊）
「夢のなかの街」　『倉橋由美子全作品４』（新潮社　一九七六年一月刊）
「人魚の涙」　『大人のための残酷童話』（新潮文庫　一九九八年八月刊）
「事故」　『大人のための怪奇掌篇』（宝島社文庫　二〇〇八年七月刊）
「ある老人の図書館」　『老人のための残酷童話』（講談社文庫　二〇〇六年六月刊）
「移転」「漂流記」　『夢幻の宴』（講談社　一九九六年二月刊）
「わたしの小説作法」「私の小説」「性と文学」
　『毒薬としての文学』（講談社文芸文庫　一九九九年七月刊）

編集付記

一、明らかな誤植と思われる語は訂正し、難読と思われる語にはルビをふった。

一、本文中には今日の人権意識に照らして不適切と思われる表現が見受けられるが、著者がすでに故人であること、執筆当時の時代的背景と作品の文化的価値に鑑みて、底本のままとした。

中公文庫

掌《てのひら》の読書会《どくしょかい》
桜庭《さくらば》一樹《かずき》と読《よ》む倉橋《くらはし》由《ゆ》美《み》子《こ》

2023年12月25日　初版発行

著　者　倉橋《くらはし》由《ゆ》美《み》子《こ》
編　者　桜《さくら》庭《ば》　一樹《かずき》
発行者　安部　順一
発行所　中央公論新社
〒100-8152　東京都千代田区大手町1-7-1
電話　販売　03-5299-1730　編集　03-5299-1890
URL https://www.chuko.co.jp/

DTP　嵐下英治
印　刷　三晃印刷
製　本　小泉製本

Published by CHUOKORON-SHINSHA, INC.
Printed in Japan　ISBN978-4-12-207453-8 C1193

各書目の下段の数字はISBNコードです。978-4-12が省略してあります。

中公文庫既刊より

は-54-5　掌の読書会 柚木麻子と読む 林芙美子　林 芙美子／柚木麻子 編

「おフミさん」のふてぶてしさに何度も元気づけられた——作家・柚木麻子が、数多く残された短篇・エッセイから一二篇を選び、魅力を語る。〈解説〉今川英子

207367-8

え-7-2　食卓のない家　円地文子

過激派学生による人質籠城事件。世間は学生だけでなく親たちの責任も追及するが——連合赤軍事件をモチーフに個人と社会のあり方を問う。〈解説〉篠田節子

207166-7

お-51-1　シュガータイム　小川洋子

わたしは奇妙な日記をつけ始めた——とめどない食欲に憑かれた女子学生のスタティックな日常、青春最後の日々を流れる透明な時間をデリケートに描く。

202086-3

お-51-3　余白の愛　小川洋子

耳を病んだわたしの前に現れた速記者Y、その特別な指に惹かれたわたしが彼に求めたものは。記憶と現実の危ういはざまを行き来する、美しく幻想的な長編。

204379-4

お-51-5　ミーナの行進　小川洋子

美しくて、かよわくて、本を愛したミーナ。あなたとの思い出は、損なわれることがない——懐かしい時代に育まれた、ふたりの少女と、家族の物語。谷崎潤一郎賞受賞作。

205158-4

お-51-6　人質の朗読会　小川洋子

慎み深い拍手で始まる朗読会。耳を澄ませるのは人質たちと見張り役の犯人、そして……。しみじみと深く胸を打つ、祈りにも似た小説世界。〈解説〉佐藤隆太

205912-2

お-51-8　完璧な病室　小川洋子

病に冒された弟と姉との時間を描く表題作他、デビュー短篇を含む最初期の四作収録。みずみずしい輝きを放ち、作家小川洋子の出現を告げる作品集。新装改版。

207319-7

か-15-4 **迷い猫あずかってます** 金井美恵子

ある日、作家の自宅に迷い込んできたオスのトラ猫。トラーと名づけられた猫の自由かつ奔放な振る舞いと、振り回される姉妹の日々を綴る。〈解説〉桜井美穂子

207338-8

か-57-1 **物語が、始まる** 川上弘美

砂場で拾った〈雛型〉との不思議なラブ・ストーリーを描く表題作ほか、奇妙で、ユーモラスで、どこか哀しい四つの幻想譚。芥川賞作家の処女短篇集。

203495-2

か-57-2 **神様** 川上弘美

四季おりおりに現れる不思議な生き物たちとのふれあいと別れを描く、うららでせつない九つの物語。ドゥ・マゴ文学賞、紫式部文学賞受賞。

203905-6

か-57-5 **夜の公園** 川上弘美

わたしいま、しあわせなのかな。寄り添っているのに、届かないのはなぜ。たゆたい、変わりゆく男女の関係をそれぞれの視点で描き、恋愛の現実に深く分け入る長篇。

205137-9

か-57-6 **これでよろしくて?** 川上弘美

主婦の菜月は女たちの奇妙な会合に誘われて……夫婦、嫁姑、同僚。人との関わりに戸惑いを覚える貴女に好適。コミカルで奥深いガールズトーク小説。

205703-6

か-57-7 **三度目の恋** 川上弘美

稀代のモテ男・生矢と結婚した梨子は、夢のなかで吉原の遊女や平安の女房に生まれ変わり……。『伊勢物語』をモチーフに紡ぐ、千年の恋の物語。〈解説〉千早 茜

207414-9

か-61-2 **夜をゆく飛行機** 角田光代

谷島酒店の四女里々子には「ぴょん吉」と名付けた弟がいて……うとましいけれど憎めない、古ぼけてるから懐かしい家族の日々を温かに描く長篇小説。

205146-1

か-61-3 **八日目の蝉《せみ》** 角田光代

逃げて、逃げて、逃げのびたら、私はあなたの母になれるだろうか……。心ゆさぶるラストまで息もつがせぬ傑作長編。第二回中央公論文芸賞受賞作。〈解説〉池澤夏樹

205425-7

各書目の下段の数字はISBNコードです。978-4-12が省略してあります。

か-61-4
月と雷 角田光代
幼い頃暮らしをともにした見知らぬ女と男の子。再び現れたふたりを前に、泰子の今のしあわせが揺らいで……偶然がもたらす人生の変転を描く長編小説。
206120-0

き-41-1
優しいおとな 桐野夏生
日本の福祉システムが破綻し、スラム化したかつての繁華街〈シブヤ〉で生きる少年・イオン。希望なき世界のその先には何があるのか。〈解説〉雨宮処凜
205827-9

き-41-2
デンジャラス 桐野夏生
一人の男をとりまく魅惑的な三人の女。嫉妬と葛藤が渦巻くなか、文豪の目に映るものは。「谷崎潤一郎」に挑んだスキャンダラスな問題作。〈解説〉千葉俊二
206896-4

こ-24-7
エリカ 小池真理子
急逝した親友の不倫相手と飲んだのをきっかけに、エリカは、彼との恋愛にのめりこんでいく。逢瀬を重ねていった先には何が……。現代の愛の不毛に迫る長篇。
204958-1

こ-24-8
ストロベリー・フィールズ 小池真理子
平穏な家庭を営む夏子の前に現れた青年。その危険なまでの若さに触れ、彼女は目を背けてきた渇きに気づく。一人の女性の陶酔と孤独を描く傑作長篇。〈解説〉稲葉真弓
205613-8

し-46-3
Red 島本理生
元恋人との快楽に溺れ抑圧から逃れようとする塔子。その先には、どんな結末が待っているのだろう――。『ナラタージュ』の著者が官能に挑んだ最高傑作！
206450-8

た-15-10
富士日記（上） 新版 武田百合子
夫・武田泰淳と過ごした富士山麓での十三年間を克明に描いた日記文学の白眉。昭和三十九年七月から四十一年九月分を収録。〈巻末エッセイ〉大岡昇平
206737-0

た-15-11
富士日記（中） 新版 武田百合子
愛犬の死、湖上花火、大岡昇平夫妻との交流。昭和四十一年十月から四十四年六月の日記を収録する。田村俊子賞受賞作。〈巻末エッセイ〉しまおまほ
206746-2

た-15-12
富士日記（下）新版　武田百合子
季節のうつろい、そして夫の病。山荘でともに過ごした最後の日々を綴る。昭和四十四年七月から五十一年九月までを収めた最終巻。〈巻末エッセイ〉武田 花
206754-7

た-28-21
ゆめはるか吉屋信子 秋灯机の上の幾山河（上）　田辺聖子
大正、昭和と絶大な人気をほこった小説家・吉屋信子。少女時代から敬愛してやまない著者がその真の姿を描き尽くす本格評伝。上巻は『花物語』執筆と青春時代。
207378-4

た-28-22
ゆめはるか吉屋信子 秋灯机の上の幾山河（中）　田辺聖子
大正九年、長篇小説が認められた信子は流行作家の道を歩み始める。林芙美子や宇野千代、パートナー門馬千代らとの交流を描く本格評伝にして近代女性文壇史。
207395-1

た-28-23
ゆめはるか吉屋信子 秋灯机の上の幾山河（下）　田辺聖子
少女小説から出発した信子は歴史小説へ辿り着く。晩年ますます佳作を送り出し筆を擱くことのなかった作家の本格評伝、全三巻完結。〈解説〉上野千鶴子
207404-0

よ-5-12
父のこと　吉田健一
ワンマン宰相はワンマン親爺だったのか。長男である著者の吉田茂に関する全エッセイと父子対談「大磯清談」を併せた待望の一冊。吉田茂没後50年記念出版。
206453-9

よ-5-13
酒宴／残光 吉田健一短篇小説集成　吉田健一
翻訳、批評から小説へと自在に往還し独自の文学世界を築いた文士・吉田健一。その初期短篇小説集『酒宴』『残光』の全一七篇を収録。〈解説〉富士川義之
207194-0

よ-5-9
わが人生処方　吉田健一
独特の人生観を綴った洒脱な文章から名篇「余生の文学」まで。大人の風格漂う人生と読書をめぐる随想集。吉田暁子・松浦寿輝対談を併録。文庫オリジナル。
206421-8

ち-8-12
給仕の室《へや》 日本近代プレBL短篇選　中央公論新社 編
日本近代文学において「男性間の愛と絆」はどのように描かれてきたのか。国木田独歩から山本周五郎まで十五篇を精選。文庫オリジナル。〈解説〉佐伯順子
207247-3